事先果

쟁선계 7

2017년 5월 12일 초판 1쇄 인쇄
2017년 5월 17일 초판 1쇄 발행

지은이 이재일
발행인 이종주

기획 팀 이기헌 송윤성 왕소현
책임 편집 백승미

발행처 (주)로크미디어
출판등록 2003년 3월 24일
주소 서울시 마포구 성암로 330 DMC첨단산업센터 3층 314호
Tel (02)3273-5135 Fax (02)3273-5134
홈페이지 rokmedia.com E-mail rokmedia@empas.com

ⓒ 이재일, 2013

값 11,000원

ISBN 979-11-6048-607-0 (7권)
ISBN 978-89-257-3094-3 04810 (세트)

爭先果

쟁선계

7

| 이재일 장편소설 |

ROK
MEDIA

로크미디어

차례

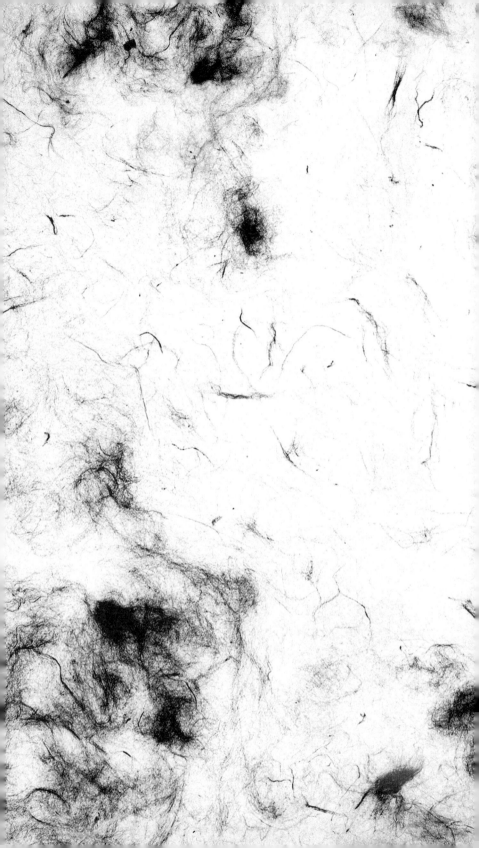

출항出航

(1)

"작전권을 지니신 진 비영을 대신해 내가 이번 거사에 관해 개략적으로 설명하겠소."

천표선이 사해포를 출발한 시각은 살기 흉험한 환영연이 파하고, 출항에 필요한 물품들의 선적이 모두 끝난 오월 초사흘 술시戌時(오후 여덟 시 전후) 무렵.

어둠이 깔린 바다는 그릇 속의 물처럼 고요했다. 바람은 바다를 향해 끝없이 밀려가고 구름 한 점 없는 밤하늘엔 별이 가득했다. 수평선 위에는 손톱으로 눌러 놓은 양 가느다란 초승달이 규중처녀처럼 수줍게 얼굴을 내비치고 있었다. 뱃사람들에겐 그야말로 하늘이 내린 축복처럼 고마운 날씨인데, 이에 천표선은 네 개의 큰 돛을 활짝 편 채 시원스럽게 그리고 위풍당당하게 밤바다로 나아갈 수 있었다. 동해 용왕에게 출항을 고하는 북소리 경쇠 소리 요란한 가운데 뱃머리 용두상 위론 은은한 별빛이 부서지니, '순항'이란 바로 이를 두고 나온 말이리라.

"그래서 각은 뇌문의 현 문주인 민파대릉敏巴大稜을 경질하고, 부문주이자 민파대릉의 동생이 되는 아리수阿理樹를 새로운 문주로 옹립하기로 결정했소."

총 백사십구 명의 승선자 중 전투에 투입될 수 있는 인원은 백이십구 명. 그중에는 석대원도 포함되어 있다. 다시 말해 그는 우군 하나 없는 망망대해 위에서 백이십팔 명의 적과 함께 생활하게 된 것이다. 게다가 적도들의 수뇌로 말할 것 같으면 하나는 초혼귀매 진금영이요, 다른 하나는 사해마웅 마태상이었다. 전자는 석대원에게 더할 수 없이 곤란한 여자요, 후자는 전비에게 바다 같은 원한을 지닌 남자였으니, 전비로 화신한 석대원으로선 말 그대로 엎친 데 겹친 격이랄까.

"금년 초, 각을 방문한 뇌문의 간부 해패海佩는 신형 화창 일백 정 외에도 매우 중요한 문서 한 통을 지니고 있었소. 바로 뇌문의 부문주 아리수가 보내는 밀서였소. 그 밀서에는 금부도의 지형 및 병력 배치 상황이 일목요연하게 그려져 있을 뿐만 아니라 뇌문을 구성하는 중요 인물들에 대해서도 상세히 기재되어 있었소. 이름, 나이, 성격, 취미, 문파 내에서의 중요도, 무공 수위, 거기에다가 문주와 부문주 어느 쪽을 지지하느냐까지도."

한 가지 다행한 일이 있다면, 전비에 대한 마태상의 바다 같은 원한만큼은 위태로우나마 비영이라는 직책으로써 막아 낼 수 있다는 점이었다. 물론 사갈처럼 독하고 거머리처럼 끈질긴 마태상의 인물됨으로 미루어 후환이 남아 있으리라는 것은 충분히 짐작할 수 있지만, 석대원은 그 점에 대해 크게 개의치 않았다. 마태상과 전비의 악연에 관해선 무양문을 출발하기 전부터 알고 있었던바. 환영연에서처럼 적당히 거칠고 적당히 교활하게, 말하자면 인두주락파삼도 전비의 방식대로 상대해 주면 그만인 것이다.

하지만…….

"장로란 작자들이야 워낙 고루한 늙은이들이니 어쩔 수 없다고 쳐도, 뇌문삼대雷門三隊를 회유하지 못한 점은 매우 유감스러운 일이 아닐 수 없소. 뇌문삼대로 말할 것 같으면 뇌문의 중추라고도 할 수 있는 정예 전투 집단. 그들이 민파대릉의 휘하에 있는 이상 아리수가 단독으로 거사를 성사시키기엔 무리가 따를 것이오. 우리가 금부도로 가는 이유도 바로 거기에 있소."

……문제는 진금영이었다.

석대원은 약간 수그리고 있던 고개를 천천히 들어 올렸다.

이곳은 마태상의 거처인 선장실.

과시하기 좋아하는 주인의 성정을 그대로 보여 주듯 실내는 넓고 호화로웠다. 바닥에 고정된 가구들은 북경의 고관들도 소장할 엄두를 내기 힘든 고가품이었고, 벽면을 장식한 화첩이며 도검 들도 하나같이 진품이었다.

이처럼 넓고 호화로운 선장실 한복판에는 직경 이 장이 넘는 자단목 원탁이 놓였고, 그 주위엔 여덟 명의 남녀가 둘러앉아 있었다. 넷은 진금영을 주장으로 하는 비영들이요, 나머지 넷은 마태상을 주장으로 하는 낭숙의 간부들이었다.

의식적인지 아닌지 모르지만 진금영은 석대원의 맞은편에 자리 잡고 있었다. 따라서 고개를 든 석대원은 곧바로 그녀의 얼굴을 대할 수 있었다.

지금 진금영은 석대원을 보고 있지 않았다. 그녀의 눈동자는, 너무도 희고 고와 투명한 느낌마저 들게 만드는 한 쌍의 눈까풀 뒤에 감춰져 있었다. 살며시 눈을 감은 채 꼿꼿한 자세로 의자에 앉은 그녀는 아름답고도 엄숙했다.

미녀의 아치에 깃든 지휘자의 위엄.

이런 진금영은 마치 시골뜨기가 처음 대하는 궁중 음식과 같아서 단지 보는 것으로 맛을 알아내기란 불가능한 일에 가까웠다.

'그렇다면……?'

맛을 알려면 먹어야 하고 먹으려면 젓가락이 있어야 한다. 석대원은 진금영에게 주던 시선을 약간 우측으로 돌렸다. 그의 시선이 향한 곳에는 이 선실의 주인이기도 한 마태상이 앉아 있었다.

다른 일곱 개의 의자들과 달리 유난히 화려해 보이는 의자에 앉아 있는 마태상은 환영연 때와 마찬가지로 거만한 표정을 짓고 있었다. 선실 안의 그 누구도 눈에 차지 않는다는 양. 그러나 지금 석대원의 눈에 비친 마태상은 한 마리 벼메뚜기와도 같았다, 살짝 건드리기만 해도 당장 튀어 오르는.

석대원의 입꼬리가 슬쩍 말려 올라갔다.

"다음은 아리수가 제거 대상자로 분류한 자들의 명단이오. 문주 민파대룽, 제사장 곤필崑畢, 장로 음뢰격陰磊格과 포포아투布浦阿投……."

그러는 동안에도 선실의 눅눅한 공기 속으로 한 사내의 목소리가 번져 가고 있었다. 낮고 느릿한 억양으로 뇌문 요인들의 생사를 결정짓는 그 사내는 비각의 십사비영, 탈명금전 허봉담이었다.

"아리수는 특히 뇌문쌍걸雷門雙傑이라 불리는 용소溶김와 지마 한支麻罕을 누구보다도 먼저 제거해야 한다고 했소."

이 말이 끝나기가 무섭게 원탁 한구석에서 탄식이 터져 나왔다.

"아깝구나, 그런 용사들을 내 손으로 쳐야 하다니!"

대꾸라도 하듯 콧방귀가 뒤따랐다.

"용사? 흥!"

탄식한 사람은 금청위, 콧방귀를 뀐 사람은 마태상이었다. 금청위의 시선이 마태상에게로 꽂혔다.

"내 말이 우습소?"

마태상은 기다렸다는 듯이 받아치고 나왔다.

"금 비영은 안면이 있다는 이유만으로 쓰레기들을 너무 높이 평가하는 경향이 있군. 여진의 오랑캐들 따위야 숨 쉴 가치도 없는 요동의 돼지들이지. 그런 돼지들에게 용사라니, 금 비영도 사람 보는 눈 좀 키워야 되겠소."

금청위의 송충이 같은 눈썹이 얼굴 거죽을 찢고 나올 듯 꿈틀거렸다. 하나 그에 아랑곳하지 않는다는 양, 마태상의 말은 청산유수로 이어졌다.

"같은 육사에 포함된다 하지만 뇌문과 우리 낭숙을 비교하는 것은 어불성설! 놈들이야 무인도나 다름없는 섬에 꼭꼭 틀어박혀 팔자 좋게 세월을 보내고 있지만, 우리는 가죽 돛이 해지도록 오호사해를 누비며 불철주야 노각주님을 위해 헌신하고 있거든. 사실 말이야 바른말이지, 그 알량한 화기술만 아니라면 그깟 요동의 돼지들을 노각주께서 거들떠보기라도 하셨을까? 게다가 그 아리수란 놈으로 말할 것 같으면 제 형제마저도 잡아먹으려는 금수와도 같은……."

듣다 못한 허봉담이 끼어들었다.

"그건 마 사주가 잘 모르고 하는 소리외다. 여진의 용맹함이야 이미 조군趙君의 송나라 시절부터 알려진 바가 아니오. 그 여진 중에서도 가장 용맹하다는 청응부靑鷹部의 후예들이 바로 뇌문이오. 나도 몇 해 전 동정호의 철군도에서 민파대릉을 비롯한 뇌문의 요인들을 만나 보았소. 비록 문물에 어두워 거칠고 투박한 면이 없지 않으나, 한 사람 한 사람이 늠름하고 용맹해 보여 내심 감탄할 수밖에 없었소. 특히 용소와 지마한, 이들 뇌문쌍걸의 위세는 그야말로 명불허전. 그 담대함과 호방함은 중원 강호의 어느 영웅에 못지않더이다. 이역의 인사라 하여 얕잡아 보다간 큰코다칠지도 모르니, 마 사주는 이 사람의 말을 허투루 넘겨듣지 말길 바라오."

허봉담의 점잖은 반박에 마태상의 얼굴이 샐쭉해졌다. 하지만 상대가 상대인지라 감히 패악을 부리지는 못했다.

하지만 고소하다는 듯 뒤따른 석대원의 이죽거림까지 참아 넘길 만큼 너그럽다면, 더 이상 마태상이 아닐 것이다.

"요동의 돼지는 따로 있었군."

요동의 돼지, 요동시遼東豕란 견문이 좁은 자가 저 혼자 잘난 체하는 것을 꼬집는 말이기도 했다. 그것이 누구를 지칭하는지 알아듣지 못한 사람은 이 선실 안에 아무도 없었다.

"갈!"

과연 마태상은 참아 넘기지 않았다. 그는 대갈을 터뜨리며 손바닥을 떨쳐 앞에 놓인 찻잔을 밀어냈다.

이름난 도요에서 만들어진 명품임이 분명한 작고 단아한 자기 찻잔은 탁자 위, 이 장여 거리를 맹렬히 가로지르며 석대원의 얼굴을 향해 날아왔다.

석대원은 피하는 대신 코웃음을 치며 자신의 앞에 놓인 찻잔을 나한타종羅漢打鐘의 수법으로 밀어 보냈다. 그 맹렬함과 기세는 마태상의 한 수에 비해 조금도 떨어지지 않았다.

팡!

두 사람이 발휘한 강맹한 공력은 탁자 중앙에서 충돌했고, 그 가운데 끼인 두 개의 찻잔은 모래처럼 고운 가루가 되어 사방으로 흩뿌려졌다. 찻잔에 반쯤 담겨 있던 미지근한 찻물이 원탁 위로 안개처럼 쫙 퍼져 나갔다.

"이게 무슨 짓이오?"

허봉담이 놀라 외쳤지만 마태상은 들은 척도 하지 않았다.

"전가야, 환영연에서 원숭이 재주 같은 한 수를 보여 줬다고 이제는 이 천표선이 아주 우습게 보이는 모양이구나!"

마태상이 으르렁거렸지만 석대원은 여유작작했다.

"천표선의 호걸들께서는 말 한마디 할 때마다 반드시 한 번씩 발작하는군. 이거야 어디 무서워서 입 벌리고 살겠나?"

허봉담이 바빠졌다.

"이 사람, 전 비영, 자네까지 왜 이러는가? 자네가 참게!"

"다짜고짜 손부터 쓰는데 참으란 말이오?"

"어허!"

어디까지나 화기和氣를 바라는 허봉담이 선배의 권위를 빌려 만류해 보았지만, 당초 마태상을 도발하기로 작심한 석대원이 물러설 리 없었다. 그리고 그것은 마태상도 마찬가지.

"이 새끼가 끝까지!"

마태상은 이를 와드득 갈아붙이더니 양팔을 좌우로 쫙 떨쳤다. 소매 속에 장치되어 있었던 것일까? 다음 순간, 그의 양손엔 우윳빛 광채가 감도는 두 장의 면륜綿輪이 들려 있었다. 본디 마태상에겐 자식처럼 애지중지하는 세 가지 강호이보江湖異寶가 있는데, 백골반白骨盤이라는 이름이 붙은 이 두 장의 면륜도 그중 하나였다. 일단 손에서 떠나면 백발백중 상대의 피를 본다 하여 탐혈륜貪血輪이라 불리기도 했다.

"해보자 이거군."

석대원은 굳은 얼굴로 몸을 일으켜 세우더니 탁자로부터 세 발짝 물러섰다. 손쓰기에 적당한 거리를 줄 테니 해볼 테면 해보라는 뜻이었다.

"흐흐, 푸줏간 고깃덩이처럼 너덜너덜해진 뒤에도 계속 주둥이를 나불댈 수 있나 보자."

마태상은 잔인한 웃음을 지으며 양손의 백골반을 부딪쳤다. 째앵 하는 소름 끼치는 금속성이 중인들의 고막을 후벼 왔다. 그러자 석대원도 기다렸다는 듯이 목에 걸린 해골 목걸이를 돌리기 시작했다. 쩔그럭거리는 괴이한 음향이 백골반이 만들어 낸 금속성의 여음을 뚫고 단속적으로 불거져 나왔다.

바야흐로 선실 안의 긴장은 파국을 향해 치닫는 것 같았다. 쌍방이 내뿜는 살기에 질린 탓인지 허봉담마저도 꿀 먹은 벙어리처럼 아무 말도 못 하고 있었다.

그런데 그때, 지금껏 한마디 말도 없던 진금영의 입에서 싸늘한 음성이 흘러나왔다.

"마 사주, 병기를 거두세요."

마태상의 고개가 바로 옆자리 진금영 쪽으로 홱 돌아갔다.

"나더러 병기를 거두라고? 진 비영은 방금 저 새끼가 한 말을 못 들었소?"

"전 비영의 언사가 무례했던 것은 사실이나, 사소한 말다툼으로 병기까지 꺼내는 건 바람직하지 않다고 생각되는군요."

"흥! 팔은 안으로 굽는다더니 같은 비영이라고 편드는 거요?"

"편을 가르자는 게 아니에요. 분명히 말해 두거니와, 나는 이번 행보의 작전권을 지닌 지휘자로서 내부 분란이 일어나는 것을 그대로 묵과할 수 없어요."

마태상의 얼굴이 붉으락푸르락해졌다. 작전권이 자신이 아니라 진금영에게 있다는 것은, 최소한 천표선 위에서만큼은 그에게 있어서 치욕일 수밖에 없었던 것이다.

그때 사태의 추이를 관망하던 석대원이 또 한 번 마태상의 자존심에 흙탕물을 끼얹었다.

"표정을 보아하니 그는 아무래도 스스로를 지휘자라고 생각하는 모양이오."

"이익!"

마태상은 분을 참지 못하고 들고 있던 백골반으로 탁자를 찍었다. 사악, 소리와 함께 두 장의 백골반은 세 치가 넘는 탁자의 상판을 두부처럼 가르고 지나갔다.

"비록 이번 행보의 작전권이 진 비영에게 있다지만, 이 배의 주인은 나! 바로 이 마태상이오! 이 배에 오른 이상 진 비영도 내 행동에 간섭할 권한이 없소! 당신의 잘난 권위는 저 건방진 새끼에게나 쓰도록 하시오!"

마태상이 목에 핏대를 세우며 부르짖었다.

"그래요?"

진금영이 자리에서 일어섰다. 탁자 아래로부터 천천히 모습을 드러내는 그녀의 오른손 팔뚝에는 검은 윤택이 흐르는 토시처럼 생긴 물건이 끼워져 있었다. 다음 순간…….

쐐액!

칼날 같은 파공성이 선실의 공기를 찢는가 싶더니, 검은 토시는 한 줄기 묵선墨線으로 화하여 원탁 맞은편을 향해 날아들었다.

이 날벼락 같은 일격은 선실 안에 있던 모든 이들을 경악하게 만들었다. 오직 한 사람, 석대원만 제외한다면 말이다.

석대원이 마태상을 도발한 것은 진금영이란 미지의 음식을 간보기 위해서였다. 마태상을 조롱하는 중에도 모든 신경이 진금영에게 쏠려 있었음은 당연한 일. 때문에 그는 진금영으로부터 비롯되는 모든 행동들을 하나도 빠지지 않고 관찰할 수 있었다. 묵선의 목표가 자신이라는 것, 노리는 부위가 요처가 아닌 왼쪽 어깨라는 것, 그리고 그 기세가 겉으로 드러난 만큼 사납지 않다는 것까지도.

빠악!

석대원의 한쪽 무릎이 풀썩 꺾였다. 그의 입에선 고통과 경악으로 범벅이 된 목소리가 터져 나왔다.

"진 비영님, 대체 왜……?"

좋은 연기에 적절한 대사인데…….

"닥쳐라!"

매서운 교갈과 함께 또 한 줄기의 묵선이 석대원의 뺨으로 날아들었다. 그냥 몸으로 받겠노라 작심한 석대원이지만 이번만큼은 부득불 팔뚝을 내밀어 막을 수밖에 없었다. 얼굴에 바른 역용액이 벗겨지기라도 하는 날에는 낭패일 수밖에 없었기 때문이다.

철썩!

굵기가 엄지손가락 정도인 채찍이 석대원의 팔뚝에 휘감겼다. 장포의 소맷자락이 찢기고 살갗이 벗겨질 정도로 맵긴 했지만, 석대원으로선 능히 견딜 만한 타격이었다.

진금영은 채찍을 회수하며 석대원을 준엄하게 꾸짖었다.

"망령된 말장난으로 마 사주를 도발, 동료 사이의 화기를 어지럽힌 죄! 그 죗값을 채찍질 두 대로 끝내는 것은 내가 자비로워서도, 네가 잘나서도 아니다! 금부도에서 네게 부여된 중차대한 임무가 있기 때문이니, 너는 이 점을 명심하여 추후 언행에 각별히 주의해야 할 것이다!"

서릿발 같은 질타로 석대원을 찍어 누른 진금영은 마태상에게로 시선을 돌렸다.

"내 권위에 관한 마 사주의 발언은 못 들은 것으로 해 두죠. 노각주님의 영과 이비영의 지시는 지엄한 것이니 마 사주께서도 언사에 보다 신경 써 주시길 바랍니다. 그리고 모두들 감정이 격앙된 것 같으니 오늘 회의는 이쯤에서 마치도록 하겠어요."

마태상은 이 결과에 만족한 것으로 보였다. 진금영은 한 번의 채찍질로 낭숙과 비영 사이에 중립자임을 시사했고, 후환이 따를지도 모르는 자신의 실언이 유야무야 넘어갔으며, 무엇보다도 그토록 얄밉던 원수 놈이 눈앞에서 무릎 꿇고 있지 않은가! 놈을 죽여 혈육의 원수를 갚는 일은 천천히 해도 늦지 않았다. 깃털처럼 많은 게 날이요, 장부의 복수는 세월을 뛰어넘는 법. 그럼에도 불구하고 짐짓 노한 듯 굳은 표정을 풀지 않는 것은 마태상 특유의 거만함이 작용한 때문이리라.

"흠! 불만이 아주 없는 것은 아니나, 오늘은 진 비영의 말씀을 좇아 참겠소이다. 그러나 다음에도 이런 일이 벌어진다면 그때엔 아무리 진 비영이라도 나를 말리지 못할 거요."

"생각해 주시니 고맙군요."

진금영은 입가에 보일 듯 말 듯 한 미소를 지었다. 교태 같기도 하고 조롱 같기도 한 아리송한 미소였다.

"난 이만 방으로 돌아가겠어요."

진금영은 더 이상 머물 마음이 없어졌는지, 사람들을 향해 살짝 고개를 숙여 보인 뒤 선실을 나갔다.

한쪽 무릎을 바닥에 꿇은 채 벗겨진 팔뚝을 문지르던 석대원은 선실을 나서는 진금영의 뒷모습을 힐끔 쳐다보았다. 그녀의 뒷모습은 여전히 아름답고 엄숙하기만 했다. 그 뒷모습에서 이번 일로 인한 동요 따위를 찾아내기란 어려운 것 같았다.

'내가 너무 민감했던 걸까?'

이렇게 생각하는 석대원을 향해 마태상의 득의 어린 조소가 날아들었다.

"운 좋은 놈, 진 비영에게 고맙다고 인사나 드려라."

석대원은 다만 쓰게 웃을 따름이었다.

(2)

오월 초나흘 묘시卯時(오전 여섯 시 전후).

잠에서 깬 석대원이 처음으로 느낀 것은 자신의 몸이 천천히, 그러나 매우 규칙적으로 흔들리고 있다는 사실이었다.

선실은 어슴푸레했고, 해초 비린내 같은 불쾌한 냄새가 공기 중에 축축이 배어 있었다. 둔탁한 물소리가 몇 개의 나무판을 격하여 간간이 들려오고, 그럴 때마다 선체를 구성하는 목재는 노인의 뼈마디처럼 앓는 소리를 토해 내고 있었다.

지각은 감각보다 조금 늦게 깨어났다.

'맞아, 여기는 천표선이었지.'

자신의 현재 위치를 떠올린 석대원은 조금 한심하다는 생각이 들었다. 꿈조차 꾸지 않은 단잠. 누군가 선실에 들어와 몸뚱이에 칼집을 냈어도 몰랐을 깊은 잠이었다.

'적굴 한가운데에서…… 나도 참 속 편한 놈이군.'

하기야 피곤했을 것이다. 어제 하루 그가 겪은 일들은 결코 예사롭다 할 수 없으니까.

잠기운이 떠난 뒤에도 시야는 여전히 좋지 않았다. 시간이 너무 일러 그런 것 같지만은 않았다. 석대원은 자리에 누운 채 손등으로 눈까풀을 문질러 보았다. 눈알이 거북했다. 백태라도 낀 듯 뻑뻑한 느낌이었다.

석대원은 그 느낌의 근원을 금방 알 수 있었다. 백태는 아니라도 뭐가 끼긴 낀 것이다.

문득, 누군가 한 말이 뇌리에 떠올랐다.

—잠자리에서 일어날 때면 눈이 조금 거북할지도 모르네. 그럴 땐…….

석대원은 누운 채로 손을 뻗어 머리맡에 개어 둔 겉옷에서 병 하나를 꺼냈다. 주석으로 만들어진 작고 납작한 병이었다. 그는 병마개를 열어 눈에 대고는 조심스럽게 기울였다. 병 안에 든 액체의 이름은 세동액洗瞳液. 무양문의 별수재 중 하나가 만든 발명품인 그것은, 그가 지금 눈에 끼고 있는 인조 각막을 세척해 주는 약물이었다.

눈을 몇 번 깜빡이자 눈물 섞인 세동액이 눈꼬리를 타고 양 귀 쪽으로 흘러내렸다. 실소가 나왔다.

"남자는 평생 세 번 운다던데 난 이제 아침마다 울게 생겼군."

하지만 어쩌랴. 그것만이 그의 눈빛을 전비의 그것처럼 만들어 줄 수 있는 유일한 방법인 것을.

집채만 한 체구에 물빛을 닮은 푸른 눈동자. 이 두 가지만 보더라도 전비처럼 화신하기 힘든 대상은 찾기 힘들 것이다.

인두주락파삼도 전비.

뇌주의 군소 방파 중 하나인 해복방에 적을 두었던 그는, 해복방이 멸문의 화를 당한 지 꼭 일 년이 되는 날 해복방을 멸문시킨 절삼도당에 단신으로 돌입, 절삼도당의 세 당주를 맨손으로 쳐 죽임으로써 문파의 원수를 갚은 흑도의 괴걸로 알려져 있었다. 하지만 해복방의 일개 소두목에 불과하던 전비를, 해복방 주조차 적수로 여기지 않던 절삼도당의 세 당주를 한 묶음에 때려죽일 만큼 강하게 만들어 준 문제의 일 년에 관해서는 전혀 알려진 바가 없었다. 그저, '그 일 년 동안 어딘가에서 기연을 얻어 상승의 무공을 수련하지 않았을까?'라는 막연한 추측만이 나돌 뿐이었다.

사실 전비는 기연을 얻은 것이 아니었다. 그는 단지 그의 조부가 섬기던 종교의 본산으로 찾아가, 원수를 갚을 수 있을 만큼 자신을 강하게 만들어 달라고 간구했을 뿐이었다. 서역 출신인 그의 조부가 믿던 종교는 마니교摩尼敎, 바로 백련교였다.

전비가 곧바로 백련교도가 될 수 있었던 것은 백련교의 전례에 비추어 매우 이례적인 일이 아닐 수 없었다. 백련교의 교칙상, 신심을 인정받은 뒤에도 오랫동안 교단을 위해 봉사한 자만이 비로소 정식 교도 자리에 오를 수 있기 때문이다.

그런 의미로 볼 때 전비는 행운아였다. 그리고 그에게 행운을 안겨 준 사람은 오래전 세상을 떠난 그의 조부였다. 그의 조부와 친교를 나누던 지기 중 하나가 아직 세상에 남아, 백련교의 본산인 무양문을 좌지우지하고 있었던 것이다.

그 뒤 전비는 절치부심 속에서 고련했다. 그의 성취는 삼 일마다 눈을 씻고 대해야 할 만큼 놀라웠다. 원한이 큰 탓도 있겠지만, 타고난 자질이 받쳐 주지 않았다면 힘든 일이었다.

그러기를 삼백여 일. 전비는 마침내 절삼도당이 자랑하는 세 자루 칼을 통쾌하게 부러뜨리고 문파와 동료들의 원수를 갚는 데 성공했다.

계제階梯를 무시하면서까지 전비를 교도로 받아들이고, 또 미타신공彌陀神功이라는 이름의 백련교 비전의 신공까지 아낌없이 전수해 준 백련교의 실력자는 석대원도 잘 아는 인물이었다. 식대 운운하며 석대원으로 하여금 이 광대놀음을 하게 만든 셈속 빠른 노인네.

육건이 바로 그 노인네였다.

—장담하지 말라고. 우리의 잠재력은 자네가 생각하는 것보다 최소한 두 배 이상은 되니까.

봄 소나기가 내리던 어느 날, 통유각의 회랑을 걷던 육건은 자신에 찬 목소리로 이렇게 말했다.

그날, 육건을 따라 통유각의 밀실로 들어간 석대원은 자신에 비해 조금도 손색이 없는 거구의 소유자인 전비와 마주할 수 있었다. 그리고 육건이 말한 잠재력의 의미도 깨달을 수 있었다.

"석 공자는 비영이 밉지?"

전비와 석대원 사이의 인사가 끝나기가 무섭게 육건은 이렇게 물어 왔다. 석대원은 새삼스러운 질문이라 생각하며 고개를 끄덕였다.

"그렇습니다."

"만일 비영과 마주친다면 절대로 가만있지 않겠지?"

"그렇겠지요."

육건은 전비와 눈길을 한번 맞추더니 석대원을 향해 묘한 웃음을 지어 보였다.

"그런데 어쩐다, 이 친구가 바로 비영인데."

"예?"

"그 미운 비영과 만날 기회를 마련해 주었으니 한판 신나게 붙어 보라고."

그러자 바위처럼 앉아 있던 전비가 육건에게 투덜거렸다.

"너무하십니다. 대장로님께선 제가 맞아 죽는 꼴을 보고 싶으십니까?"

육건은 눈살을 찌푸리며 전비를 흘겨보았다.

"덩치도 비슷한 놈이 왜 이리 약한 소리를 해?"

"덩치도 덩치 나름이죠. 석 공자야 교주님과 동수를 이루었다는 고수가 아닙니까. 저 같은 물렁살은 열이 있어도 감당하지 못할 겁니다."

"허! 먼저 간 친구 놈 체면을 보아 거둬 줬더니만, 이제 보니 그 체면에 먹칠하는 놈이로다."

탄식하는 육건에게 석대원이 물었다.

"하면, 여기 계시는 전 형이 비각의 비영이란 말씀이십니까?"

육건은 대답하기 귀찮다는 듯 전비를 돌아보았다. 전비는 험상궂은 하관을 일그러뜨려 웃음 비슷한 것을 지어 보이더니 석대원에게 말했다.

"사실은 보름 전 비각주의 입각 권유서를 지닌 관인이 뇌주로 찾아왔소. 구구절절 달콤한 말만 적혀 있기에 그렇게 하겠노라 승낙했소."

육건이 콧방귀를 꿰었다.

"놈이 평범한 관인일 리가 없지. 비각에는 비이목秘耳目이라는 밀정 조직이 있어 중원 각 성에 고루 퍼져 있다네. 아마 그중 하나겠지."

석대원이 육건에게 다시 물었다.

"그렇다면 비각에선 전 형이 백련교도란 사실을 모르고……?"

육건은 의기양양한 표정으로 고개를 끄덕였다.

"비각이 아무리 날고뛰는 재주가 있다 한들 수백 년 역사를 자랑하는 본 교를 낱낱이 헤아리진 못하지. 그리고 그것은 비단 비각에 해당하는 문제만이 아니라네."

석대원은 육건의 말에 담긴 묘한 여운을 읽을 수 있었다.

"그 말씀은…… 강호의 다른 문파들도 비각과 같은 실수를 범했다는 뜻입니까?"

육건이 눈을 빛내며 반문해 왔다.

"예를 들면 소림이나 무당, 혹은 신무전 같은 백도의 얼간이들 말이지?"

"예."

"궁금한가?"

"예."

육건은 석대원의 귓전에 얼굴을 가져다 대고는 속삭이듯 말했다.

"실은 나도 입이 근질근질하다네. 그런데 그건 호교십군의 군장들조차 알지 못하는 비밀 중의 비밀이란 말씀이야. 하지만 자네가 본 교에 들어온다면 그 정도는 알려 주지. 어떤가? 본 교에 들어오겠는가?"

석대원은 고개를 돌려 코앞에 있는 육건의 얼굴을 바라보았다. 육건은 못된 장난에 성공한 개구쟁이처럼 싱글거렸고, 늙은이에게 조롱당했음을 알아차린 석대원은 입을 다물어 버렸다.

육건이 슬쩍 화제를 돌렸다.

"별수재 놈들이 가지고 놀던 신형 화창, 기억하지?"

"그렇습니다."

"아까도 말했지만 그 물건의 출처는 금부도에 있는 뇌문이고, 뇌문은 비각이 포섭한 강호육사 중 한 군데지. 한데 요즘 들어 비각과 뇌문의 관계가 심상치 않아 보인단 말씀이야."

"심상치 않다니요?"

"비각이 전비에게 내린 첫 번째 임무가 바로 뇌문의 주인을 갈아 치우는 일이거든."

"하면 아까 말씀하신 금부도 길들이기란 것이……?"

육건은 한쪽 눈을 찡긋해 보였다.

"바로 그거지. 비각은 뻣뻣한 현 지도부 대신 자신들의 입맛에 맞는 새로운 인물들로 하여금 뇌문을 이끌게 할 속셈인 게야."

미간을 찡그리고 잠시 생각하던 석대원이 육건에게 물었다.

"그냥 넘어가진 않으시겠죠?"

육건은 의자의 등받이에 몸을 기대며 깍지 낀 양손을 배에 얹어 놓았다.

"몰랐다면 그냥 넘어가겠지만, 일단 우리 정보망에 걸린 이상 좌시할 수 없는 일 아닌가? 그래서 놈들에게 한 방 먹일 수 있을 만한 계책을 궁리해 보았네."

석대원이 앞질러 말했다.

"현 문주를 지원함으로써 비각의 계획을 무산시킨다 이거군요."

육건은 빙긋 웃으며 고개를 저었다.

"자네는 역시 무사야. 머리는 그런대로 트였는데 너무 순진해."

"아닌가요?"

"우리는 비각이 현 문주를 제거하도록 놔둘 생각이네."

석대원은 의아한 표정으로 다시 물었다.

"그러면 무엇으로 한 방 먹인다는 말씀입니까?"

육건은 게슴츠레한 눈으로 석대원을 바라보았다.

"들개를 본 적 있나?"

뜬금없는 말에 어리둥절해진 석대원에게, 육건이 말을 이었다.

"들개는 야성이 강하지. 놈을 복종시키는 일은 번거로울 뿐만 아니라 시간이 매우 오래 걸리는 작업이지."

육건은 의자 등받이에 묻었던 상체를 천천히 세웠다.

"뇌문의 현 문주인 민파대릉이 바로 들개라네. 비각이 굳이 무력을 동원하면서까지 민파대릉을 제거하려고 나선 것도 그 때문이지. 복종시키는 쪽이 훨씬 더 수고스럽다고 판단한 게야. 하면, 비각이 포기한 수고를 우리가 대신할 까닭이 있을까? 아니지, 아니야. 대신할 이유도 없고 대신할 마음도 없다네."

장난기 넘치던 육건의 눈빛은 어느새 차갑게 식어 있었다.

"우리는 비각이 민파대릉을 제거한 뒤에 움직이기 시작할 걸세. 물론 비각이 세우려는 꼭두각시도 그때 제거해야겠지."

"뇌문 자체를 없애실 생각인가요?"

육건은 다시 고개를 저었다.

"그러기엔 그들이 지닌 화기술이 너무 아깝지."

"그러면 공석이 된 문주 자리엔 누구를?"

"민파대룡에겐 아들이 하나 있다네. 이제 겨우 열두 살, 세상 물정 모르는 천진무구한 나이지. 그 천진무구한 눈에는 아비의 원수를 갚아 주고 문파를 되찾아 준 우리가 하늘같은 은인으로 보이지 않겠는가?"

육건이 웃으며 말했다.

그러나 석대원은 웃을 수 없었다.

비각은 복종심이 없는 들개를 죽이고 그 이빨과 발톱을 차지하려 하고 있었다. 그것은 비정한 일이었다. 그런데 육건은 그 비정함에서 파생되는 은원까지도 정략적으로 이용할 작정인 것이다. 그것은 더욱 비정한 일이었다.

이렇듯 비정함이 난무하는 세상. 그것이 강호요, 인간이었다.

"그런데 여기엔 작은 문제가 있다네."

육건은 말끝을 흐리며 석대원에게 은근한 눈길을 보냈다. 석대원은 피하지 않고 그 시선을 맞받았다.

"그러려면 우리 쪽 사람 중 누군가가 뇌문에 들어가 공작을 펼쳐야 하는데, 아무래도 저 전비로선 능력이 조금 달린단 말이야. 그래서 하는 말인데, 석 공자가 전비 대신 금부도로 가 줘야겠어. 몇 달 치 밥값이라고 생각하면 그리 억울하지는 않을 걸세."

석대원은 잠시 아무 말도 하지 않았다. 그러다가 낮은 목소리로 물었다.

"모 군장을 이리로 청한 것도 그 때문인가요?"

육건은 고개를 끄덕였다.

"우리 모 군장의 역용술은 강호에 알려진 것보다 두 배쯤 고명하지. 그는 자네의 외모를 완벽하게 전비로 바꿔 줄 걸세. 어떤가? 해 보겠는가?"

말이야 온건했지만 석대원에겐 선택의 여지가 없었다. 무양문에 몸을 의탁한 뒤 처음으로 받은 청이기도 하거니와, 마음에 들지 않는다 하여 거절하기엔 이미 너무 깊은 부분까지 알아 버렸기 때문이다. 무엇보다도 그의 양어깨 위엔 비각의 행사를 저지해야 한다는 운명적인 멍에가 얹혀 있었다.

잠시 후, 커다란 상자를 든 중년인이 석대원이 있는 밀실로 들어왔다. 호교십군의 아홉 번째 자리를 차지하고 있는 모금이었다.

모금이 가져온 상자 안에는 각종 가발과 가염假髥, 다채로운 색깔의 염료, 점액 상태의 수지, 경화된 수지를 장시간 유지시켜 주는 십여 종의 약물, 그리고 보는 것만으로도 눈까풀 안쪽까지 시리게 만드는 인조 각막이 들어 있었다. 그것들은 모금에게 백변귀서생百變鬼書生이라는 명호를 안겨 준 도구들이었다.

"역용술을 배운 이래 이렇게 큰 대상은 처음이군. 꽤나 힘들겠는걸."

하지만 그게 오히려 반가운지 모금은 석대원과 전비를 번갈아 바라보며 이를 드러내고 웃었다.

그로부터 세 시진 뒤, 석대원은 전비가 되어 있었다.

밀실을 떠나기 전, 모금은 석대원의 손에 작고 납작한 주석병 하나를 쥐어 주며 말했다.

"잠자리에서 일어날 때면 눈이 조금 거북할지도 모르네, 그럴 땐 이 병에 든 약물을 눈에 넣게. 금방 편해질 걸세."

모금의 말처럼 거북한 느낌은 곧 사라졌다.

눈두덩을 한두 번 문질러 깔깔한 느낌까지 완전히 몰아낸 석대원은 침상에서 천천히 내려왔다.

선실 천장은 그리 낮지 않았지만 칠 척이 넘는 석대원이 마음 놓고 기지개를 켤 수 있을 만큼 높지는 않았다.

"오늘은 또 무슨 일이 벌어질까?"

석대원은 선실 문을 열고 어둠의 농도가 점점 옅어지는 갑판 쪽으로 걸음을 옮겼다.

(3)

새벽 바다는 사나웠다.

검푸른 물결은 심술궂은 노파처럼 종잡을 수 없이 성질을 부리며 뱃전을 마구 두들겨 댔고, 소금기 물씬 풍기는 바람은 신이라도 난 듯 네 폭 큰 돛을 비명 지르게 만들었다. 어디까지가 하늘이고 어디까지가 물일까? 아득히 보이는 희끄무레한 수평선은 광란하듯 흩어지듯 춤을 추고 있으니, 흡사 천지가 이루어지기 이전의 대혼돈이 재현된 것 같았다. 강의 신 하백河伯이 북쪽 바다의 광활함을 보고 크게 탄식했으니 이를 일러 망양지탄望洋之歎이라 하던가. 신조차 압도당하는 자연의 광활함 앞에서 하물며 좁쌀처럼 미미한 인간임에야.

몸이라도 풀까 하는 마음으로 갑판에 발을 내딛던 석대원은 시야를 꽉 채우며 달려드는 이 굉장한 광경에 그 자리에 얼어붙고 말았다.

그때 머리 위에서 걸걸한 목소리가 울려 왔다.

"거기서 뭐 하는가? 엉거주춤한 품이 꼭 뭐라도 마려운 강아지 같구먼."

흠칫 놀라 시선을 돌리는 석대원에게로 둥그스름한 물체가 휙 떨어져 내렸다. 엉겁결에 받아 드니 한 줄기 매화가 생생히 그려진 보기 좋은 호리병이었다. 뒤이어 싸한 주향이 코를 찔러 왔다.

석대원은 고개를 들었다. 상갑판의 난간에 상체를 기댄 채 싱글거리고 있는 난발 사내가 눈에 띄었다. 호활뇌정검 금청위였다.

"마시라고. 속이 깔깔할 땐 그놈이 최고니까."

금청위의 말에 석대원은 호리병을 흔들어 보았다. 출렁거리는 느낌이 반 이상 들어 있는 것 같았다.

안 그래도 입안이 텁텁하던 터라 사양치 않고 시원하게 한 모금을 들이켰다. 향긋하고 쌉쌀한 액체가 목구멍의 여린 살들을 기분 좋게 자극하며 위장으로 굴러 들어갔다. 단박에 치고 올라오는 화끈한 느낌이 굵은 목을 움츠러들게 만들었다.

"좋군."

석대원이 짤막하게 평하자 금청위는 당연하다는 표정을 지었다.

"좋을 수밖에. 사해포에서 물품을 선적하던 놈들에게 좋은 술을 안 사 오면 네놈들의 골 즙을 대신 마실 거라고 닦달했으니까."

"진짜로 알아들었나 보구려."

"진짜로 알아들었나 보다고? 흐흐."

금청위는 낮게 웃더니 훌쩍 몸을 날려 석대원의 앞에 내려섰다.

"진짜로 그럴 작정이었지. 내 비록 호의호식을 즐기지는 않지만, 술 하나만큼은 황족보다도 까다롭게 고르는 사람이거든.

그런데 이 망할 놈의 배에는 쉰내 나는 탁주밖에 없었지. 게다
가 그 빌어먹을 오음강장주는…….”

술 냄새를 풍기며 주절거리던 금청위는 말하다 말고 부르르
진저리를 쳤다.

“오음강장주? 그게 뭐요?”

석대원이 묻자 금청위는 그의 코앞에다가 왼손의 손가락 다
섯 개를 활짝 펴 보였다.

“오음강장주란 음기를 취해 양기를 보하는 일종의 정력제로
서, 이름 그대로 다섯 가지 음한 것들을 재료로 만든 술이라네.”

“정력제라면 그리 나쁠 것은 없지 않소?”

“그렇지. 나도 그렇게 알고 마셨어. 한데 허 선배에게 그 다섯
가지가 무엇인지 들은 다음부터는 입맛이 뚝 떨어지더라고.”

“다섯 가지가 뭐기에?”

금청위는 활짝 편 손가락을 엄지부터 꼽아 나갔다.

“첫째가 설련자雪蓮子, 괜찮지. 둘째가 홍근승마紅根升麻, 역시
괜찮아. 셋째는 울금鬱金, 이것도 괜찮고. 넷째는 천화분天花粉,
마찬가지로 괜찮아. 여기까지는 아무 이상 없지. 문제는…….”

금청위는 유일하게 남은 새끼손가락을 까딱거렸다.

“요 다섯 번째가 요상하단 말씀이야. 자네 혹시 음궁조陰宮棗
라고 들어 봤나?”

석대원은 고개를 저었다.

“못 들어 봤소.”

금청위는 새끼손가락을 꼽으며 말했다.

“음궁이란 곧 자궁을 뜻하니, 음궁조란 곧 음기가 강한 처녀
의 음부 안에서 보름 동안 불린 대추를 가리킨다네. 젠장, 그러
니 술에서 지린내가 날 수밖에.”

석대원의 얼굴이 일그러졌다. 정력에 환장한 놈이 아니라면 누구라도 그 같은 얼굴이 될 수밖에 없었을 것이다.

금청위가 마찬가지로 일그러진 얼굴을 하고 말했다.

"한데 그 징그러운 물건을 아침저녁으로 보약처럼 홀짝거리는 놈이 있단 말이야."

"그게 누구요?"

"누구긴 누구야, 어제 자네에게 톡톡히 망신당한 놈이지."

"마태상?"

그 이름을 말한 석대원은 픽 웃고 말았다. 음흉하고 표독한 데다 변태적이기까지 하니, 마태상은 누가 자신더러 악당이 아니라고 할까 봐 걱정하는 모양이었다.

금청위가 목소리를 낮춰 물었다.

"놈의 사촌 동생이 자네 손에 죽었다고?"

놈의 사촌 동생을 죽인 사람은 전비였지만, 석대원은 선선히 고개를 끄덕였다.

"그런 일이 있었소."

"그렇다면 조심하는 편이 좋을 거야. 마태상은 한패가 되었다고 해서 원한까지 묻어 버릴 인간이 아니니까."

석대원은 금청위의 얼굴을 똑바로 바라보다가 천천히 말했다.

"그가 원한을 품든 말든 나는 상관하지 않소. 하지만 만일 원한을 품는다면 손해 보는 쪽은 내가 아니라 그일 것이오."

금청위는 눈을 둥그렇게 뜨며 한 방 맞은 듯한 표정을 짓다가 대소를 터뜨렸다.

"멋져! 이러니 내가 첫눈에 반해 버렸지! 으하하!"

성격이 워낙 털털한 탓에 호활뇌정검이란 별호로 불리는 금청위. 과연 듣는 것만으로도 따라 웃고 싶어지는 호탕한 웃음이었다. 그러나 석대원은 따라 웃을 수 없었다. 그 웃음을 찢고 튀어나온 시퍼런 기운 때문이다.

쉭!

난데없이 미간을 찔러 온 송곳 같은 예기에 석대원은 헛바람을 삼키며 목을 비틀었다. 냉수를 뒤집어쓴 듯한 섬뜩한 느낌과 함께, 금청위로부터 비롯된 예기는 석대원의 왼쪽 얼굴을 스치듯 지나갔다. 귓불이 떨어져 나간 것처럼 얼얼했다.

지금껏 분위기 좋게 시시덕거리던 금청위가 갑자기 미치기라도 한 것일까? 그러나 석대원은 그 이유를 당장 알려고 하는 우를 범하지 않았다. 첫 번째 공격이 장난이 아니었음을 확인한 이상, 가장 먼저 해야 할 일은 혹시 있을지도 모르는 두 번째 공격에 대비하는 것이기 때문이었다.

석대원은 자세를 낮추며 빠른 걸음으로 세 발짝 물러났다.

"좋은 대응이야. 어디 그렇다면……."

금청위는 한 발로 껑충 뛰어오르더니 몸을 한 바퀴 크게 돌렸다. 회전의 시작과 끝은 거의 같은 순간이지만, 그동안 석대원이 확보한 세 발짝의 거리는 사라져 버렸다.

쾌애액!

금청위가 갑판에 내려서는 것과 동시에 공기를 가르는 파공성이 터져 나왔다. 섬뜩한 한기를 동반한 기운이 호쾌한 궤도를 그리며 석대원의 허리를 베어 왔다.

피하기도 여의치 않거니와, 그러고 싶지도 않았다. 석대원은 달려드는 상대를 피하는 사람이 아니었다. 그리고 그 점은 전비도 마찬가지일 거라고 생각했다.

땅!

무서운 기세로 허공을 횡단하던 금청위의 공세가 쇳소리를 내며 정지했다. 금청위는 미간을 찡그리며 석대원에게 물었다.

"자네 지금 뭘 쓴 건가?"

"술병이오."

석대원이 무뚝뚝하게 대답했다.

금청위가 찌르고 휘두른 것은 항시 허리에 매달고 다니던 장검. 검집은 벗기지 않은 상태였다. 그런데 석대원은 금청위가 준 호리병으로 그 장검을 받아 낸 것이다.

"나도 눈이 있으니 그게 술병이란 것쯤은 아네."

금청위는 심각한 표정으로 장검을 거둔 뒤, 석대원이 내민 호리병을 찬찬히 살피기 시작했다. 마치 넘어진 자식 놈 다친 곳을 살피듯 조심스럽기 짝이 없는 모습이었다.

잠시 후 금청위는 안도의 한숨을 내쉬더니 석대원에게 타박을 퍼부었다.

"이제 보니 큰일 낼 친구가 아닌가! 분명히 말해 두거니와, 이건 내 것이 아니야. 만약 깨지기라도 하는 날에는 나는 병 주인에게 맞아 죽을지도 모른다고."

"내 알 바 아니오."

석대원의 짧은 대꾸에 금청위는 멍한 표정이 되었다. 하지만 그 표정은 곧 풀어지고 입가엔 털털한 웃음이 떠올랐다.

"정답이군. 정답이야."

금청위는 오른손에 든 장검을 허리에 꽂은 뒤, 석대원의 어깨를 두드렸다.

"대단해. 실력도, 그리고 입심도."

석대원은 금청위에게 자신을 공격한 이유를 묻고 싶었다. 하지만 그는 곧 마음을 고쳐먹었다.

검집을 씌운 채 공격했다는 것은 진심으로 손쓸 생각이 없다는 뜻. 거칠고 호방한 금청위의 성격으로 미루어 보건대, 무인 대 무인으로서 인두주락파삼도의 진재 실력을 시험하고픈 충동을 느낀 모양이었다. 그렇다면 미주알고주알 따지고 드느니 이쯤에서 적당히 넘어가는 편이 인두주락파삼도다울 것이다.

하지만 당하고 그대로 있자니 슬그머니 부아가 치밀었다. 석대원은 금청위에게 물었다.

"이 병 주인이 누구요?"

금청위는 눈썹을 장난스럽게 찡긋거리며 대답했다.

"부자이면서 부자가 아니라고 우기는 영감이라면 알겠나?"

"오, 그 영감."

석대원은 짐짓 놀란 체하더니 다시 물었다.

"그 영감이 그렇게 무섭소?"

금청위가 어깨를 움츠리며 대답했다.

"무섭지. 요즘에야 많이 순해졌지만, 예전에는 하루에도 몇 번씩 제 성질을 이기지 못하고 패악을 부렸지. 그럴 때마다 천지 사방으로 금전이 휙휙 날아다니는데, 사람 하나 넝마로 만드는 건 우스운 일이었지. 아마 자네는 안 겪어 봐서 모를 걸세."

"듣고 보니 정말 무서운 영감이구려."

석대원은 고개를 끄덕이며 호리병에 조금 남아 있는 술을 마저 마셔 버렸다. 그런 다음, 빈 호리병을 금청위에게 내밀었다. 그러다 갑자기 눈을 크게 뜨며 금청위의 어깨 너머를 바라보았다.

"마침 그 영감이 저기 오는구려."

"뭐? 어디?"

호리병을 받기 위해 손을 내밀던 금청위는 움찔 놀라며 선실로 내려가는 문 쪽으로 고개를 돌렸다. 하지만 문은 굳게 닫혀 있었고, 그 앞에는 아무도 없었다.

"나오긴 누가 나온다는…… 억!"

고개를 다시 석대원에게 돌리던 금청위는 정말로 깜짝 놀라고 말았다. 석대원의 머리 너머로 날아가는 호리병을 목격했기 때문이다.

야속한 호리병은 갑판을 지나, 난간마저도 넘어, 바다를 향해 떨어지고 있었다. 석대원은 지금 뭐 하고 있느냐는 표정으로 한 걸음 비켜섰고, 금청위는 비명을 지르며 석대원이 비켜 준 방향으로 몸을 날렸다.

"안 돼!"

화살처럼 빠르게 날아가는 금청위를 바라보며 석대원은 실소를 흘렸다.

"무섭다는 말이 거짓은 아닌 모양이군."

석대원은 어깨를 으쓱거린 뒤, 선실 쪽으로 걸음을 옮겼다. 몸이라도 풀까 하는 마음으로 갑판에 발을 내디딘 그였다. 이 정도면 식전 운동으론 충분한 셈이었다.

역모逆謀

(1)

여진족.

남북조 시대에는 물길勿吉, 당대에는 말갈靺鞨이란 이름으로 불리던 퉁구스 계통의 수렵 민족.

한때 금金이라는 국호로 흥기하여 대륙의 북반부를 차지하고, 북송의 휘종徽宗과 흠종欽宗 두 황제를 포로로 삼아 중화주의에 물든 한족에게 씻을 수 없는 치욕을 안겨 주기도 했으나, 초원의 영웅 칭기즈칸이 이끄는 몽고족에 일패도지. 결국 태조 아골타阿骨打가 나라를 세운 지 꼭 두 갑자가 되는 해인 1234년, 중세 중국사에서 자취를 감추고 말았다.

금나라 멸망 후, 장성의 동북방으로 쫓겨난 여진족에겐 긴 암흑기가 기다리고 있었다. 거란족과의 해묵은 마찰, 북쪽 고토故土

를 확보하려는 고려와 조선에 의한 압력, 원명 양대에 걸친 무자비한 탄압…… 구심점을 잃고 부족 단위로 흩어진 여진족에게는 하나같이 견디기 힘든 고난이었다.

숙여진熟女眞의 한 계파인 청응부靑鷹部가 대륙을 떠나 해도에조차 기재되지 않은 동해의 외딴 섬에 뿌리를 내릴 수밖에 없었던 이면에는, 약소민족으로 전락해 버린 여진족의 비애가 크게 작용했다고 볼 수 있다. 대륙에 머물러 타민족에게 시달리느니 차라리 바다 한복판에서 그들만의 신천지를 개척하는 쪽에 운명을 건 것이다.

광야를 달리던 수렵민족에게 바다 한가운데 떠 있는 섬 생활이란 지옥이나 마찬가지였다.

이주 초기, 청응부의 삶은 지독히도 비참했다. 소금기 밴 세찬 바닷바람은 그들의 육신을 병들게 했고, 풀 한 포기 제대로 자라지 않는 척박한 토양은 그들의 배를 주리게 했으며, 사방을 에워싼 아득한 수평선은 그들의 마음을 지독한 향수에 사로잡히게 했다. 그들은 절망에 빠졌고, 많은 부족원들이 대륙을 그리워하며 쓸쓸히 죽어 갔다.

그러나 그들 중에는 잡초처럼 끈질긴 생명력으로 끝내 살아남은 자들도 있었다. 그 생명력의 근원은 기술. 칭기즈칸마저도 감탄할 수밖에 없었던, 불과 철을 제 몸처럼 다루는 고도의 제련술과 화기술이었다. 그 기술은 그들로 하여금 많은 일들을 가능케 해 주었다.

그들은 집을 짓고 방풍림을 가꾸어 해풍을 막았다. 그들은 수로를 파고 땅을 일궈 곡물과 가축을 키웠다. 그들은 배를 만들고 항해술을 익혀 아득하기만 하던 수평선을 조금씩 정복해 나갔다.

세월이 흘러 섬에서 처음 태어난 아이가 장성할 무렵이 되자, 그들에게 있어서 섬 생활은 더 이상 지옥이 아니었다. 돌과 바위로 이루어진 섬의 외양 또한 한 세대 전과는 몰라보게 달라져, 멀리 석양이 비낄 때면 마치 한 폭의 비단이 바다 위에 떠 있는 듯 아름답게 보였다.

이제 숙여진의 한 계파인 청웅부는 존재하지 않았다. 그들은 스스로를 벼락의 후예라는 뜻의 뇌족雷族이라 칭했고, 자신들이 피땀으로 가꾼 아름다운 섬을 금부도라 칭했다.

그리고 그들의 존재를 아는 극소수 중원의 강호인들은 그들을 일러 뇌문이라 칭했다.

"불을 켜라."

암흑만이 존재하는 공간 속으로 한 줄기 음성이 울려 퍼졌다. 곤필에겐 귀에 익은 음성이었다. 하지만 기억을 더듬을 기회는 없었다. 갑작스레 밝혀진 불빛이 오랫동안 어둠 속에 버려진 곤필의 감각을 일순간에 마비시켜 버렸기 때문이다.

눈을 뜨려는 의지와 눈을 감으려는 본능의 충돌 속에서, 곤필의 시력이 서서히 회복되었다. 그는 자신의 앞에 서 있는 호리호리한 체구의 장년인을 볼 수 있었다.

동공을 찌르는 불빛 속에서 조금씩 윤곽이 선명해지는 그 장년인은 제법 잘생긴 얼굴을 지니고 있었다. 그러나 오른쪽 이마에서 시작되어 얼굴 전체를 종으로 가르고 오른쪽 턱으로 빠져나간 커다란 칼자국 때문에 누구도 그를 미남이라 부르지는 않을 것 같았다.

곤필의 메마른 입술이 달싹거렸다.

"아리수…… 당신이었군."

아리수라 불린 장년인이 빙긋 웃었다. 흉측한 칼자국에도 불구하고 보는 이의 마음을 편안하게 만들어 주는 부드러운 웃음이었다. 그러나 곤필의 마음은 편안할 수 없었다.

"그래, 바로 나라네. 지난밤 잘 지냈는지 모르겠군."

아리수의 태연한 대답이 곤필의 얼굴을 일그러뜨렸다. 곤필은 당장이라도 일어나 아리수에게 침을 뱉지 못하는 자신이 한없이 원망스러웠다. 그러나 지금으로선 도리가 없었다. 튼튼한 가죽 끈으로 사지가 묶인 채 땅바닥에 팽개쳐진 몸으로는 아무것도 할 수 없었다.

"차림이 이 모양이라 그런지 조금 쌀쌀하더이다."

곤필이 이를 갈며 말했다. 문파 내에서 차지하는 신분을 생각하면 창피스럽기 짝이 없는 일이지만 그는 달랑 속옷 바람, 어젯밤 잠자리에서 납치된 탓이었다. 그를 납치한 사람은 복면을 뒤집어쓴 두 명의 괴한이었다. 그들은 잠자리에 든 곤필의 혈도를 제압한 뒤, 커다란 포대에 담아 이 밀실로 옮겨 놓은 것이다.

"쯧쯧, 그래선 안 되지."

아리수는 주위를 둘러보며 큰 소리로 말했다.

"곤필은 우리 뇌문의 제사장이자 내겐 친동생이나 다름없는 사람이다. 감기라도 걸린다면 내 체면이 뭐가 되겠는가?"

약간의 시간이 지난 뒤, 푸른 옷을 입은 사내 둘이 벌건 숯불이 가득 담긴 커다란 청동화로를 들고 밀실로 들어왔다. 그들의 얼굴을 확인한 곤필은 크게 놀라 부르짖었다.

"숙야熟冶? 완안차完顔遮?"

숙야와 완안차는 신전에 속한 인물들. 제사장 곤필을 도와 뇌문에서 거행되는 각종 의식을 치르는 제관들이었다.

"그대들이 어떻게 여기에……?"

말을 잇던 곤필의 눈이 커졌다. 어젯밤 자신의 잠자리에 침입한 복면 괴한들의 체형이 저들과 비슷했다는 사실을 그제야 깨달은 것이었다.

"쌀쌀하다고 하니 가까이 놔 주어라."

아리수가 손짓하며 말했다. 숙야와 완안차는 들고 온 화로를 곤필의 얼굴 앞에 내려놓았다. 숨 막히는 열기가 곤필의 얼굴을 향해 사납게 달려들었다. 하지만 정작 곤필을 뜨겁게 달구는 것은 마음속에서 치밀어 오르는 분노였다. 충직한 개처럼 아리수의 말에 순종하는 두 제관을 보고 있노라니 눈이 뒤집힐 것 같았다.

"사부님께서 그대들을 그토록 신심으로 대했거늘, 감히 이런 반역을 꾀하다니!"

곤필의 질타에 숙야와 완안차의 얼굴에 얼핏 참괴한 기색이 스쳐 지나갔다. 그러자 아리수가 빙긋 웃으며 말했다.

"숙야와 완안차를 탓하기에 앞서 우선 자네가 한 일을 돌아봐야 하지 않을까? 이들은 철들 무렵부터 신전에 들어가 이십 년이 넘도록 제관으로 봉사해 왔다네. 하지만 곤필, 자네는 어떤가? 자네는 제관이 된 지 불과 이 년 만에 전 제사장의 눈에 들었다는 이유 하나만으로 후계자 자리에 오르지 않았던가? 인사人事란 이래서 중요하다네. 계제를 함부로 무시하면 반드시 문제가 따르기 마련이지."

"제사장의 자리는 신탁에 의해 결정되는 것이다!"

곤필이 거칠게 반박해 봤지만, 아리수는 콧수염을 만지작거리며 대수롭지 않다는 표정을 지었다.

"세상에는 눈에 보이지 않는 신탁 따위는 좀처럼 믿으려 들지 않는 불신자들이 많다네. 나처럼 말이야."

아리수는 손짓으로 숙야와 완안차를 돌려보낸 뒤 곤필 앞에 쭈그리고 앉았다.

"뭐, 종교 얘기는 이 정도로 하고…… 쌀쌀한 것은 이제 어떤 가? 조금 괜찮아졌지?"

아리수는 곤필의 턱을 움켜쥐더니 화로 앞으로 지그시 끌어 당기며 물었다. 물론 곤필의 입장에선 절대로 괜찮지 않았 다. 화로는 너무 뜨거웠고 화로와의 거리는 너무 가까웠다. 게다가 곤필은 뇌신雷神을 받드는 제사장일 뿐, 아리수처럼 내 외공을 두루 겸비한 무인이 아니었다.

얼굴 거죽이 통째로 익는 듯한 고통에 곤필은 뒤로 물러나려 했지만, 아리수는 그것을 용납하려 들지 않았다.

"왜 그러는가? 어디 불편하기라도 한 건가?"

아리수의 왼손 엄지와 인지는 강철 집게처럼 단단히 곤필의 턱을 움켜잡고 있었다. 하악골이 통째로 떨어져 나갈 것 같은 무자비한 악력이었다.

너무도 치욕스러울 수밖에 없는 일이지만, 곤필은 결국 자신 의 고통을 아리수에게 호소하기에 이르렀다.

"너무…… 뜨거워……."

턱을 움켜잡힌 까닭에 괴상하게 일그러진 곤필의 입에선 말 보다 침이 더 많이 흘러나왔다.

"조금 전에는 쌀쌀하다고 하더니 이제는 뜨겁다고 하는군. 자네는 참 까다로운 사람이야."

아리수는 벌레를 갖고 노는 개구쟁이처럼 악의와 유쾌함이 반반씩 섞인 미소를 짓더니 곤필의 턱을 놓아주었다. 곤필은 진 짜 벌레라도 된 것처럼 꿈틀꿈틀 기어서 화로로부터 떨어졌다.

그의 콧등엔 벌써부터 허연 물집이 방울방울 부풀어 오르고 있었다.

아리수는 소매 속에서 새하얀 비단 손수건을 꺼내 곤필의 침으로 더럽혀진 자신의 손가락을 세심하게 닦았다.

"자네를 이런 자리에서 대하게 된 것은 참으로 유감스러운 일이 아닐 수 없네. 그러고 보면 나는 제사장과 별로 좋은 인연이 아닌 것 같아. 자네도 그렇고, 또 오고태午高台도 그렇고."

그 순간 고통으로 신음하던 곤필의 입에서 발작과도 같은 외침이 터져 나왔다.

"아리수, 사부님을 죽인 것도 당신인가!"

뇌문의 전대 제사장인 오고태는 지금으로부터 반년 전쯤에 세상을 떠났다. 노익장이란 말을 몸소 실천하듯 바로 전날까지도 왕성한 기력을 뽐내던 그가 하룻밤 사이에 차디찬 송장으로 변한 것은 많은 사람에게 의문을 안겨 주었다. 그러나 외상이 전혀 없고 독살의 흔적 또한 발견되지 않아 결국 자연사로 판명될 수밖에 없었고, 그 뒤 신전의 직제職制에 의거, 오고태의 후계자인 곤필이 제사장의 자리를 이어받게 된 것이다.

"내가 오고태를 죽였다고? 아니지, 그게 아니야."

아리수는 고개를 저었다.

"물가로 말을 끌고 갔는데 말이 물을 마시지 않는다면, 그게 내 책임인가, 아니면 말의 책임인가? 벼랑에 매달린 자에게 밧줄을 내밀었는데 그가 밧줄을 붙잡지 않는다면, 그게 내 책임인가, 아니면 그의 책임인가? 오고태는 내가 죽인 게 아니야. 그 스스로 살길을 외면한 거지."

"닥쳐라, 이 더러운 역도! 부족의 존장을 음해하고, 또 아버지처럼 돌봐 준 형을 배신하려 들다니 뇌신의 노여움이 두렵지도 않느냐!"

아리수는 살짝 눈살을 찌푸렸다. 우반면을 가로지른 흉터가 뱀처럼 꿈틀거리더니 얼굴 전체로 음산한 냉기가 번지기 시작했다.

"아직도 깨닫지 못한 모양이군. 자네 앞에 있는 것은 뇌신이 아니라 나라네. 그러니 두려워해야 할 사람은 내가 아니라 바로 자네지."

말을 마친 아리수는 쥐고 있던 손수건을 화로에 떨어뜨렸다. 나풀나풀 떨어져 내리던 수건은 화로에 닿기도 전에 불길에 휩싸이며 조그맣게 오그라들었다. 그것을 바라보던 아리수가 조용히 말했다.

"자네도 알 거야. 나란 사람이 번거로운 것을 얼마나 싫어하는지를……."

아리수는 시선을 천천히 곤필에게 옮겼다. 아까와는 달리 얼음처럼 차가워진 한 쌍의 눈빛이 곤필의 얼굴에 정확히 꽂혔다.

"자네가 오고태처럼 어리석지 않기를 바라네. 자네는 그저 내 질문에 대답만 하면 돼. 그렇게만 해 준다면 나는 결코 자네를 다치게 하지 않을 걸세."

곤필은 입술을 지그시 깨물었다. 그는 아리수가 준비한 질문이 무엇인지 알 수 있을 것 같았다. 그의 사부인 오고태 역시도 그 질문을 받았을 터이고, 대답하지 않은 대가로 죽임을 당했을 것이다.

아리수가 물었다.

"축융祝融은 어디 있나?"

바로 그 질문이었다.

곤필은 아리수의 얼굴을 똑바로 노려보았다. 하지만 고집스럽게 다물린 그의 입술은 열리지 않았다.

"번거롭군. 번거로운 것은 질색인데……."

곤필의 대답을 기다리던 아리수는 못내 안타깝다는 듯 말끝을 흐리더니, 품에서 검은 광택이 번들거리는 얇은 장갑을 꺼내어 오른손에 끼었다. 곤필의 얼굴이 창백해졌다. 묵등피수갑墨藤皮手匣. 등나무 중에서도 내열성이 특히 강한 묵등의 껍질을 방화유防火油에 여섯 달 동안 절여 만든 저 장갑은, 뜨거운 물체를 마음대로 다룰 수 있게 해 주는 이기利器였다.

아리수는 묵등피수갑을 낀 오른손을 쥐었다 폈다 하며 중얼거렸다.

"오고태에겐 이런 번거로움을 베풀 필요가 없었지. 그가 아니라도 내 질문에 답해 줄 후계자가 한 명 더 있었거든. 하지만 자넨 달라. 자네는 너무 젊어서 후계자도 없지 않은가. 그러니 자네가 죽으면 내 질문에 대답할 사람이 없어지는 셈이지. 나는 결코 그렇게 되는 것을 원치 않네. 난 꼭 대답을 들어야겠거든. 그러니 번거롭더라도 이해해 주리라 믿네."

싸늘한 묵등피수갑의 감촉이 마음에 든 것일까? 아리수는 흡족한 표정으로 고개를 끄덕인 뒤 다시 물었다.

"축융은 어디에 숨겼나?"

곤필의 얼굴이 점점 더 창백해졌다. 그러나 그는 대답하지 않았다. 자신에게 닥칠 고난이 어떠하리라는 것은 짐작 못 하는 바 아니나, 그것에 앞서 절대로 대답해선 안 된다는 의지가 그를 함구하게 만들고 있었다.

아리수는 뜻밖에도 분노를 드러내지 않았다.

"과연 자네는 오고태 못지않은 충신이야. 형님이 부러워지는 군. 늙은이 젊은이 가릴 것 없이 일편단심으로 충성을 바치고 있으니."

그런데 그것이 더욱 무서웠다. 분노했을 때 분노를 드러내는 사람보다 더욱 두려운 것은, 분노했을 때 분노를 드러내지 않는 사람이었다. 바로 지금의 아리수처럼.

아니나 다를까, 아리수는 소매를 걷은 오른손을 화로 안에 집어넣었다. 화로 밖으로 나온 그의 오른손에는 홍백색으로 타오르는 숯덩이 하나가 쥐여 있었다.

"그러나 자네는 곧 후회하게 될 걸세."

그응!

다섯 치 두께의 나무 문이 둔중한 소리를 울리며 닫혔다.

문밖은 동굴이었다. 길이는 십 장 남짓. 동굴의 입구는 방풍림이 조성된 해변과 연하여 있었다.

아리수는 눅눅한 동굴을 걸어 나오며 의복에 묻은 검댕을 툭툭 털어 냈다. 사람의 살이란 것도 나무껍질과 별다를 바가 없어서 불에 그슬리면 검댕이 나오는 모양이었다.

동굴을 나서자 시원한 바닷바람이 아리수의 옷자락을 펄럭이게 만들었다. 따사로운 양광이 어둠에 익숙해진 눈을 기분 좋게 자극했다. 아리수는 크게 심호흡을 했다. 폐부에 들어찬 노린내를 몰아내려는 듯이.

동굴 바깥에서 아리수를 기다리고 있던 사람은 셋. 둘은 아까 화로를 날라 온 숙야와 완안차였고, 나머지 하나는 반백의 머리카락을 조그만 상투 두 개로 틀어 맨 작달막한 체구의 노인이었다.

실처럼 가는 눈매와 쉴 새 없이 발름거리는 콧구멍이 어딘지 모르게 간사한 느낌을 주는 노인은 허리에 날의 길이가 두 자나

되는 커다란 도끼 한 자루를 매달고 있었다. 황금 장식이 번쩍거리는 화려한 도끼지만 주인의 풍모가 워낙 보잘것없는 탓에 영 어색해 보였다.

아리수에게 다가온 노인이 은근한 목소리로 물었다.

"어떤가? 놈이 토설하던가?"

노인의 이름은 체항替項. 뇌문의 장로 중 한 사람이었다.

부족사회인 뇌문에서 부족의 어른 격인 장로들이 지닌 힘은 실로 막강했다. 실제로 장로들의 수뇌이자 뇌문의 최고 어른인 음뢰격에게는 문주인 민파대릉에 버금가는 권능이 부여되었고, 그것은 다른 장로 대부분에게도 큰 차이가 없었다.

하지만 용에게도 머리가 있고 꼬리가 있듯, 장로라고 해서 모두 그런 것은 아니었다. 체항이 그 대표적인 예였다.

다른 장로들보다 상대적으로 젊다는 이유만으로 원치도 않은 소장파 딱지를 붙이게 된 체항은, 문파 내에서 스스로 만족할 만한 권력을 누리기 위해선 자기보다 연로한 장로들이 하루빨리 저승으로 가기만을 기원해야 하는 불운한 처지일 수밖에 없었다. 그래서 반역을 꿈꾸는 아리수에게 좋은 표적이 되었다. 아리수는 몇 마디 간단한 회유와 약속만으로 그를 자기 사람으로 만들 수 있었다.

승냥이는 이처럼 이익에 따라 무리를 짓는다. 곤필이 제사장이 된 것에 불만을 품은 숙야와 완안차도 비슷한 경우라 할 수 있다.

"오고태가 후계자만큼은 잘 두었더군요. 공양심식供養心息에 느는 재수가 사부 못지않더이다."

아리수가 자신과 무관한 얘기를 하듯 태연한 어조로 대답하자, 체항은 크지도 않은 눈을 부라리며 노색을 드러냈다.

"허! 머리에 피도 안 마른 애송이가 주위에서 제사장님, 제사장님 하면서 떠받들어 주니까 자기가 진짜 대단한 줄 아는 모양이군. 내 이놈을 당장……!"

체항이 팔소매를 둥둥 걷어붙이며 동굴로 들어가려 하자 아리수가 만류했다.

"참으시지요."

"하지만 그 건방진 놈이 감히……!"

아리수는 내심 실소를 흘렸다. 체항의 본심이 다른 데 있음을 알기 때문이다. 하지만 그는 내색하지 않고 좋은 말로 체항을 만류했다.

"그러다 놈이 죽기라도 한다면 곤란한 일 아니겠습니까? 지금은 분한 마음에 버티고 있겠지만, 대세가 결정된 뒤에는 생각을 달리할 수밖에 없을 겁니다."

비록 존대받고 있기는 하나 체항은 아리수의 말을 거역할 입장이 못 되었다. 욕심 많은 노인은 쓰게 입맛을 다시며 물러섰고, 아리수는 동굴 입구에 나눠선 두 명의 제관에게 지시를 내렸다.

"들어가서 상처가 덧나지 않도록 치료해 주거라. 정신을 차리면 자진하려 들지 모르니 입에 재갈을 물리도록 하고."

"예!"

두 사람이 명을 이행하기 위해 동굴로 들어가자 아리수는 만족한 표정으로 몸을 돌렸다.

"충신의 입은 무거우나 모든 것은 시간이 해결해 준다네."

방풍림이 만들어 낸 천연적인 소로를 따라 걸음을 옮기는 아리수의 입에선 콧노래 같은 혼잣말이 흘러나왔다.

"여어! 같이 가자고!"

체항이 급히 아리수를 따라왔다. 눈알이 이리저리 굴러다니는 것으로 미루어 뭔가 하고 싶은 말이 있는 게 분명한데, 쉽사리 꺼내지 않는 품을 보면 아리수의 눈치를 살피는 듯했다.

체항은 방풍림이 끝날 무렵에 가서야 마침내 운을 띄웠다.

"그런데 한 가지 궁금한 것이 있네."

아리수는 아무 대꾸도 없이 계속 걸음을 옮겼다. 체항은 잰걸음으로 아리수를 따라붙으며 더욱 조심스러운 목소리로 물었다.

"곤필의 입을 통해 알아내려는 게 대체 뭔가? 내게만 살짝 귀띔해 주면 안 되겠는가?"

아리수의 걸음이 우뚝 멎었다. 그는 천천히 몸을 돌려 체항을 바라보았다.

"알고 싶습니까?"

"꼭 알고 싶은 건 아니네만, 그래도 궁금해서…….."

체항이 어물어물 말꼬리를 흐렸다. 아리수는 시선을 먼 하늘로 돌리며 지나가는 투로 물었다.

"오고태가 왜 죽었는지 아십니까?"

체항이 어리둥절한 표정을 지었다.

"곤필이 왜 저런 꼴이 되었는지 아십니까?"

체항의 얼굴이 조금씩 창백해졌다.

아리수는 시선을 다시 체항에게로 옮겼다.

"위험한 비밀일수록 모르는 편이 나을 때가 많지요."

비록 조용한 말이지만 그 안에 품은 의미만큼은 체항의 몸을 움츠러들도록 만들기에 충분했다.

"그래도 알고 싶습니까?"

"아, 아니야! 내가 그런 걸 알아 무엇하겠나? 나는 알고 싶지 않네. 정말 알고 싶지 않다고."

손을 내두르던 체항은 갑자기 생각난 듯 이마를 후려쳤다.

"참! 철교왕鐵鮫王을 만나기로 했는데 깜빡 잊었군. 만만찮은 친구니 기다리게 해서는 안 되겠지?"

늙은 생강답게 말꼬리를 돌리는 데 여간내기가 아니었다. 물론 아리수도 더 이상 추궁하지 않았다. 어차피 이익으로 뭉친 관계라면, 화기和氣를 위해 적당한 선에서 접어 줄 줄도 알아야 하는 것이다.

"철교 왕풍호王楓虎는 중요한 인물입니다. 기다리게 해서는 곤란하겠지요. 어디서 만나기로 하셨습니까?"

"주위의 이목도 있고 해서 해골단骸骨壇으로 정했다네."

해골단은 금부도 서쪽 해안에 위치한 칠팔 장 높이의 절벽의 이름이었다. 이주 초기, 뇌문의 선조들은 척박한 섬 생활을 이기지 못하고 죽어 간 동족들의 유골을 해골단에 뿌렸다. 혼백이나마 해풍을 타고 고향으로 돌아가라는 마음에서였다. 그러나 세월이 흘러 섬 생활에 적응한 뒤에는 그러한 관습도 서서히 사라졌고, 대부분의 묘역이 그러하듯 이제 해골단은 대낮에도 인적을 찾기 힘든 불길한 장소가 되었다.

아리수는 빙긋 웃으며 고개를 끄덕였다.

"잘하셨습니다. 신중이란 아무리 강조해도 과하지 않으니까요."

"하하! 자네가 좋다니 이 늙은이도 마음이 기쁘군. 그럼 나는 철교왕을 만나러 가겠네."

"수고해 주십시오."

아리수는 가볍게 고개를 숙였고, 체항은 황송하다는 듯 손을 저으며 허둥지둥 자리를 떴다.

아리수는 해변의 기기묘묘한 암석들 사이로 멀어지는 체항의 뒷모습을 한동안 지켜보았다. 그의 입술 사이로 나직한 혼잣말이 흘러나왔다.

"사람들은 왜 호기심을 품기에 앞서 스스로의 능력을 헤아리려 들지 않는 것일까?"

축융은 존재 자체만으로도 충분히 위험한 비밀이었다. 위험한 비밀이란 호랑이와 비슷한 면이 많았다. 호랑이를 키우려면 호랑이에게 물려 죽지 않을 만한 능력이 있어야 하듯, 위험한 비밀을 알려면 그것을 감당할 만한 능력이 있어야 하는 것이다.

물론 아리수는, 자신에게는 호랑이에게 물려 죽지 않을 능력이 있다고 믿었다.

(2)

체항이 도착했을 때, 그 사내는 해골단 위에 있지 않았다. 그 사내가 자리 잡은 곳은 해골단 아래로 울쑥불쑥 튀어나온 암초지대, 그중 상부가 비교적 편편한 주상암柱像岩이었다.

넓은 어깨와 단단한 등을 지닌 그 사내는 몹시도 한가로워 보였다. 햇볕을 가릴 요량으로 쓴 듯한 커다란 삿갓이 그랬고, 검푸른 파도 속에 줄을 드리운 낚싯대가 그랬다.

사내의 모습을 발견한 체항은 지체 없이 해골단 아래로 뛰어내렸다. 절벽이라고는 해도 깎아지른 낭떠러지는 아니기에 디딜 만한 자리를 찾는 것은 어렵지 않았다. 그는 나뭇가지 사이를 누비는 원숭이처럼 민첩한 몸놀림으로 암초들 위를 예닐곱 차례 딛고 뛴 다음 사내가 앉아 있는 주상암 위에 사뿐히 내려섰다.

"낚시하기엔 좋은 날이군. 입질은 괜찮은가?"

체항은 밝은 목소리로 사내에게 말을 건넸다.

"전혀. 아침나절 꼬박 앉아 있었지만 한 마리도 못 낚았으니까."

사내는 돌아보지도 않고 대답했다. 권태로움이 점점이 묻어나는 낮은 음색, 말투도 느릿느릿했다.

"그거 이상한 일이군. 자네처럼 솜씨 좋은 조사釣師가 한 마리도 못 낚다니. 혹시 자리가 나쁜 게 아닌가?"

"자리는 나쁘지 않소. 그보다는 내가 한물갔다는 소문이 용궁에까지 퍼진 모양이오."

체항은 클클 웃었다.

"천하의 철교왕이 이 무슨 맥없는 소리인가?"

사내의 넓은 어깨선이 잠시 출렁거렸다. 아마도 웃는 듯.

"그 이름으로 불려 본 지도 오랜만이구려. 하지만 다 지난 얘기. 지금은 이렇게 낚시로 소일하는 밥벌레에 불과하오."

체항은 당치도 않다는 듯 호들갑을 떨었다.

"인생이란 게 본래 부침이 있기 마련 아닌가. 강태공이 반계磻溪에서 세월을 낚다가 귀인을 만났듯이, 자네에게도 반드시 좋은 날이 올 걸세."

"오, 한족의 역사도 달통하셨소?"

"주워들은 풍월이지."

"한데 이상하지? 내 귀에는 마치 당신이 그 귀인 노릇이라도 해 주겠다는 말처럼 들리는구려."

사내가 빈정대듯 말했다. 체항은 불쾌해하지 않았다.

"어쩌면 그럴지도 모르지."

"그럴지도 모른다? 흐흐, 이거 점점 재미있어지는군."

사내는 낚싯대를 바위틈에 고정시키고는, 천천히 일어서서 체항을 향해 몸을 돌렸다. 앉아 있을 때엔 그저 튼튼해 보인다 싶었는데 이렇게 몸을 펴니 다른 사람보다 머리통 하나는 큰 장신이었다.

체항에게로 완전히 돌아선 사내는 삿갓의 앞을 슬쩍 치켜들었다. 솥바닥처럼 거무튀튀한 하관이 삿갓의 그늘 밑으로 드러났다. 각진 턱을 뒤덮고 있는 까칠한 수염, 지나온 험난한 삶이 그대로 새겨진 억센 하관이었다. 그 하관 한가운데 자리 잡은 굵은 입술이 움직였다.

"왜 보자고 했소?"

역시 낮은 음색에 느린 말투. 그러나 체항은 눈앞의 사내가 결코 쉽게 대할 수 없는 대어임을 알고 있었다.

철교왕, 철교 왕풍호로 말하자면 과거 대륙의 남동 해안을 주름잡던 최강의 해적 집단인 철교단鐵鮫團의 총단주였다.

강에선 마웅을 조심하고 바다에선 철교를 조심하라는 경구가 말해 주듯, 사해마웅 마태상은 강물에 발을 담그고 살아가는 사람들에게 있어서 행온사자行瘟使者처럼 무자비한 존재였고, 철교 왕풍호는 바닷바람에 얼굴이 그을린 사람들에게 있어서 염라대왕처럼 두려운 존재였다.

그러나 지금은? 지금의 왕풍호도 그렇게 두려운 존재일까?

생각이 여기에 미친 체항은 마음을 조금 가라앉힐 수 있었다.

"한 가지 제안할 것이 있어 보자고 했네."

체항의 대답에 왕풍호는 삿갓을 조금 더 치켜들었다. 암회색으로 가라앉은 한 쌍의 눈동자가 체항의 얼굴에 고정되었다. 돌멩이를 박아 넣은 것처럼 무심해 보이는 눈동자였다. 그 눈동자는 체항의 다음 말을 소리 없이, 그러나 위압적으로 재촉하고 있었다.

타인에 의해 위축당하는 것을 즐거워할 사람은 없을 테니 체항은 자연히 언짢아질 수밖에 없었다. 그런데 콧구멍은 왜 이리 자발머리없이 발름거리고, 또 입안은 왜 이리 바짝바짝 말라 오는 것일까?

"자, 자네가 우리 뇌문에 손님으로 온 지도 벌써 오 년이 지났군. 우리 여진 말이라고는 한마디도 모르던 사람이 이제는 나와 대화를 나누는 데 아무 지장이 없는 걸 보니, 허허, 그러고 보면 참으로 빠른 게 세월이 아닌가 싶네."

왕풍호가 체항의 너스레를 잘랐다.

"요점만 말하시오."

체항의 얼굴이 무안으로 붉어졌다. 그는 애써 마음을 가다듬은 뒤, 아랫배에 잔뜩 힘을 주고 본론을 꺼냈다.

"단도직입적으로 말하지. 사흘 뒤, 중원에서 천표선이 온다네."

왕풍호는 잠시 아무 말도 하지 않고 체항의 얼굴을 쏘아보았다. 그 눈길이 부담스럽지 않을 리 없었다. 체항은 황급히 부연했다.

"천표선 알지? 마태상이 주인으로 있는……."

왕풍호는 귀찮다는 듯 고개를 끄덕였다.

"물론 알고 있소. 그 마태상이 온다는 거요?"

"그렇지! 마태상을 비롯한 비각의 비영들이 이 금부도에 오는 거라네."

"비영들까지?"

무심하기만 하던 왕풍호의 눈동자에 처음으로 감정의 빛이 떠올랐다. 호기심이었다.

"단지 화기를 운송할 목적이라면 그처럼 귀하신 나리들까지 동원하지 않았을 테고…… 대체 그들이 오는 이유가 뭐요?"

체항은 주위에 아무도 없음을 재차 확인한 뒤에야 비로소 목소리를 낮춰 대답했다.

"그들의 목적은 아리수를 새로운 문주로 세우는 것이지."

왕풍호의 얼굴이 철갑이라도 씌운 듯 경직되었다.

"모반……인가?"

왕풍호가 천천히, 평소보다 훨씬 느린 말투로 물었다. 체항은 자신의 목소리가 떨리지 않기를 바라며 왕풍호의 말을 정정했다.

"모반이란 말은 듣기에 조금 거북하군. 영리한 새는 나무를 가려 둥지 틀고, 현명한 신하는 주군을 가려 충성을 바친다고 하지 않던가. 이는 어지러운 것을 바르게 되돌리는 작업이니 정난靖難이라 해야 마땅할 것이네."

"말장난을 꽤나 좋아하는군."

왕풍호는 조금 전 체항이 그랬던 것처럼 주위를 한 번 둘러본 뒤 냉소를 흘렸다.

"이보시오, 체항. 만일 내가 거절하면 살인멸구라도 해야 할 것 아니오. 그렇다면 당신은 나를 너무 우습게 여기고 있군. 나 정도는 혼자서도 자신 있다 이건가?"

왕풍호는 천천히 팔짱을 풀었다. 체항은 자신도 모르게 한 발짝 물러섰다.

"사, 살인멸구라니! 내 비록 아는 것 없는 우부에 불과하지만 계란으로 바위를 칠 만큼 멍청하지는 않다네."

왕풍호의 눈이 가늘어졌다.

"하면 내가 승낙할 것으로 믿었단 말인가?"

"분명히 그럴 거라 믿었네."

"재미있군. 정말 재미있어. 으하하!"

하늘을 보고 한바탕 웃던 왕풍호가 돌연, "간교한 늙은이!"라고 벼락처럼 외치며 체항을 향해 몸을 날렸다. 실로 질풍 같은 돌진이었다. 그의 장대한 그림자가 순식간에 하늘의 태양을 가려 버렸다.

"헉!"

체항은 본능적으로 뒷걸음질을 쳤다. 그러나 그것이 무의미한 행동이었음은 곧바로 드러났다.

취이익!

날카로운 경풍이 체항의 왜소한 몸뚱이를 할퀴고 지나갔다. 다음 순간, 체항의 구부정한 목은 어느새 왕풍호의 큼직한 손아귀 안에 들어 있었다. 갈퀴처럼 구부린 오른손 인지와 중지는 각각 뒷목의 뇌호腦戸, 풍부風府에 닿았고, 곧게 편 무지는 사혈 중에서도 사혈이라고 할 수 있는 천돌혈天突穴을 지그시 누르고 있었다. 실로 모골이 송연해질 만큼 빠르고 정교한 금나술이라 아니할 수 없었다.

'아리수가 이르기를, 철교왕은 결코 자신보다 하수가 아니라더니…… 과연!'

감탄과 함께 부끄러움이 치밀어 오르는 것은 어쩔 수 없었다. 단 한 수라니! 아무리 대항할 의사가 없었다 한들 이 결과는 너무 무참했던 것이다.

"너는 나를 잘못 보았다."

왕풍호가 음산히 웃으며 말했다.

"이 왕풍호가 비록 관의 눈을 피해 이 궁벽한 섬에 몸을 숨긴 도망자 신세이긴 하지만, 적어도 장부의 도리가 무엇인지는 아는 사람이다. 민파대릉은 오갈 데 없는 나를 받아 준 은인. 그런데도 그를 배신하라고?"

체항은 쓸쓸한 표정으로 왕풍호의 말에 동의했다.

"그 심정 이해하네. 장부라면 마땅히 그래야지."

"그렇다면 말이 필요 없겠군."

왕풍호는 바늘 끝 하나 들어가지 않을 정도로 완강해 보였다. 그러나 체항은 뜻밖에도 마음이 차분해지는 것을 느꼈다. 이번 면담이 이런 식으로 진행되리라는 것은 진작부터 예상했던 일이다. 명줄을 일단 상대에게 넘겨주고 나니 오히려 말하기가 편해진 것이다.

본격적인 낚시질은 이제부터 시작이었다.

"나를 민파대릉에게 끌고 갈 작정인가?"

"물론!"

왕풍호의 대답은 단호했다. 체항은 체념한 듯한 표정으로 고개를 끄덕였다.

"그렇군. 그러면 민파대릉은 자네를 위기를 막아 준 은인으로 생각할 테고, 자네를 비롯한 서웅각西雄閣의 친구들에 대한 대접도 조금은 나아지겠지. 아니, 잘하면 어린 계집 한둘쯤 생길지도 모르겠군."

서웅각은 여진족의 섬인 금부도 내에 존재하는 한족의 거처였다. 거기엔 열다섯 명의 한족 강호인들이 살고 있는데, 그들 모두에겐 중원 땅을 밟고 살 수 없는 이유가 하두 개씩은 있었다. 왕풍호도 물론 그러했다.

"대가를 바라고 하는 일이 아니다."

왕풍호가 무서운 눈빛으로 으르렁거렸지만, 체항의 입가에는 오히려 엷은 웃음이 떠올랐다.

"하지만 민파대릉이 자네에게 해 줄 수 있는 일은 그게 전부일 걸세. 자네는 결국 이 좁아 빠진 섬 구석에서 낚시나 하며 늙어 갈 테고, 어느 날인가 침상에 누워 갈라지고 힘없는 목소리로 이렇게 말하겠지. 내 뼈를 해골단 위에서 뿌려 줘. 뼛가루라도 중원에 돌아가고 싶어……. 그것을 바라는가? 아니. 분명히 아닐 거야. 자네는 별명처럼 크고 힘센 상어라네. 상어란 개울에서 놀 수 없는 법이지. 이 섬은 잠시 몸을 숨기기에는 적당할지 모르지만, 아주 눌러앉기에는 너무 협소하다네. 결국 자네는 미치고 말 거야."

체항은 잠시 말을 멈추고 왕풍호의 눈을 빤히 들여다보았다. 왕풍호의 눈동자는 보일락 말락 하게 흔들리고 있었다. 마치 먹음직스러운 미끼를 발견한 물고기의 그것처럼.

"그러나 지금의 자네는 중원에 갈 수 없는 몸이지. 강호인에게 있어서 살인이야 워낙 다반사니 나라에서도 대충 넘어가 준다지만, 자네는 경우가 달라. 왜냐고? 자네가 죽인 사람은 보통 사람이 아니라 황족이거든. 그러니 그 일이 있은 지 몇 해가 지났지만, 아직도 각 성의 이름난 포두들이 눈에 불을 켜고 자네를 찾을 수밖에."

체항은 자신의 목을 움켜잡은 왕풍호의 오른손에서 힘이 조금씩 빠지는 것을 느꼈다. 그는 한 발짝 옆으로 비켜섰다. 그러자 왕풍호의 손이 스르르 풀어졌다.

"하지만 자네에게도 기회가 왔다네. 이번 천표선을 타고 오는 비영들은 황제의 직인이 찍힌 자네의 사면장을 가지고 있지. 그것만 있다면 자네는 자유의 몸이야. 중원으로 돌아가 예전의 철교왕이 될 수 있다고."

체항은 목덜미를 문지르며 말했다. '사면장'이란 말에 왕풍호의 어깨가 부르르 떨렸다.

"그게 사실이오?"

"사실이 아니라면 나처럼 겁 많은 늙은이가 무슨 배짱으로 혼자 자네를 찾아왔겠는가?"

왕풍호의 기세는 많이 누그러져 있었다. 이쯤 되었으면 물고기가 미끼 부근을 오락가락하고 있다는 것을 충분히 확인한 셈이었다. 체항은, 마음을 결정하지 못한 물고기에게 그 미끼가 얼마나 맛있는 것인지를 알려 줄 필요가 있다고 생각했다.

"자네를 위해 준비한 선물은 단지 그것만이 아니라네."

체항은 뒷짐을 지고 왕풍호의 주위를 맴돌며 물었다.

"자네에게는 육장肉醬을 담가도 시원찮은 원수가 하나 있다고 들었네만?"

순간, 왕풍호의 눈에서 무서운 광망이 뿜어 나왔다.

"신도표申屠豹!"

물고기가 드디어 미끼를 물었다.

"맞아, 신도표. 아마 자네 밑에서 부단주 노릇을 하던 자였지?"

"그 더러운 놈이 어쨌다는 거요?"

상대는 보통 물고기가 아니었다. 크고 힘센 상어였다. 무조건 당기기만 하면 낚싯대가 부러질지도 모르니 때로는 적당히 풀어 줄 줄도 알아야 한다.

"비각에 최근 자네에게 호감을 지닌 사람이 들어왔다고 하더군. 이름이 전비라고 하던데…… 혹시 아는 사람인가?"

체항의 느긋한 말에 왕풍호는 신경질적으로 고개를 끄덕였다.

"몇 번 술자리를 나눈 적이 있소. 그가 박살 낸 절삼도당의 세 당주들은 철교단에도 그리 호의적이지 않았거든. 한데 그 전비가 어쨌다는 거요?"

"바로 그 전비가 신도표에 대해 상세히 알고 있다네. 지금 어디에 사는지, 또 어떤 모습으로 변신했는지…… 등등을."

"찢어 죽일 놈! 드디어 꼬리를 잡았구나!"

왕풍호는 주먹을 불끈 쥐고 이를 뿌드득 갈았다. 그 모습이 얼마나 흉악했는지, 체항은 자신의 이름이 신도표가 아니라는 사실에 감사하고픈 심정이 되었다.

어쨌거나 이제는 슬슬 낚시를 마무리할 때였다. 체항은 안색을 고치고 왕풍호에게 물었다.

"중원으로 돌아가고 싶은가? 복수를 하고 싶은가?"

"으음!"

왕풍호는 대답 대신 납덩이처럼 무거운 신음을 토해 냈다. 체항은 힘 있는 목소리로 이 굉장한 대어를 뭍으로 건져 올렸다.

"그렇다면 아리수와 손을 잡게!"

꾹 다물린 왕풍호의 입꼬리에 잔경련이 일어났다. 목덜미에 불룩거리는 힘줄은 이 순간 그가 얼마나 큰 갈등에 빠져 있는지를 보여 주고 있었다. 하지만 체항은 믿어 의심치 않았다. 이번 낚시가 성공적으로 끝났음을. 그는 비록 왕풍호처럼 솜씨 좋은 조사는 아니지만, 일단 건져 올린 물고기를 놓쳐 버리는 풋내기는 더더욱 아니었다.

'아리수가 기뻐하겠군.'

긴장이 풀린 탓일까? 체항은 갑자기 시장기를 느꼈다. 그러고 보니 어느덧 점심때였다.

(3)

　체항과 헤어진 아리수는 유람이라도 나온 문사처럼 느긋한 걸음걸이로 수구산首丘山을 올랐다. 그가 택한 길은 사람의 왕래가 많지 않은 동북쪽 소로였다. 수레 한 대도 다니기 힘들 만큼 비좁고 바닥 또한 고르지 않았지만, 그는 넓게 조성된 남쪽 등반로보다 이 길을 좋아했다. 특히 오늘처럼 화창한 날엔 더욱 그랬다.

　금부도는 화산섬이었다.

　화산섬의 대부분이 그러하듯 금부도는 삿갓 모양의 납작한 원추형을 이루고 있었다. 원추형의 첨단에 해당하는 것이 바로 수구산. 높이가 이백 장이 넘으니 도서에 있는 산 치곤 높다 할 것이다.

　수구산 정상의 화구火口에는 초심연初心淵이라는 이름의 커다란 못이 고여 있어, 까마득한 태고에 이 섬을 몸살 앓게 만들었던 화산 활동의 맹렬함을 희미하게나마 이야기해 주고 있었다.

　대저 섬 생활이란 식수가 부족하기 마련이지만, 금부도 주민들은 물 걱정만큼은 특별히 하지 않고도 살 수 있었다. 그럴 수 있었던 일등 공신은 물론 그 초심연이었다. 여름철 남쪽 바다로부터 밀려온 많은 양의 빗물을 이듬해 여름까지 온전히 저장해 주기 때문이다.

　인간은 본래 수원水原과 떨어져 살 수 없는 법이어서, 금부도 주 민파대룽의 거처이자 섬 주민의 구 함이 모여 사는 화왕성火王城이 초심연으로부터 그리 멀리 떨어지지 않은 산정 부근에 자리 잡은 것은 당연한 일이라고 할 수 있었다. 이 화왕성이 바로 뇌문의 본체였다.

수구산 동북쪽 소로를 오른 아리수가 화왕성의 성문에 당도한 시기는 점심때를 훨씬 넘긴 신시申時(오후 네 시 전후)경.

성문 앞에 이른 아리수는 잠시 걸음을 멈추고 길게 이어진 성벽을 바라보았다. 그리고 언제나 그랬듯이 긴 한숨을 내쉬었다.

규모가 중원의 성에 비교할 수 없을 정도로 협소한 화왕성이지만, 그 안에서 살아가는 주민의 대부분은 그다지 갑갑함을 느끼지 않았다. 그럴 수밖에 없었다. 상주하는 인원의 수가 최대 천오백을 넘지 못하고 직책을 받은 문도가 육백에 불과하니, 오밀조밀한 전각군群과 알뜰한 여유 공간이 오히려 적합하다 여길 테니까.

그러나 아리수는 달랐다. 그는 화왕성을 대할 때마다 온몸이 굵은 동아줄에 꽁꽁 묶인 듯한 기분을 느꼈다.

이 갑갑함은 대체 어디에서 유래된 것일까?

아리수는 그 근원을 자신의 혈관 속에 흐르는 피로부터 찾으려 했다.

내 혈관 속을 흐르는 피는 야망을 거세당한 패배자의 피가 아니다! 대륙을 질주하던 아골타 대제의 피, 한족들을 노예처럼 부리던 대금국 용사의 뜨거운 피가 내 혈관 속에도 흐르고 있는 것이다! 그 피가 나를, 용사의 혼을 이렇듯 갑갑하게 만드는 것이다!

그래서 화왕성을 향해 토해진 아리수의 한숨은 언제나 우울할 수밖에 없었다. 우리에 갇힌 대호의 포효처럼.

그런데 오늘만큼은 여느 때와 달랐다. 전신의 핏물이 들끓는 소리가 북소리처럼 둥둥거리며 고막을 두드렸다. 시간이 흐를수록 심장의 박동이 빨라지고, 가슴 밑바닥에 고여 있던 무엇인가가 정수리를 뚫고 힘차게 솟구치는 것 같았다.

앞으로 사흘!

사흘만 참으면 그토록 그리워하던 중원으로 진출할 수 있게 되는 것이다!

아리수는 자신도 모르게 두 주먹을 불끈 움켜쥐었다. 전신을 관통하는 희열감. 모든 질곡이 일순간에 깨어지며, 광막한 평야, 우람한 산맥이 자신을 향해 손짓하는 것 같았다.

그때, 아리수의 머리 위로 한 줄기 맑은 목소리가 떨어졌다.

"숙부!"

아리수는 퍼뜩 정신을 차리고 고개를 들었다. 성문 위로 우뚝 솟은 망루에는 자그마한 얼굴 하나가 삐죽 튀어나와 있었다. 그 자그마한 얼굴이 반색을 하며 다시 외쳤다.

"숙부 맞구나!"

아리수의 얼굴에 미소가 떠올랐다. 그는 망루를 향해 손을 흔들어 주었다. 그랬더니 자그마한 얼굴이 망루 아래로 쏙 들어갔다.

잠시 후, 아리수는 자신의 코앞에서 가쁜 숨을 몰아쉬는 그 자그마한 얼굴을 대할 수 있었다. 계집애처럼 단아한 오관과 호리호리한 몸매로 인해 다소 유약한 느낌을 주는 십이삼 세가량의 소년이었다.

소년의 이름은 낭란. 거칠고 호방한 부친 민파대릉과 딴판으로, 조신한 성품에 붙임성도 많아 금부도에 사는 모든 이들의 사랑을 한 몸에 받는 뇌문의 어린 후계자이기도 했다.

아리수는 낭란에게 물었다.

"원숭이보다도 빨리 내려오는구나. 뭐가 그리 급하더냐?"

간신히 숨을 고른 낭란은 원망스러운 눈초리로 아리수를 바라보았다.

"이러실 수 있어요?"

다짜고짜 이렇게 나오니 아리수는 그만 어리둥절해졌다.

"내가 뭘 어쨌기에?"

"뭐예요, 숙부? 어제 하신 약속 잊어버렸어요? 오늘 점심에 연파십팔검連波十八劍의 다섯 번째 초식을 가르쳐 준다고 했잖아요!"

"아차, 그랬지!"

아리수는 이마를 쳤다. 정말로 잊어버리고 있었던 것이다.

"미안하게 됐구나. 요즘 바쁜 일이 생겨서 너와의 약속을 까맣게 잊고 말았단다."

"그런 법이 어디 있어요! 점심도 거르고 꼬박 두 시진이나 기다렸는데……."

"허, 우리 도련님이 골이 나셨군. 이 일을 어쩐다? 이 숙부가 어떻게 하면 도련님의 마음이 풀어질까?"

"몰라요!"

낭란은 고개를 팩 돌렸다. 아리수는 심각한 표정으로 수염을 쓰다듬다가 슬며시 뇌물을 들이밀었다.

"이러면 어떨까? 숙부가 오늘 다섯 번째 초식뿐 아니라 그다음 초식인 승풍파랑昇風波浪까지 가르쳐 주는 것으로 하면?"

낭란의 귀가 쫑긋거렸다. 아리수는 빙그레 웃으며 달콤한 말로 계속 유혹했다.

"승풍파랑은 연파십팔검의 전육초前六招 중에서 가장 변화가 많은 초식이지. 이 초식을 익히면 액조額早나 부개덕夫介德쯤은 가볍게 물리칠 수 있을걸."

액조와 부개덕은 낭란보다 서너 살 많은 소년 무사들이었다.

낭란은 종종 이들과 목검 비무를 벌이곤 했는데, 근골이 아직 완전히 자라지 않은 탓에 번번이 낭패를 보는 눈치였다.

외로 꼬았던 낭란의 눈길이 아리수에게로 천천히 돌아왔다.

"정말인가요?"

"이 숙부가 약속을 잘 잊어버리긴 해도 거짓말쟁이는 아니지."

낭란의 얼굴에 기쁨의 기색이 떠올랐다. 그러나 요 깜찍한 제자는 화를 푸는 시기가 늦으면 늦을수록 유리하다는 점을 눈치챈 듯, 기쁨의 기색을 애써 감추며 목소리를 내리까는 것이었다.

"음! 그것만으로는 안 되겠는데요."

아리수는 눈살을 살짝 찌푸렸다.

"하면 이 숙부더러 어쩌란 얘기냐?"

"칠 초까지 가르쳐 주시면 몰라도……."

"뭐라고?"

"이치가 그렇잖아요. 두 시진을 기다렸으니 두 초식을 가르쳐 주셔야죠."

낭란은 당연하다는 듯이 말했지만, 아리수는 곤란하다는 표정으로 고개를 저었다.

"그건 안 되지. 이런 식으로 나가다간 겨울이 오기도 전에 밑천이 떨어질 텐데, 그래서야 이 숙부의 체면이 뭐가 되겠느냐?"

낭란은 뾰로통한 얼굴로 맨바닥에 털벅 주저앉았다.

"이건 또 무슨 짓이냐?"

아리수가 황당해하며 물었지만 낭란은 대답하기도 싫다는 듯 입술을 고집스럽게 꽉 다물었다. 승낙하지 않으면 꼼짝하지 않겠다는 무언의 시위였다. 입술이 저 모양이 되면 부친 민파대롱이 나서도 어쩔 수 없는 고집불통이 바로 낭란이었다.

"이런 떼쟁이를 봤나!"

아리수는 두어 차례 혀를 찼지만 결국 고개를 끄덕이고 말 았다.

"내가 졌다. 가르쳐 주마."

"고마워요, 숙부!"

낭란은 언제 인상을 썼냐는 듯 활짝 웃으며 일어섰다. 아리 수는 안색을 엄숙히 만들며 낭란에게 말했다.

"그러나 칠 초 노해광란怒海狂亂부터 시작되는 중반 여섯 초식 은 내공과 신법의 뒷받침 없이는 터득하기 힘드니, 너는 오늘부 터 기초 수련에 더욱 매진해야 할 것이다."

낭란은 아리수를 향해 두 주먹을 모아 보였다.

"헤헤, 염려 마십시오. 불초 제자, 오늘부터 조석으로 한 시 진씩 문의 천뢰심법天雷心法과 전광축공신법電光縮空身法 수련에 노력을 경주하겠나이다."

"구렁이 같은 녀석."

아리수는 실소를 흘리며 낭란의 뒤통수를 툭 두드렸다.

연파십팔검으로 말하자면 그 궤이신랄한 위력이 바다 건너 중원에까지 알려진 절학이었다. 투로의 진행이 일반 검법과는 상이한 탓에, 섣불리 도전했다간 제 팔다리를 베이기에 딱 알맞 은 희대의 난공難功이 바로 연파십팔검인 만큼 열두 살 소년이 익히기엔 벅찰 것이 당연했다. 하지만 지금 아리수의 눈앞에서 능청맞게 웃고 있는 낭란에게는 여느 아이에게서 찾아보기 힘 든 기특한 점이 있었다.

낭란은 앞으로 나아가려는 의지가 굳었다. 장애에 부딪치면 좌절을 느끼기에 앞서 투지부터 끌어 올리는 오기가 있었다. 그 렇다고 해서 그저 앞만 보고 달려가기만 하는 저돌형도 아니었다. 낭란은 열두 살답지 않게 돌이켜 가다듬을 줄도 아는 뛰어난 재목이었으니, 이런 재목을 제자로 거느린 스승의 마음이야 말해 무엇하겠는가.

팔다리에 붕대를 친친 감고서도 끝없이 새로운 초식에 도전하고 또 깨우쳐 나가는 낭란을 볼 때마다, 아리수는 영재를 얻어 가르치는 것이 왜 군자의 세 가지 즐거움[三樂]에 포함되는지를 새삼 깨우칠 수 있었다.

물론 그가 느끼는 즐거움의 이면에는 다른 이유 하나가 크게 작용하고 있긴 하지만.

아리수가 낭란에게 검법을 전수하는 장소는 화왕성 동북쪽 외곽에 자리 잡은 귀배龜背라는 이름의 커다란 바위였다.

귀배는 이름 그대로 거북의 등처럼 생긴 거대한 현무암이었다. 용암이 대기 중에서 냉각되어 이루어진 현무암은 그 격렬한 형성 과정으로 인해 여타의 암석들과는 달리 기괴한 모양이 많았다. 그런데 귀배는 전혀 다른 방식의 기괴함을 보여 주고 있었다. 너무도 단조로워 오히려 기괴해 보인다면 설명이 될까?

천연적인 것이라고는 믿기지 않을 만치 편편한 귀배. 그래서 아리수는 오래전부터 이 귀배를 자신의 전용 연무장으로 사용해 왔다. 그리고 이러한 독점은, 부문주라는 그의 직위에 힘입어 금부도의 모든 주민들로부터 묵시적인 동의를 얻을 수 있었다.

그런데 오늘은 아리수의 허락도 없이 귀배에 발을 들인 무례한 손님이 있었다.

금부도에선 좀처럼 찾아보기 힘든 질 좋은 연자주색 나군羅裙으로 호리호리한 교구를 감싸고, 구름처럼 틀어 올린 머리카락을 녹두알만 한 진주가 박힌 옥잠으로 고정시킨 삼십 대 초반의 우아한 여인. 비껴선 듯 돌아선 듯 하늘하늘한 뒷모습은 마치 한 폭의 화폭에 담긴 선녀처럼 유려한데, 자연스럽게 구부린 팔오금엔 대나무로 만든 광주리 하나가 걸려 있었다.

여인을 발견한 숙질의 반응은 판이했다. 낭란은 반색을 하며 앞으로 달음박질해 갔지만, 아리수는 석상이라도 된 것처럼 그 자리에 얼어붙은 것이다.

"어머니!"

낭란의 외침에 여인이 돌아섰다. 숙질이 그녀에게 보인 반응이 판이하다면, 그녀가 숙질에게 보인 반응 또한 판이했다. 그녀는 자신을 향해 달려오는 낭란에겐 환히 웃어 주었지만, 그 뒤에 서 있는 아리수의 모습을 발견하고는 흠칫 몸을 떨었다. 이 귀배의 주인이 누구란 것을 모를 리 없는 그녀가 저런 반응을 보인다는 것은, 각오만 가지고는 마음을 다스리기 힘든 거북한 만남이 인간 세상에 왕왕 존재한다는 증거일 것이다.

'그녀다!'

여인의 시선을 받은 순간, 아리수는 우반면을 종단한 흉터가 불로 지진 듯 달아오르는 것을 느꼈다. 추억과 고통과 회한은 날카로운 창칼이 되어 무심의 갑옷으로 무장하고 있던 그를 마구 찔러 대고 있었다. 그의 사고는 순간적으로 공황에 빠져 버렸다.

그녀는 왜 이곳에 온 것일까? 설마 나를 만나러 온 것일까? 그녀가 온 것을 형은 알고 있을까?

수많은 의문이 번갯불처럼 아리수의 뇌리에서 명멸했다. 그러나 그는 모든 의문을 덮은 채 지그시 눈을 감았다. 현재 그에게 있어서 그녀의 존재란, 인간이 넘봐서는 안 되는 선계仙界의

반도蟠桃와 같았다. 언제나 스스로에게 다짐하는 말이지만, 그는 좀 더 신중해질 필요가 있었다.

잠시 후 긴 숨을 내쉬며 눈을 뜬 아리수는 평소의 모습으로 돌아와 있었다. 그는 생각했다. 그녀가 성을 나섰다면 결코 혼자는 아닐 것이다. 그렇다면…….

귀배 주위는 더할 나위 없이 조용했지만, 아리수는 그리 오래 지나지 않아 고요 속에 숨어 있는 작은 기척 하나를 찾아낼 수 있었다. 그 기척은 귀배 우측 소나무 숲에서 흘러나오고 있었다.

아리수는 소나무 숲을 일별한 뒤 귀배 위로 천천히 걸음을 내딛었다.

귀배 위에선 바야흐로 모자간의 정겨운 대화가 한창이었다.

"제가 여기 있는 줄은 어떻게 아셨어요?"

나군의 여인에게 안긴 낭란이 고개를 들고 묻자, 그녀는 관음보살처럼 자애로운 미소를 지으며 대답했다.

"네가 어디 있든 엄마는 다 알고 있단다."

낭란이 갑자기 강아지처럼 킁킁거렸다.

"어? 어디서 맛있는 냄새가 난다? 아하! 이 광주리에서 나는구나!"

낭란은 광주리의 뚜껑을 열더니 환호를 질렀다.

"이야! 산적이잖아? 떡도 있네?"

"점심을 걸렀다기에 가져왔지."

"신난다! 마침 배고프던 참이었는데. 헤헤."

아리수가 다가오자 나군의 여인은 몸을 똑바로 펴고 그를 향해 섰다. 아리수는 온화한 미소를 지으며 고개를 숙였다.

"형수님, 그간 안녕하셨습니까?"

나군의 여인은 아무 말도 하지 않았다. 다만 감정을 헤아리기 힘든 눈빛으로 그를 바라볼 뿐이었다.

"숙부도 같이 들어요! 산적이 얼마나 맛있는지 몰라요!"

바닥에 앉아 광주리 속으로 정신없이 손을 놀리던 낭란이 아리수를 향해 신바람 난 목소리로 외쳤다. 그 얼굴에는 엄마의 손맛을 자랑하고픈 열두 살 아이의 순진함이 그대로 드러나 있었다.

아리수는 웃으며 낭란에게 대답했다.

"아주 맛있어 보이는구나. 체하지 않게 꼭꼭 씹어 먹어라."

산적은 틀림없이 맛있을 것이다. 그녀가 만든 산적은 세상의 어떤 음식보다도 맛있었으니까.

아리수는 그 아련한 맛을 되새기며 여인에게로 시선을 돌렸다. 시선이 마주치자 여인의 눈동자가 아주 짧은 파장의 흔들림을 보였다. 겉으로는 평온함을 유지하고 있지만, 내심으론 그의 시선을 부담스럽게 여기는 것이 분명했다.

하지만 아리수는 시선을 돌리지 않았다. 다른 시간 다른 장소라면 모르지만 지금은 그럴 의향이 없었다. 여인이 이곳에 온 이유가 단지 아들에게 음식을 가져다주기 위함만은 아닐 터. 그녀가 바라는 것이 그와의 대화라면, 그는 상대하는 입장에서 대화에 필요한 여건을 마련해 줄 의무가 있었다. 그러기 위해선 우선 이 자리에서 몰아내야 할 존재가 있었다.

"켁! 켁!"

때마침, 낭란이 벌게진 얼굴로 가슴을 탕탕 쳤다. 꼭꼭 씹어 먹으라던 숙부의 조언을 묵살할 만큼 산적이 맛있는 모양이다. 여인은 아미를 살짝 찌푸리며 낭란의 등을 쓸어 주었다.

"쯧쯧, 미련한 녀석 같으니라고."

아리수는 이렇게 중얼거리다가 갑자기, 정말로 갑자기 우측으로 몸을 날렸다. 절정에 달한 뇌문의 전광축공신법이 그의 몸을 통해 빛살처럼 구현되었다.

오륙 장 공간을 쏜살같이 가로질러 귀배 우측 소나무 숲으로 날아 들어간 아리수는 어느 순간, 노련한 토끼처럼 나무와 나무 사이를 굽이쳐 통과했다. 가지 무성한 한 그루 소나무가 그의 시야 속으로 와락 가까워졌다.

"앗!"

짤막한 경호성이 터져 나왔다. 이어 왜소한 인영 하나가 소나무 뒤편에서 솟구쳐 숲 쪽으로 달아났다. 제법 신속한 대응이지만, 아리수의 예측을 벗어나지는 못했다.

"멍청이."

아리수는 코웃음을 치며 오른쪽 소매를 휘둘렀다.

띠앙!

영롱한 방울 소리가 환상처럼 울려 퍼지는가 싶더니, 실처럼 가느다란 푸른빛이 그의 소매 속에서 튀어나왔다. 다음 순간, 소나무 숲에서 순간적으로 벌어진 소란은 거짓말처럼 정지되었다.

"으으……."

아리수로부터 이 장쯤 떨어진 곳에는 한 사람이 기괴한 자세로 서 있었다. 달리는 것도 아니고 선 것도 아닌 어정쩡한 자세로 굳어 버린 그 사람은 뜻밖에도 스무 살도 안 돼 보이는 여인이었다.

제법 귀염성 있어 보이지만 살짝 말려 올라간 눈초리 때문에 다소 앙칼진 느낌을 주는 그녀의 얼굴은 지금 이 순간 얼음물 속에 들어갔다 나온 것처럼 새파랗게 질려 있었다. 콧잔등에 맺힌 작은 땀방울, 그리고 그 땀방울에서 불과 한 치도 떨어지지 않은 허공은 가느다란 은삭銀索이 가로지르고 있었다.

　은삭은 길이가 한 뼘 남짓한 화살로 이어졌고, 그 화살은 한 그루 소나무에 박혀 있었다. 은삭의 다른 쪽 끝은 물론 아리수의 오른쪽 소매 속에 들어 있었다.

　딩! 띠잉!

　화살의 꼬리 부분에는 크기가 엄지손톱만 한 금방울 두 개가 매달려 있었다. 금방울들은 사슬이 떨릴 때마다 사람의 심혼을 미혹시키는 아름다운 소리를 토해 내고 있었다.

　신기神技에 가까운 출수로 여인의 움직임을 봉쇄해 버린 아리수는 짐짓 놀란 목소리로 말했다.

　"호오, 이게 뉘신가. 우리 뇌문의 어여쁜 꽃봉오리, 오례해 惡禮駭 낭자가 아니신가."

　오례해라 불린 여인은 대답도 제대로 못 하고 그저 "어! 어!" 하더니, 그 자리에 풀썩 엉덩방아를 찧고 말았다. 눈치를 보아 하니 아리수의 쌍령수리전雙鈴袖裏箭 솜씨가 무섭다는 얘기는 들어 본 눈치였다. 더불어 그 살촉 끝에 발린 독액이 얼마나 위험한 것인지에 관해서도.

　아리수는 싱긋 웃으며 오른팔을 휘저었다. 소나무에 박혔던 수리전이 영롱한 방울 소리를 뿌리며 그에게로 되돌아왔다. 그는 수리전의 푸른 살대를 손가락으로 어루만지며 말했다.

　"하마터면 큰일 날 뻔했잖아? 자칫 이놈에 맞기라도 했다면 나는 음뢰격 장로를 볼 낯이 없어진단 말이야."

　뇌문의 장로 중 가장 강력한 권세를 누리는 대장로 음뢰격에겐 모두 열한 명의 자손이 있었는데, 오례해는 그중에서 가장 성격이 되바라졌다고 알려진 막둥이 손녀였다.

　오례해는 주춤거리며 몸을 일으켰다. 파리함이 사라진 그녀의 얼굴은 붉게 달아올라 있었다. 아무리 되바라졌다고는 해도 말만 한 처녀의 몸으로 남정네 앞에서 엉덩방아를 찧었으니 창피할 수밖에 없었던 모양이다.

"하지만 음뢰격 장로의 핏줄이라도 문주 가문에 대대로 전해 오는 절기를 훔쳐 배울 권리는 없지. 자, 어디 한번 들어 볼까? 무슨 이유로 내 연무장을 엿보고 있었지?"

아리수가 친근한 목소리로 오례해에게 물었다. 하지만 손가락 사이에서 까딱거리는 수리전은 조금도 친근해 보이지 않았다.

오례해는 입술을 잘근잘근 깨물다가 뾰족한 목소리로 항변했다.

"누가 무엇을 훔쳐 배운다는 거죠? 나는 절대 그럴 생각이 없었어요!"

안하무인의 성미가 그대로 드러나는 태도였으나 아리수로선 오히려 재미있을 따름이었다. 애써 잡은 벌레가 손안에서 나 죽었소, 하며 얌전히 군다면, 그쪽이 불만스러울 것이다.

"하기야 음뢰격 장로의 공력이 화경에 이르렀는데 굳이 내 천박한 재주를 필요로 하지는 않겠지."

"물론이에요."

오례해는 오만한 표정으로 고개를 끄덕였다. 하지만 이어진 아리수의 질문 앞에선 더 이상 오만함을 뽐낼 수 없었다.

"그러면 나무 뒤에 왜 숨어 있었지?"

"그, 그것은……."

"버섯이라도 캐고 있었나? 아니면, 연인과 밀회 약속이라도 되어 있었던 건가?"

"누, 누가 밀회를 한다고!"

아리수는 쉴 틈을 주지 않고 그녀를 몰아세웠다.

"잘못한 것이 없다면 왜 달아났지? 빨리 대답하라고. 나는 무척이나 너그러운 편이지만, 남의 동정을 엿보고 다니는 쥐새끼까지 용서해 주는 성인군자는 못 되니까."

매서운 추궁이었다. 조부의 위세를 업고 설쳐 대는 건방지고도 머리 나쁜 계집애로서는 말문이 막힐 수밖에 없었을 것이다.

그때, 아리수의 등 뒤에서 그윽한 음성이 들려왔다.

"그 아이를 보내 주세요."

아리수는 고개를 돌렸다. 어느새 다가온 것일까? 낭란에게 음식을 가져온 나군의 여인이 그의 뒤에 서 있었다.

"그 아이에겐 아무 잘못도 없어요. 제가 요즘 몸이 많이 쇠약해져서, 남편께서는 그 아이로 하여금 저를 돌보게 하셨지요. 그 아이가 저를 따라온 것도 그 때문일 거예요."

아리수는 눈썹을 치켜 올리며 놀란 표정을 지었다.

"허! 음뢰격 장로가 알면 서운해하겠군요. 보배처럼 아끼는 손녀가 시녀라니."

"시녀라는 말은 어울리지 않아요. 말벗처럼 지내니까요."

이어, 나군의 여인은 오례해를 바라보았다.

"경솔하게도 이곳이 금지禁地라는 사실을 몰랐던 모양이구나. 부문주께서 이번 한 번만은 특별히 용서해 주실 터이니, 너는 감사하다 인사 올리고 어서 돌아가도록 해라."

나직하지만 위엄이 서린 목소리였다. 오례해는 감히 뭐라 못 하고 여인의 말에 순종했다.

"부문주님의 해량에 감사드려요."

아리수는 만지작거리던 수리전을 소매 속으로 갈무리하며 가볍게 웃었다.

"후후, 주모님의 해량이지 내 해량이던가? 돌아가면 장로께 안부나 전하거라."

오례해는 표독스러운 눈초리로 아리수를 노려본 뒤 황망히 자리를 떠났다.

신경에 거슬리던 쥐새끼가 멀리 떠나간 것을 확인한 아리수는 나군의 여인을 향해 몸을 돌렸다. 가벼운 현기증이 일었다. 그녀와 이렇게 가까운 거리에서 단둘이 마주한 것은 십삼 년 만의 일이었다. 정감 있는 눈동자는 이성을 마비시켰고, 한 줄기 그윽한 향기는 후각을 간질였다. 너무도 익숙한, 하지만 십삼 년이란 세월 동안 더욱 성숙해진 그녀의 눈길이요, 그녀의 체향이었다.

철옹성처럼 견고하다고 자부해 온 자제력이 송두리째 무너졌다. 아리수의 눈빛이 꿈길을 헤매듯 몽롱해졌다.

"오랜만이오, 뇌파패雷琶貝."

이 이름을 부르는 아리수의 목소리는 가늘게 떨리고 있었다. 여인, 뇌파패는 그런 아리수를 잠시 바라보다가 입술을 열었다.

"무례하군요. 나는 당신의 형수입니다."

낮고 차분한 이 말이 아리수를 휘청거리게 만들었다. 그는 얼빠진 표정으로 중얼거렸다.

"그렇군. 당신은 내 형수였지, 내 형수였어."

십삼 년! 무려 십삼 년 만에 그는 그녀를 뇌파패라고 불렀다. 하지만 돌아온 것은 "나는 당신의 형수입니다."라는 차가운 대답뿐이었다. 뇌파패라는 이름과 형수라는 호칭은 아리수에게 있어서 결코 하나가 되어선 안 되는 것이었다. 그러나 잔인하게도 그녀는 그 둘이 하나임을 확인시켜 준 것이다.

아리수는 원망스러운 눈길로 뇌파패를 바라보았다. 그녀는 살짝 시선을 돌렸다.

자신이 뱉은 말의 결과를 직시할 용기는 없었던 것일까? 아니면 스스로의 잔인함이 언짢았던 것일까?

뇌파패의 외면이 무슨 의미였건 간에, 일단 눈길이 어긋나자 아리수는 무너진 자제력을 억지로나마 일으켜 세울 수 있었다. 그는 머리를 세차게 흔들고는 그녀에게 사과했다.

"죄송합니다, 형수님. 제가 잠시 광증이 일었나 봅니다."

뇌파패는 그제야 시선을 다시 아리수에게로 돌렸다.

"제가 오늘 이곳에 온 것은 시숙께 드릴 말씀이 있기 때문이에요."

잠시 외면한 동안 그녀는 스스로를 더욱 공고히 다진 모양이었다. 그녀의 무표정한 얼굴, 무감정한 말투가 이루 말할 수 없이 쓰라렸지만, 아리수는 그것을 견뎌 냈다.

"하교하시지요."

뇌파패는 소나무 가지 사이 너머로 눈길을 던졌다. 그곳에는 산적과 떡을 집어먹는 데 여념이 없는 낭란의 모습이 있었다.

"낭란은 남편의 유일한 아들이자 뇌문의 후계자입니다."

아리수는 침묵했다. 얼굴의 상처가 다시 화끈거렸다.

"남편께선 저 아이가 시숙으로부터 무공을 배우는 것을 그다지 달가워하지 않으십니다. 당신께서 직접 가르치고 싶어 하시지요."

아리수가 침묵을 깨고 그녀에게 물었다.

"문주께서 그렇게 말씀하시던가요?"

뇌파패는 고개를 저었다.

"그런 말씀은 없으셨습니다. 그런 말씀을 제게 하실 분도 아니고요. 하지만 살을 함께 맞대고 오랜 세월을 지내다 보면 귀로 듣지 않아도 많은 것을 알게 되는 모양입니다."

작심하지 않고서야 이럴 수는 없었다. 뇌파패의 이야기는 처음부터 끝까지 아리수의 심장을 난자하는 것들뿐이었다. 아리수의 영혼은 그 고통을 이기지 못하고 비명을 지르고 있었다.

"낭란에게 검법을 가르치는 것은 제 뜻이 아닙니다."

실로 죽을힘을 다해 짜낸 말이었다. 뇌파패의 커다란 눈망울에 서늘한 기운이 떠올랐다.

"하면, 오직 그 아이가 원했기 때문이란 말씀이십니까?"

"그렇습니다."

뇌파패는 가볍게 한숨을 쉬더니 하늘거리는 소매 속에서 무엇인가를 꺼냈다. 그녀가 꺼낸 물건은 붉은 견사絹絲를 꼬아서 만든 둥그스름한 실 뭉치였다. 그 매듭이며 끝단의 처리 수단이 매우 맵시로워 보이지만, 오래된 티만큼은 감출 수 없었다.

그것을 본 아리수는 자신도 모르게 몸을 움찔거렸다.

"어제 낭란의 방에 들어갔었지요. 벽에 걸린 그 아이의 검에 이것이 달려 있더군요."

뇌파패의 목소리는 여전히 담담했다.

그 순간, 아리수가 그토록 필사적으로 부여잡아 온 자제력에 치명적인 균열이 생겼다. 억누르고 있던 추억, 고통, 회한이 일순간에 목구멍으로 북받쳐 올라왔다. 그리고 그것들은 하나로 휘감겨 선홍빛 감정으로 변했다. 분노.

"그것이…… 어떤 물건인지 아시오?"

이렇게 묻는 아리수의 눈동자는 조금씩 붉어지고 있었다. 뇌파패는 그의 물음에 답하지 않았다. 다만 그녀답지 않은 강렬한 시선으로 그를 응시할 따름이었다. 아리수는 그녀의 시선을 피하지 않고 똑바로 마주 보았다. 그는 마음속으로 이렇게 외쳤다.

'그것은 당신이 나를 위해 만들어 준 검수劍穗요!'

또 이렇게 외쳤다.

'당신은 이 검수를 내 검에 달아 주며 말했소! 이것은 나 뇌파패의 마음이니 창칼이 난무하는 싸움터에서도 나는 언제나 당신과 함께하겠노라고! 언제까지나 이 아리수와 함께하겠노라고!'

그리고 이렇게 외쳤다.

'그래서 나는 그것을 낭란에게 물려주었소! 낭란은 바로 당신과 나의……!'

"당신의 짐작은 틀렸어요."

뇌파패가 아주 작은 목소리로 말했다. 아리수는 간질이라도 앓는 사람처럼 전신을 부르르 떨었다.

"당신의 짐작은 틀렸어요."

뇌파패가 이번엔 조금 큰 목소리로 말했다. 그러고는 들고 있던 검수를 아리수에게 던졌다.

검수는 두 사람 사이, 실제로는 몇 발짝 안 되지만 아리수에게 있어선 수만 리처럼 느껴지는 이중적인 공간을 가로질러 아리수의 발치에 떨어졌다. 한 줄기 무정한 바람이 검수에 매달린 수실들을 나풀거리게 만들었다. 갈가리 찢긴 아리수의 마음도 그것에 실려 나풀거렸다.

"내 아들이 그 물건을 가질 이유는 없어요."

고개를 숙여 검수를 바라보는 아리수의 귓전에 뇌파패의 목소리가 얼음 동굴에서 흘러나온 것처럼 차갑게 울렸다. 아리수는 고개를 번쩍 치켜들었다. 그의 두 눈은 핏물을 머금은 양 충혈되어 있었다.

"아니야! 나는 당신이 거짓말을 하고 있다는 것을 알아!"

그러나 아리수의 이런 격렬함도 뇌파패의 차가운 가면을 벗기진 못했다.

"나는 예전에도, 그리고 지금도 거짓말을 하지 않아요."

"아니야! 당신은 십삼 년 전 그날도 분명히 거짓말을 했어!"

"당신의 짐작은 틀렸어요. 그리고 앞으로는 낭란에게 검법을 가르치는 것을 삼가 주길 바라요. 형수로서 드리는 부탁이에요."

조용히, 그러나 또박또박 말을 마친 뇌파패는 낭란이 앉아 있는 귀배를 향해 몸을 돌렸다.

아들을 향해 걸어가는 그녀의 얼굴에는 어떤 표정이 떠올라 있을까? 아마 아까처럼 담담하지는 못할 것이다. 아리수가 아는 그녀는, 과거 연인이었던 남자의 심장을 난도질하고서도 담담함을 유지할 만큼 비정한 여자가 아니었으니까.

아리수는 멀어지는 뇌파패의 뒷모습을 바라보며 몸을 덜덜 떨었다. 당장이라도 달려가 그녀를 돌려세우고 싶었다. 그래서 그녀의 진정한 속마음을 확인하고 싶었다.

그러나 그는 최후의 기력을 다 짜내어 그녀에 대한 추억을, 고통을, 회한을, 그리고 지금 그의 영혼을 사르고 있는 시뻘건 분노를 마음속 저 깊숙한 바닥으로 쑤셔 넣었다.

"사흘 뒤…… 사흘 뒤 당신에게 다시 묻겠소. 과연 그때에도 당신이 내게 거짓말을 하는지 지켜볼 것이오."

아리수는 한 자 한 자 씹어뱉듯 말했다. 십삼 년이라는 긴 세월에 비교할 때 지금 남은 사흘이라는 시간은, 그가 또 한 번의 인내심을 끌어 올릴 수 있도록 해 줄 만큼 짧은 것이었다.

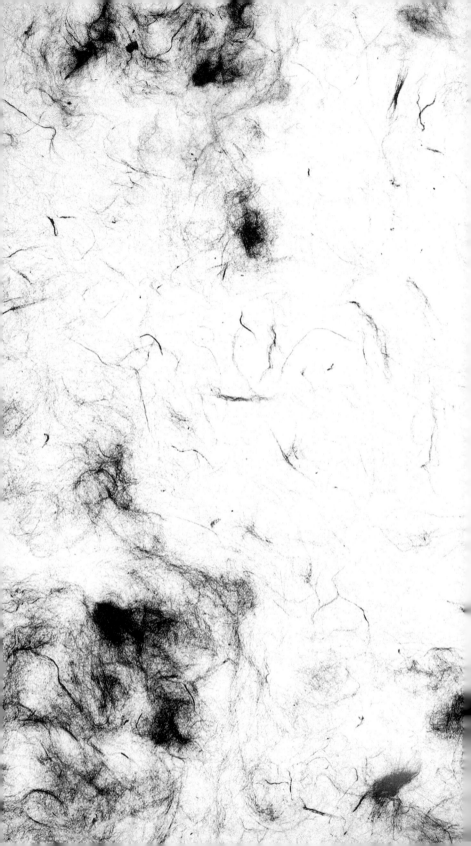

폭풍 暴風

(1)

　머리가 나쁘다고 무공까지 약한 것은 아니다. 마석산이 그
예다.

　무공이 강하다고 뱃멀미까지 강한 것은 아니다. 마석산이 그
예다.

　뱃멀미를 한번 하면 아홉 가지 극독을 한꺼번에 처먹은 것처
럼 쫙 늘어져 버리는 인간이 있다. 마찬가지로 마석산이 그
예다.

　재미있는 사실은, 마석산은 이제껏 한 번도 뱃멀미다운 뱃멀
미를 해 보지 못했다는 점이다. 태어나 자란 곳이 두메산골인지
라 뱃멀미다운 뱃멀미를 할 기회가 없었다는 표현이 더 맞을지
도 모른다. 그래서 좌응이 사해포 부두에서 건네준 멀미약을 기

세등등하게 팽개칠 수 있었던 것인데, 아무리 아둔한 무쇠소라 한들 그날 밤부터 겪어야 할 일을 짐작했더라면 감히 그런 짓은 저지르지 않았을 것이다.

오월 초엿새 미시未時(오후 두 시 전후).

퉁! 퉁! 퉁! 퉁!

고성鼓聲과 흡사한 소리가 지겹도록 규칙적으로 울리고 있었다. 소리의 발원지는 배의 좌우현과 선미, 도합 세 군데였다. 배를 탄 입장에서 본다면 삼면에서 협공 당하는 형국인데, 하루 이틀도 아니고 자그마치 나흘째 계속되고 있으니 골치는 지끈지끈, 속은 울렁울렁, 웬만한 참을성으로는 견디기 힘든 고역이었다. 그러니 참을성이라면 약에 쓰려도 찾을 수 없을 마석산 같은 위인이야 오죽하겠는가.

"누가…… 저 소리 좀…… 멈춰 줘……."

갑판에 대자로 뻗어 있던 마석산의 입에서 다 죽어 가는 목소리가 토막토막 흘러나왔다.

갑판에는 제법 많은 사람들이 있었다. 그들의 청력은 매우 멀쩡하여 퉁퉁거리는 소음 속에서도 모기 소리 같은 마석산의 중얼거림을 능히 들을 수 있었다. 하지만 누구도 입을 열어 대꾸하려 들지 않았다.

"제발 누가…… 저 빌어먹을 소리…… 저 빌어먹을 소리 좀…… 멈추게 해 줘……."

마석산이 또 한 번 중얼거렸다. 그새 기운이 더 빠져나갔는지 아까보다 더 작은 목소리였다. 갑판 위에 있던 몇 사람이 긴장된 기색으로 서로의 얼굴을 마주 보았다. 하지만 대꾸는 여전히 나오지 않았다.

한참 뒤, 마석산이 한 사람을 호명했다.

"추임……."

마의 경장에 붉은 두건을 두른 풍채 좋은 장년인이 후닥닥 갑판 아래로 달려 내려갔다. 아비의 부음을 전해 들은 효자도 저렇게 허둥대지는 않을 것 같았다.

"호연욱……. 강평……."

허리에 무쇠 채찍 두 자루를 꽂은 호목 장년인과 다리가 유난히 긴 말상 청년이 신법을 경쟁이라도 하듯 붉은 두건의 장년인을 따라 갑판에서 자취를 감췄다.

아무리 기다려도 대답이 들려오지 않자 마석산은 울먹이기 시작했다.

"다들…… 어디 간 거야……? 날 두고…… 어디 간 거지……? 당 노인……?"

당 노인만큼은 군자였다.

"부르셨소?"

당 노인은 하늘을 향해 활짝 열린 채 흐리멍덩하게 풀려 있는 마석산의 눈동자 앞에 자신의 고개를 들이밀었다. 누리끼리하여 한 점 생기도 찾아볼 수 없는 마석산의 얼굴은 꼭 푸줏간 좌판에 얹힌 소머리 같았다. 그 얼굴하며 떠오른 표정이 어찌나 처량했는지, 당 노인은 마석산의 평소 행실도 까맣게 잊은 채 그만 콧날이 시큰해지고 말았다.

"당 노인은…… 있었군……. 참…… 다행이다……."

"이 늙은이는 항상 군장님 곁에 있소이다."

"당 노인……."

"예."

"가서 저 소리 좀 멈춰……."

웬만한 부탁은 다 들어줄 작정이었다. 당 노인은 진심으로 그렇게 생각하고 있었다. 하지만 저 부탁만은 곤란했다. 당 노인은 구슬픈 표정으로 고개를 저었다.

마석산은 당 노인을 빤히 바라보았다. 그 얼굴에 노기 비슷한 것이 어렸지만, 오래 버티지 못하고 사라졌다. 성낼 기운도 없다는 표현은 이런 경우를 두고 나온 말이리라.

"생각해 보시오. 윤차輪車를 멈추면 이 배는 대해 한복판에서 오도 가도 못하는 신세가 되어 버린단 말이오."

당 노인은 좋은 목소리로 마석산을 달랬다. 그러나 안 통했다.

"알 바 아니야……. 빨리 멈춰……."

"방금 말씀드렸잖소. 윤차를 멈추면 배가……."

"시끄러……."

당 노인은 한숨을 내쉬었다. 당초부터 마석산에게 뭔가를 납득시킨다는 것은 불가능한 일이었다. 그것을 모를 리 없는 당 노인이 차마 앞선 세 사람처럼 달아나지 못한 까닭은 환갑 지난 노인으로서의 체통 때문이었다.

"나는 대장이고…… 당 노인은 졸개야……. 빨리 실시해……."

마석산은 다 죽어 가는 주제에도 대장 타령을 늘어놓고 있었다. 당 노인은 또 한 번 한숨을 내쉬었다. 체통이고 나발이고 달아났어야 했는데. 하지만 후회해도 때는 이미 늦었다.

그때 이 배에서 마석산이 유일하게 함부로 대하지 못하는 사람이 등장했다. 당 노인의 입장에선 구세주와 다름없는 사람이었다.

"교령敎令이 지엄하거늘 누구 마음대로 윤차를 멈추라는 건가?"

점잖은 목소리로 마석산을 나무라는 사람은 이 배에 탄 무양 문도들의 주장 격인 좌응이었다.

"이 답답한 사람아, 윤차를 멈춘다고 해서 배가 흔들리지 않을 것 같은가? 당 노인의 말처럼 여기는 망망대해 한복판이야. 멈추건 나아가건 배는 흔들리게 되어 있어."

그러자 마석산의 큼직한 눈망울에 그렁그렁 눈물이 맺혔다.

"형님…… 불쌍한 아우는 이제 곧 죽소……."

"자네가 죽긴 왜 죽어?"

"누구는 죽고 싶어 죽소……? 죽게 되었으니 죽는 거지……."

좌응은 기가 막혔다.

"뱃멀미 때문에 누가 죽었다는 얘기는 들어 본 적이 없네. 어쨌거나 하루는 더 가야 육지에 당도하니 그때까지는 도리가 없어. 힘들더라도 참을 수밖에."

"나는 못 참아……. 나는 못 참는다고……."

"교령을 생각하게. 교주님의 기대를 생각하란 말이야!"

"죽으나 사나 교령, 교령……. 매정한 형님은 아우가 송장이 돼 가는데 교령 타령만 하는구나……. 그깟 교령이 아우 목숨보다 중하단 말이우……?"

"어허, 이 사람이 참람한 말을!"

"아…… 원통하구나……. 보물을 눈앞에 두고 이렇게 죽어야 하다니……."

달래 보기도 했고 호통쳐 보기도 했지만 마석산은 오불관언 吾不關焉, 죽는 소리만 연발하고 있었다.

한마디로 몹쓸 놈이었다. 교령을 망령되이 일컫는 교도는 망도妄徒로 분류되어 혀가 뽑히는 중벌에 처해진다. 그러나 좌응은 마석산을 벌 줄 수 없었다. 두 사람의 사이가 각별한 탓도 있겠지만, 그보다는 마석산이란 인간 자체가 예전부터 그 정도의 죄쯤은 밥 먹듯이 범하고도 무사히 살아온 놈이기 때문이다. 개가 짖는다고 매번 때려야 한다면, 맞는 개나 때리는 인간이나 쌍방 피곤한 일. 마석산을 벌 줄 위치에 있는 사람들은 일찌감치 이 진리를 터득하고 있었다. 그래서 좌응은 아예 상대하지 않기로 마음먹고 당 노인에게 말했다.

"저 흉물을 어디 안 보이는 데다 치워 주시오. 주위에 아무도 없으면 저 혼자 칭얼거리다가 까부라지겠지."

당 노인, 아니 어쩌면 갑판 위의 모든 사람들이 학수고대하던 조치였을 것이다. 당 노인은 추호도 지체하지 않고 마석산의 허리를 양손으로 부여잡더니, 번쩍 들어 올려 어깨에 둘러멨다. 그 모습이 얼마나 신나 보였는지, 마치 추수한 쌀섬을 짊어지는 농부의 모습을 보는 것 같았다.

"어지러워……. 흔들지 마……."

입으로는 이렇게 거부의 의사를 표하고 있지만, 당 노인의 손짓에 따라 이리저리 휘둘리는 마석산의 사지는 뭍에 올라온 문어처럼 맥없어 보였다.

마석산이 그렇게 사라지자, 아까 몸을 피한 추임 등 십군의 간부들이 하나씩 갑판 위로 모습을 나타내기 시작했다. 아마도 멀지 않은 곳에서 눈치만 살피고 있었던 모양인데, 쟁쟁한 명성에 걸맞지 않게 쭈뼛거리는 그들을 보며 좌응은 웃어야 할지 성내야 할지 갈피를 잡을 수 없었다.

대외적으로는 십군의 이 인자로 알려져 있지만 실상은 마석산의 몸종이나 다름없는 부군장 추임이 머리를 긁적이며 좌응에게 다가왔다.

"부끄러운 모습을 보여 드려 송구스럽습니다."

두 자루 성두철편星頭鐵鞭으로 불산佛山 일대를 주름잡던 호한 호연육도 기어들어 가는 목소리로 거들었다.

"생각 같아선 수혈睡穴이라도 짚어 드리고 싶지만……."

화려한 신법과 귀신같은 암기술로 천외비공天外飛蚣이란 별호를 얻은 청년 고수 강평이 그 뒤를 이었다.

"우리 군장님께서 연성하신 강피공剛皮功이란 게 워낙 철벽같아서 당최 점혈이 먹히지 않더군요."

좌응은 이들의 심정을 충분히 이해할 수 있었다. 나름대로는 강남 강호가 비좁다며 활개치고 다니던 호걸들인데, 그동안 마석산에게 오죽이나 시달렸으면 호명 한마디에 그렇게 줄행랑을 놓았겠는가. 그런데도 지금 추임이 하는 말을 들어 보라.

"우리 군장님을 너무 나쁘게 생각하지는 말아 주십시오. 아무리 바빠도 하루 다섯 끼 꼬박꼬박 챙겨 드시던 어른인데, 바다에 나온 뒤로는 밥 한 공기, 소채 한 접시 제대로 못 드셨으니 얼마나 괴로우시겠습니까? 게다가 토하기는 또 얼마나 무지막지하게 토했습니까? 아마 창자 끄트머리에 눌어붙은 똥 찌꺼기까지 몽땅 토했을 겁니다. 뱃멀미만 그치면 예전처럼 원기 왕성해지실 터이니, 그때까지만이라도 우리 군장님을 가엾이 여겨 주십시오."

좌응은 갸륵하고 딱한 마음에 그들에게 위로를 건넸다.

"욕보고 사네."

"고맙습니다, 좌 군장님."

추임 등 세 사람은 눈물이라도 흘릴 것 같은 얼굴로 좌응의 위로에 감사했다. 이 또한 갸륵하고 딱한 일이었다.

애물단지가 사라진 갑판은 다시 활기를 띠기 시작했다. 사람들은 저마다에게 맡겨진 임무를 수행하기 위해 분주하게 움직였고, 보고하는 소리, 지시하는 소리가 윤차의 소음과 뒤섞여 갑판을 시끌벅적하게 만들었다.

좌응은 그 분주함을 즐기듯 갑판 위를 천천히 거닐었다. 그러던 중 갑판 아래 어딘가에서 터져 나온 억센 외침이 그의 발길을 멎게 만들었다.

"이 새끼들이 굼벵이 고기를 삶아 먹었나, 왜 이리 꾸물대! 소금물 맛 좀 봐야 정신 차릴래!"

좌응은 난간 아래를 바라보았다. 그곳에는 머리에 잿빛 천을 두른 땅딸막한 중늙은이 하나가 윤차의 발판을 밟는 수부水夫들을 닦달하고 있었다.

수부들 대부분은 이런 일에 이력이 난 뱃사람이지만, 개중에는 좌응과 마석산이 차출해 데려온 무양문도들도 더러 있었다. 그러나 땅딸보 중늙은이는 그런 점을 조금도 개의치 않는 듯했다.

"이 문둥이 발가락 같은 새끼야! 밟으랬다고 무턱대고 밟지만 말고 옆 새끼와 호흡을 맞추란 말이야! 딴 새끼들이 발판을 올릴 때 너 혼자 죽어라 밟는다고 배가 나갈 것 같아!"

방금 땅딸보 중늙은이에게 욕먹은 사람은 좌응에게도 낯이 익은 이군의 고참 무사 함세용喊世用이었다. 함세용은 신참 무사들의 검법 수련을 지도할 만큼 뛰어난 검수였지만, 땅딸보 중늙은이의 호통에 찍소리도 못 하고 옆 사람들의 발 움직임을 살피기 위해 곁눈질을 하고 있었다. 학당에서는 머리 좋은 수재가 왕이고, 도박장에서는 끗발 좋은 도박꾼이 왕이다. 그러니 배에서는 배를 잘 부리는 사람이 최고인 것은 당연한 이치. 그런 의미로 볼 때, 오호사해를 오가는 온갖 종류의 배를 자유자재로 부릴 줄 아는 저 땅딸보 중늙은이는 최소한 이 배에서는 왕일 수밖에 없었다.

그래도 팔은 안으로 굽는 법. 좌웅은 왕의 성질을 건드리지 않는 선에서 수하의 체면을 살려 주고 싶었다.

"이 선주李船主, 우리 애들이 선박에 어두워서 그러니 너무 심하게 닦달하진 마시구려."

땅딸보 중늙은이는 고개를 틀어 갑판 위를 올려다보았다. 오십 대 중반쯤 되었을까? 바닷바람에 검게 그을린 피부에 양 볼 따구니를 장식한 대여섯 줄기의 칼자국들이 강인한 인상을 더해 주는 그 중늙은이는 좌웅을 발견하곤 눈살을 찌푸렸다.

"선실에 계시는 줄 알았는데 언제 나오셨소?"

속뜻은 '선실 안에 틀어박혀 있을 것이지 왜 기어 나와 거치적거리느냐'이었을 것이다. 그래도 좌웅은 불쾌해하지 않았다. 저 땅딸보 중늙은이의 언행이 원래 저런 식이란 사실을 이번 항해를 통해 알아차렸기 때문이다.

"점심 먹은 게 조금 과한 듯해서 소화나 시켜 볼까 해서 나왔소이다. 차나 한 잔 마실까 하는데, 바쁘지 않으면 이리 올라와 말동무나 합시다."

이 친근한 제안에 땅딸보 중늙은이는 콧방귀를 뀌었다.

"쳇! 난 천생이 막돼먹은 놈이라 풀 끓인 물 따위는 입맛에 맞지 않소. 하지만 술이라면 얘기가 좀 다르겠지. 애새끼들이 어찌나 속을 썩이는지 창자가 다 꼬이는 것 같소. 이럴 땐 그저 술로 푸는 게 최고라오."

땅딸보 중늙은이에겐 따로 계단이나 사다리 같은 것이 필요치 않았다. 그는 갑판 아래로 늘어진 밧줄 한 가닥에 냉큼 매달리더니 원숭이처럼 빠르고 능숙하게 타고 올라왔다.

이 땅딸보 중늙은이의 이름은 이자심. 좌웅이 지금 몸을 실은 외륜선外輪船 '풍백쾌주風伯快舟'의 선주이자 선장이었다.

풍백쾌주는 좌현과 우현에 각각 셋, 그리고 선미에 하나, 도합 일곱 개의 수차가 달려 있는 중대형급 외륜선이었다. 선미의 대형 수차를 주동력으로 삼고 좌우현의 소형 수차를 보조 동력 및 키로 삼으니, 남송 초기 조선술의 거장인 고선高宣 이후 급속도로 전파된 차선車船이란 바로 이런 종류의 선박을 통칭하는 말이었다.

풍백쾌주에는 다른 선박에서 좀처럼 찾아보기 힘든 괴이한 기물들이 많았다. 선박에 대한 견문이 그리 넓지 못한 무인들에겐 하나같이 요상하게만 보이는 물건들이었다. 그것들의 쓰임새에 관해 궁금증이 일지 않은 것은 아니나, 좌응은 애써 알려고 하지 않았다. 지금 풍백쾌주가 해야 할 일은 천표선의 뒤를 은밀히 추적하는 것이었고, 그 일을 수행함에 있어서 풍백쾌주는 추호의 빈틈도 보이지 않았다. 이자심의 항해술은 치밀했고 수부들의 움직임도 일사불란했다. 그러니 요상한 물건이 있든 없든 무슨 상관일까. 좌응으로선 그저 만족스러울 따름이었다.

밧줄을 타고 올라온 이자심은 좌응 근처의 난간 위에 엉덩이를 걸치고 앉더니, 때마침 곁을 지나는 수부 하나를 불러 세웠다.

"야, 토끼, 주방의 공노칠孔老七한테 가서 술하고 고기 좀 받아 와라. 아, 좌 군장께서 드실 차도 잊지 말고."

그 수부는 부리나케 갑판 아래로 내려가는데, 키가 후리후리하고 생김새도 늠름해 어느 모로 보나 토끼 같지는 않았다. 좌응이 이를 이상히 여기는데, 이자심이 음충맞게 웃으며 말했다.

"크흐흐, 그 짓을 할 때 방아질 열 번을 채우지 못하는 놈이오. 넣자마자 찍, 그러니 토끼 아니겠소?"

"허, 허허."

좌응은 뭐라 대꾸할 말이 없어 헛웃음만 흘렸다.

토끼는 그 짓만 빠른 게 아니라 뜀박질도 빠르다. 토끼라 불린 수부는 갑판과 주방 사이를 왕복하며 그 점을 몸으로 증명해 보였다.

좌응과 이자심은 토끼가 들고 온 허름한 나무 찬합을 식탁 삼아 마주 앉았다. 찬합에서 나온 것은 시큼한 냄새를 풍기는 술 한 병과 투박하게 썰어 담은 돼지고기 한 접시 그리고 표면의 문양이 닳아 없어진 낡은 찻주전자 하나였다.

"찻잔은……?"

좌응은 눈살을 찌푸렸다. 찻잔도 없이 차를 어떻게 마시라는 얘기일까? 그런데 그 방법을 이자심이 가르쳐 주었다.

"이 멍청한 새끼야! 찻잔은 어디다 팔아먹고 주전자만 달랑 가져온 거냐!"

이자심은 토끼의 뒤통수를 사정없이 후려갈겼다. 토끼는 "아이쿠!" 비명을 지르며 뒤통수를 감쌌다.

"너는 정신 상태부터 글러먹었어. 내가 오늘 그 썩은 생선 같은 정신 상태를 확실하게 뜯어고쳐 주마!"

한 대로는 성이 풀리지 않은 듯, 이자심은 소매를 둥둥 걷어올렸다. 이 마당에 곤란해진 쪽은 오히려 좌응이었다.

"술잔도 없는데 찻잔이 무슨 필요겠소? 그냥 마시리다."

이자심은 휘두르려던 주먹을 멈추고 좌응을 바라보았다.

"하지만 점잖으신 어른이 어찌……. 이게 다 이 멍청한 새끼 때문에……."

그러면서 다시 토끼를 향해 눈을 흘기니, 좌응은 "체면은 무슨 체면, 배에 탄 이상 뱃사람의 다도茶道를 따라야지요."라며 주전자 주둥이를 입으로 가져갈 도리밖에 없었다.

"뭐 굳이 그러시겠다면야……."

이자심은 그제야 주먹을 내리며 토끼에게 말했다.

"오늘 죽다 산 줄 알아. 냉큼 꺼져!"

좌응은 무양문 내에서 소문난 다인이었다. 다도를 배운 뒤 처음으로 찻주전자째 들이켜게 된 좌응은 종종걸음으로 달아나는 토끼를 바라보며 작게 한숨을 쉬었다. 이 이자심이란 인간도 무지막지하기론 마석산 못지않은 것 같았다.

'세상에는 대인군자도 많다던데 나는 왜 이런 인간들만 만나는 걸까?'

그저 한숨만 나올 따름이었다.

좌응의 심정을 아는지 모르는지, 이자심은 술병 주둥이를 입에 대고 기세 좋게 들이켰다.

"크아! 목구멍이 뻥 뚫리는 게 배 속이 확확 타오르는구먼!"

적나라한 소감. 벌써부터 눈두덩이 불그죽죽해 오는 것이 예사 술이 아닌 듯했다.

"독한가 보구려."

"독하다마다요. 나도 술에는 이골이 난 놈이지만 이 술은 두 병 이상 마시지 못한다오."

"무엇으로 담근 술이기에 그리 독하오?"

이자심이 표정을 굳히며 반문했다.

"꼭 아셔야겠소?"

"꼭 알아야 할 이유는 없지만……."

"그러면 모르시는 편이 나을 게요."

그러곤 돼지고기를 손가락으로 집어 입으로 가져가니, 좌응은 이자심의 충고를 따르기로 작정했다. 술의 재료가 매우 비상식적인 물건일 거라는 예감이 들었기 때문이다.

이자심의 먹성은 대단히 좋았다. 점심 먹은 지 얼마 지나지도 않았건만, 접시에 수북하던 돼지고기가 남김없이 사라지는 데 소요된 시간은 반의반 각도 되지 않았다. 물론 좌응은 한 점도 입에 대지 않았다. 정갈한 다과 대신 누린내 나는 돼지고기를 곁들인 끽다란 상상조차 하기 싫었다.

찻주전자가 거의 비어 갈 즈음, 좌응은 난간 너머로 눈길을 돌렸다.

하오의 햇살 아래 쪽빛 비단처럼 펼쳐진 드넓은 바다는 마치 처녀처럼 곱고 얌전해 보였다. 육지가 멀지 않은 것일까? 이름 모를 물새 몇 마리가 하늘에 찍어 놓은 작은 점처럼 아득한 수평선 위로 한가롭게 떠 있었다.

순한 바람과 잔잔한 파도, 그리고 물새…….

출항 뒤 줄곧 거친 바다에 시달려 왔던 좌응은 자신도 모르는 새 평온한 눈빛이 되었다.

그때 이자심이 입을 열었다.

"바다란 놈, 가끔 저렇게 마누라처럼 군단 말씀이야."

좌응은 이자심을 돌아보았다.

"그게 무슨 뜻이오?"

이자심은 잇새에 낀 고깃점을 거무튀튀한 새끼손톱으로 후벼 파면서 좌응에게 되물었다.

"결혼은 하셨겠지요?"

좌응은 고개를 끄덕였다.

"그런데도 무슨 뜻인지 모르신다? 흐흐, 그렇다면 좌 군장께선 장가를 잘 가신 게 분명하오."

이자심은 손톱에 묻어 나온 고깃점을 멀리 튕겨 버리더니 바다를 바라보며 인상을 찌푸렸다.

"내 경우엔 아침에 마누라가 나긋나긋하게 굴면 저녁엔 반드시 사건이 터지고 만다오. 물론 저녁에 나긋나긋하게 굴면 아침이 소란스러워지고. 이 여편네가 뭔가 트집 잡을 만한 것이 생기면 꼭 살랑살랑 꼬리를 치면서 내가 느슨해지기를 기다렸다가 결정적인 순간에 가서야 악다구니를 쓰며 치고 들어온단 말이오. 그걸 뻔히 알면서도 그저 당장 살갑게 굴어 주는 것만 좋아서 헤헤거리니, 그러고 보면 나도 참 멍청한 놈이지."

그 말을 잠시 음미해 보던 좌웅은 안색을 굳혔다.

"하면, 저 바다에 무슨 문제라도 숨어 있단 말이오?"

이자심은 눈을 감고 콧구멍을 벌름거렸다.

"곧 토라질 거요."

"토라진다고요? 뭐가?"

"저 바다 말이오. 아침나절엔 긴가민가했는데 이젠 장담할 수 있소."

"그걸 어떻게……?"

"냄새. 놈은 지금 '나는 곧 토라질 겁니다. 각오하세요.'라는 냄새를 풀풀 풍기고 있단 말이오."

바다 냄새란 게 다만 짤 뿐이라고 생각해 온 좌웅으로선 어이없는 대답이 아닐 수 없었다.

"그런 냄새도 있소?"

이자심은 감았던 눈을 뜨더니 두툼한 코를 만지작거렸다.

"사십 년 넘게 배를 타다 보니 아예 개코가 된 모양이오. 두고 보시오. 어두워지기 전에 큰바람이 닥칠 테니까."

좌웅의 얼굴에 그늘이 깔렸다. 바다에선 범부와 다름없는 그였다. 풍랑에 몸을 맡기느니 차라리 백 명의 적들과 싸우는 쪽이 훨씬 속 편한 것이다.

좌응의 심정을 읽은 듯, 이자심이 물었다.

"걱정되시오?"

"솔직히 그렇소."

이자심은 자신만만한 얼굴로 히죽거렸다.

"흐흐, 염려 마시오. 내 풍백쾌주는 부상국夫桑國 난쟁이들이 신풍神風이라고 떠받드는 풍랑도 이겨 낸 경험이 있으니까."

놀랍게도 좌응은 이 가벼운 장담 몇 마디에 마음이 안정되는 것을 느꼈다. 장담을 내뱉은 사람이 다름 아닌 이자심, 한때 해상 밀무역의 왕이라 불리던 항해술의 대조종大祖宗이기 때문이었다. 그 재주를 높이 산 북경의 거상 왕고는 이자심을 제 사람으로 만들기 위해 누만금을 쏟아부었다 하니, 풍랑이 드센 바다에서 이보다 믿음직한 안내자는 존재하지 않을 것이다.

그런데 한 가지, 마음에 걸리는 것이 있었다.

'쯧쯧, 내일 아침에는 송장이 되어 있겠군.'

소, 그중에서도 특히 무쇠소는 바다와 궁합이 전혀 안 맞는 확실한 육상 동물인 모양이었다.

(2)

오월 초엿새 해시亥時(오후 열 시 전후).

해질 무렵부터 거칠어지기 시작한 바다는 날이 어두워진 뒤 낮과는 비교할 수 없을 만큼 사나운 모습으로 변해 있었다. 기습적으로 동해를 강타, 많은 뱃사람들의 목숨을 앗아 가던 초여름 폭풍이 올해에도 어김없이 찾아온 것이다.

파도 마루에 닿을 듯이 낮게 깔린 먹구름은 시퍼런 뇌전을 쉴 새 없이 뿜어 댔고, 바다는 그때마다 진저리를 치며 분노에 찬 포효를 토해 냈다.

분노한 바다는 육지에서 벌어지는 어떤 종류의 재난보다 무서웠다. 그것은 태고를 지배했던 거대한 혼돈처럼 평화와 안정, 질서와 조화 따위의 모든 양순한 가치들을 맹목적으로 저주하는 것 같았다.

사방에서 일어나는 산 같은 파도 위엔 헤아릴 수 없이 많은 악귀들이 올라타 있었다. 악귀들은 저마다 알아듣지 못할 소리로 아우성을 치다가 파도와 함께 무너졌고, 새로운 파도에 실려 금방 되살아났다. 세상에 존재하는 그 어떤 피조물도 자연의 이 무한한 파괴의 광란 앞에선 아무런 저항도 할 수 없을 것 같았다.

그러나 그토록 무섭게 변한 바다도 천표선만큼은 거꾸러뜨리지 못했다. 거친 파도가 아무리 세차게 밀려와도 천표선과 천표선을 움직이는 억센 뱃사람들은 조금도 위축되지 않았다. 이 오연한 배는 네 폭의 큰 돛을 모두 접고 바다의 변화에 선체를 맡긴 채, 높은 파도는 흘려보내고 낮은 파도는 타고 넘으며 최종 목적지인 금부도를 향한 전진을 멈추지 않았다.

사해마옹 마태상이 이 배를 자신의 분신처럼 아끼는 데에는 그럴 만한 이유가 있는 것이다.

천표선 선수부에는 〈천풍표랑天風飄浪〉이라는 금빛 현액이 걸린 사 층 누대가 세워져 있었다. 물 위를 집 삼아 떠돌아다니는 낭숙 문도들의 생활공간이었다.

그중 가장 높은 사 층은 선주인 마태상이 독차지하고 있으며, 상갑판과 높이가 같은 삼 층은 낭숙의 고급 간부들이, 이 층은 하급 간부들이, 그리고 하갑판에 연해 있는 일 층과 그 아래에 마련된 층은 일반 문도들의 선실과 물품을 보관하는 창고로 사용되었다.

이번 항해에 동승한 비각의 간부들에게 배정된 선실을 살펴보면 그 개개인에 대한 마태상의 심사를 쉽게 알 수 있었다. 우선 주장 격인 진금영에게는 자신이 독차지하던 사 층의 전망 좋은 선실 하나를 배정하여 십영회의 참석 자격이 있는 수뇌급 비영에 대한 존경을 표했고, 허봉담과 금청위에게는 삼 층 선실 중 뱃머리 쪽에 나란히 붙은 두 개를 배정하여 '대접은 해 주지만 그래도 너희들은 내 밑에 불과하다'라는 점을 은연중에 시사했으며, 전비에게는 하갑판보다도 낮은 층, 거기에서도 가장 외진 데 있는 골방 하나를 적선하듯 던져 줘 자신이 아직도 과거의 원한을 생생하게 기억하고 있음을 분명히 드러낸 것이다.

전비에 대한 마태상의 야박한 대접에 관해 허봉담은 속 좁은 처사라며 강력하게 항의했지만, 정작 당사자인 전비는 담담했다.

"이 배의 선장은 최소한 표리부동하지 않아서 좋소."

전비는 단지 이렇게 말한 뒤, 자신에게 배정된 방 같지도 않은 방으로 유유히 내려갔다. 이것이 사해포를 떠나며 벌어진 일이었다.

누대 삼 층, 허봉담에게 배정된 선실.

눈에 띄게 호화스럽진 않지만 넉넉한 공간에 집기들이 요소요소 잘 배치되어 전체적으로 정갈한 느낌을 풍기는 방이었다.

끼이익! 끼이익!

천장에 매달린 등구燈毬가 그네를 타듯 어지럽게 흔들리고 있었다. 배가 그만큼 심하게 요동치고 있다는 증거였다. 하지만 금청위는 그런 사실도 까맣게 잊은 채, 붙박이 탁자에 바짝 붙어 앉아 무엇인가에 골몰하고 있었다.

"그것참, 알다가도 모를 일이란 말이야."

금청위는 머리카락을 벅벅 긁었다. 허연 비듬이 탁자로 풀풀 떨어졌다. 탁자에 쌓인 비듬의 양으로 미루어 그의 고민은 제법 오랜 시간 지속된 것으로 보였다.

"이 지저분한 친구야! 비듬 털려거든 자네 방에 가서 하게. 남 밥 먹는 탁자에 대고 그게 무슨 짓인가!"

침대에 비스듬히 누워 있던 허봉담이 금청위를 향해 짜증을 부렸다. 주인 된 처지로 당연한 반응이었을 것이다. 하지만 금청위는 들은 척도 하지 않고 탁자에 놓인 물건 하나를 뚫어져라 노려보기만 했다.

허봉담은 그 물건이 무엇인지 잘 알고 있었다. 물건의 임자가 바로 그였기 때문이다.

"어디서 신통력이라도 배워 온 모양이군. 빈 병을 그렇게 노려보면 술이 저절로 차기라도 한다던가?"

허봉담은 침대 끝에 걸터앉으며 빈정거렸다. 그의 말처럼 금청위가 노려보고 있는 물건은 병, 표면에 그려진 매화 문양이 아름다운 호리병이었다. 그것은 애주가를 자처하는 그가 특별히 아끼는 애호품이기도 했다.

금청위는 허봉담의 빈정거림도 귀에 들어오지 않는 모양이었다. 그는 "그것참."만 연발하며 호리병을 노려보다가, 갑자기 병목을 잡더니 탁자 귀퉁이에다 대고 냅다 후려치는 것이었다. 허봉담의 입에서 저도 모르게 "억!" 소리가 튀어나왔지만, 말리고 자시고 할 겨를도 없는 돌발적인 행동이었다.

빡!

경쾌한 음향과 함께 단단한 은행나무로 만든 탁자 귀퉁이가 뭉텅 떨어져 나갔다.

경기라도 일으킬 것처럼 부들부들 떨던 허봉담은 호리병의 상태를 급히 살피다가 안도의 한숨을 내쉬었다. 언뜻 보기에 호리병이 온전한 듯했기 때문이다. 하지만 금청위가 고개를 끄덕이며 한 말에 다시금 몸을 떨 수밖에 없었다.

"역시 금이 가는군. 갑작스레 끌어 올린 공력으로는 얇은 자기병을 완벽하게 보호할 수 없다 이거지? 그렇다면 이게 내 한계라는 말인데⋯⋯."

"뭐? 금이 갔다고?"

이때까지만 해도 금청위는 사태의 심각성을 전혀 알아차리지 못했다. 그는 천진하게 웃으며 허봉담을 바라보았다.

"내 생각이 맞았소. 그 전비라는 친구는 과연 대단⋯⋯ 헉!"

그러나 금청위의 웃음은 금방 사라졌다. 자신의 얼굴을 향해 무서운 속도로 날아오는 반짝이는 물체를 발견했기 때문이다. 대경실색한 그는 황급히 몸을 뒤로 젖혔다. 그 바람에 바닥에 고정시켜 둔 의자 다리가 부러져 나가며, 그의 몸은 뒤로 자빠졌다.

촛!

날카로운 파공성과 함께 선뜻한 기운이 얼굴 위를 스치고 지나갔다. 금청위는 잘려 나간 머리카락 몇 올이 허공에 날리는 광경을 목격할 수 있었다. 물론 그의 머리카락이었다. 다음 순간, 그는 단단한 바닥에 뒤통수를 호되게 찧고 말았다.

"선배, 지금 무슨 짓을 한 거요?"

금청위는 오뚝이처럼 발딱 일어서서 허봉담에게 따졌다.

허봉담은 어느새 침대에서 내려와 있었다. 그는 평소와 다른 싸늘한 눈초리로 금청위에게 되물었다.

"자네는 지금 무슨 짓을 한 건가?"

"나? 내가 무엇을 했다고?"

금청위는 어리둥절한 표정을 짓다가 불에 덴 듯 화들짝 놀라며 오른손에 쥔 호리병을 등 뒤로 감췄다. 허봉담은 고소를 지었다.

"내가 바본 줄 아나? 감춘다고 그게 없어져?"

금청위는 눈알을 뒤룩뒤룩 굴리다가 호리병을 슬그머니 꺼내놓으며 멋쩍은 웃음을 지었다.

"이까짓 걸 가지고 뭘 그리 화내시오? 우리 사이가 어디 그럴 사이요?"

"우리 사이? 애지중지하는 물건을 주인의 눈앞에서 깨뜨리는 사이?"

금청위는 허봉담의 오른팔 소매를 힐끔 쳐다보았다. 소매 바깥으로 드러난 허봉담의 손가락 사이에선 작은 물체가 반짝거리고 있었다. 허봉담이 자랑하는, 일단 손을 떠나면 한 사람의 목숨이 황천길에 오른다는 그 무시무시한 탈명금전이었다.

"제기랄, 화를 내더라도 변명할 기회는 줘야 할 게 아니오?"

금청위는 입맛이 썼다. 허봉담이 이 호리병을 얼마나 아끼는지는 그 또한 잘 알고 있었다. 그러니 생각에 몰두한 나머지 부지불식간에 호리병을 휘두른 자신의 잘못이 크긴 하다. 하지만 아무리 그렇기로서니 금전을 날려? 친형제처럼 지내는 사이에? 이런 걸 보면 허봉담도 강호인임에 틀림없었다. 소탈한 성격 이면에 강호인 특유의 고약한 편벽이 도사리고 있으니까.

"좋아, 변명해 보게. 왜 그런 짓을 했는지."

허봉담이 말했다. 눈썹 사이에 어린 냉기가 여전히 시퍼런 걸 보면 웬만한 변명 가지고는 어림도 없을 것 같았다. 이럴 땐 솔직하게 나가는 편이 오히려 나았다.

"잘못한 건 인정하오. 선배가 애지중지하는 병을 함부로 휘두른 것은 분명 내 잘못이오. 하지만 화를 내려면 전비에게 먼저 내야 할 게요."

"거기에 전비는 왜 나오는가?"

"내가 친 건 겨우 탁자에 불과하지 않소? 하지만 그 친구가 친 건 검이란 말이오, 검!"

그 말에 칼날처럼 접혔던 허봉담의 두 눈이 조금 커졌다.

"자네의 검 말인가?"

"그렇소. 비록 검집을 벗기진 않았지만, 그래도 이 호활뇌정검 금청위가 휘두른 검이었소."

"언제?"

"쳇, 완전히 신문당하는 기분이군. 좋소. 기왕 이렇게 된 거 다 말해 주리다. 선배한테는 얘기하지 않았지만, 출항 다음 날 아침에 그 친구를 상대로 검을 휘두른 적이 있었소."

허봉담이 눈살을 찌푸렸다.

"왜 그랬나?"

"솔직히 궁금했소. 대체 무슨 재주를 감추고 있기에 이름조차 변변히 알려지지 않은 친구가 천하의 마태상 앞에서 그렇게 뻣뻣하게 구는지가. 그래서 한번 시험해 보고픈 호기심이 든 거요. 그런데 그 친구는 처음 일 검을 미꾸라지처럼 피해 내더니만 두 번째 검을 바로 이 병으로 땅, 받아 내더란 말이오. 한데 더욱 기막힌 사실은……."

금청위는 들고 있던 호리병을 허봉담에게 던졌다.

"그러고도 병 표면이 말짱했다는 점이오."

허봉담은 호리병을 받아 유심히 살펴보았다. 호리병 표면에는 보일 듯 말 듯 한 자잘한 균열이 어느 한 점을 중심으로 거미줄처럼 퍼져 있었다. 방금 금청위가 탁자를 내리쳤을 때 생긴 흔적이었다. 그러나 단지 그것뿐, 그 외엔 어떤 흠집도 나 있지 않았다.

"정말 이 병으로 자네의 검을 막았단 말이지?"

"사람 말 되게 못 믿으시네."

"혹시 자네가 봐준 건 아닌가?"

허봉담이 여전히 믿지 못하겠다는 투로 묻자 금청위는 어깨를 으쓱거렸다.

"어쩌면 무의식중에 봐주려는 마음이 있었는지도 모르겠소. 괜찮다고 생각한 친구였으니까. 하지만 아무리 그렇다고 쳐도 대단한 일 아니오?"

허봉담은 호리병을 뚫어져라 내려다보며 뭔가를 곰곰이 생각했다. 그 모습이 흡사 조금 전의 금청위를 보는 것 같았다.

잠시 후 허봉담이 눈을 빛내며 중얼거렸다.

"그건 대단한 일이 아니야."

"그게 대단하지 않다면 대체 뭐가 대단하오?"

"그건 대단한 일이 아니라 이상한 일이야."

허봉담은 말을 마치기가 무섭게 병목을 돌려 쥐더니 침대 모서리에 대고 힘껏 내리쳤다. 이번엔 금청위의 입에서 "억!" 소리가 튀어나왔다.

꽈삭!

침대 모서리가 뭉텅 떨어져 나갔다. 그러나 호리병 또한 손잡이만 남긴 채 산산조각 나 버렸다. 금청위가 보여 준 실험과 는 조금 다른 결과였다.

"서, 선배?"

금청위가 벌어진 입을 다물지 못하는데, 허봉담은 냉랭하게 말했다.

"기왕 버린 물건인데 뭘 그리 놀라나?"

"아무리 그래도 선배가 그렇게 아끼던 물건인데……. 겉에만 잘 바르면 감쪽같이 고칠 수도……."

"한 가지 묻겠네."

허봉담은 구질구질 이어지려는 금청위의 말을 끊었다.

"자네와 나, 둘 중에 누가 내공이 더 셀까?"

금청위는 잠시 머뭇거리다가 대답했다.

"그야 선배가 조금 세겠지요."

진심이라기보다는 겸양이라고 할 수 있는 대답인데, 허봉담은 진심으로 받아들인 듯했다.

"아무래도 그렇겠지. 자네보다 최소한 십 년은 더 수련했으니까."

자존심이 상했는지 금청위의 눈썹이 묘하게 쫑긋거렸다. 허봉담이 다시 말했다.

"그러면 또 묻겠네. 자네가 쳤을 때는 깨지지 않던 호리병이 왜 내가 치니 깨졌지?"

금청위는 고개를 갸웃거렸다. 질문의 요지가 어디에 있는지 정확히 파악할 수 없었기 때문이다. 허봉담은 바닥에 흩어진 호리병의 파편 하나를 집어 들었다.

"잘 보게."

허봉담이 왼손 엄지와 중지를 가볍게 튕기자 파편은 핑, 소리와 함께 선실 문을 향해 날아갔다. 파편은 선실 문, 그것도 나무로 된 부분이 아니라 쇠테를 두른 가장자리에 끄트머리만 남긴 채 틀어박혔다. 암기술의 대가다운 절묘한 공력이었다.

"어떤가? 자네도 할 수 있겠나?"

허봉담이 묻자 금청위는 머리를 긁적거렸다.

"똑같이는 못하겠지만 잘하면 흉내는 낼 수 있을지도……."

"그러면 동시에 여러 개를 던져 박는 것은?"

금청위는 손을 홰홰 내둘렀다.

"그거야 물론 안 되겠지요. 아무나 할 수 있는 재주면 허 선배 밥줄 끊어지지 않겠소?"

고개를 끄덕인 허봉담은 침대 끝에 엉덩이를 걸치며 설명을 시작했다.

"이건 내공의 고하에 관한 문제가 아니야. 자네의 내공은 검기를 일으키는 데 적합하고 내 내공은 암기를 날리는 데 적합하다네. 내공의 종류부터가 다르거니와, 오랜 기간 각기 다른 병기로 수련을 쌓는 과정에서 그 성향이 더욱 기울어진 것이지. 그래서 자네가 쳤을 땐 깨지지 않던 호리병이 내가 치니 깨진 거야. 손에 쥔 물건에 내공을 싣는 재주는 자네 같은 검수에겐 익숙할지 모르지만, 내겐 아무래도 생경하거든. 무슨 말인지 알아듣겠나?"

잠시 생각하던 금청위는 어느 순간, 눈을 번쩍 빛냈다.

"문제는 내공의 고하가 아니라 내공의 종류라 이 말씀이오? 말하자면 검기성형劍氣成形 같은?"

"이제야 말이 통하는군. 그래서 대단한 일이 아니라 이상한 일이라고 한 거라네."

"그렇다면 정말 이상한걸. 전비의 장기는 외문기공과 권법이라고 하지 않았소. 그런데 어떻게 검기성형의 공력을 시전할 줄 안다는 거요? 그것도 나보다 더 능숙하게?"

허봉담은 고개를 천천히 저을 뿐, 아무 대답도 하지 않았다. 금청위는 답답한 듯 선실을 이리저리 배회하다가 짜증 섞인 목소리를 토해 냈다.

"빌어먹을! 그 친구 정체가 대체 뭐야? 검왕 수준의 절세 검수라도 된단 말인가?"

허봉담은 피식 웃었다.

"검왕이라니, 너무 심하게 부풀리는 거 아닌가?"

"오죽 답답하면 그런 말을 다 했겠소."

금청위가 투덜거리자 허봉담은 한결 누그러진 얼굴로 말했다.

"우리가 괜히 복잡하게 생각하는 것일지도 모르지. 자네도 아까 말하지 않았나. 무의식중에 검에서 진기를 풀었는지도 모른다고. 그렇다면 호리병이 말짱한 것이 아주 이상한 일만은 아니지. 그리고 만에 하나, 검기성형과 유사한 효능을 발휘하는 기공이 존재해 우연한 기회에 그 친구에게 흘러들었을 가능성도 배제하지는 못할 테고."

이 말을 듣고도 금청위가 얼굴을 펴지 않자 허봉담이 그에게 다가가 어깨를 툭 쳤다.

"더구나 그 친구는 이제 동료가 아닌가. 강하면 어때? 설마 시기하는 건 아니겠지?"

"원, 형님도. 날 어떻게 보고 하는 소립니까?"

금청위의 얼굴이 그제야 조금 펴지는 듯했다. 허봉담은 짐짓 노한 표정으로 말했다.

"어떻게 보긴? 남이 보배처럼 여기는 물건을 함부로 부수는 막돼먹은 인간으로 보지."

"어? 말은 똑바로 하고 삽시다. 부순 건 선배지, 내가 아니오."

"어쨌거나 자넨 이제부터 내 술 얻어먹긴 글렀으니 그리 알라고."

"나 참, 남자가 쩨쩨하게 그까짓 일로 꽁해서⋯⋯."

"뭐? 쩨쩨해? 적반하장도 유분수지!"

"그러지 마시고 감춰 놓은 술이나 꺼내시구려. 한참 지껄였더니만 목이 다 칼칼해진 것 같소."

"없네! 자네 줄 건 구정물도 없어!"

그렇게 티격태격. 심각한 얘기가 일단락되자 선실 안의 분위기는 다시 밝아졌다. 편협한 구석이 있긴 해도 결국에 가선 소탈해지는 허봉담과 과격한 구석이 있긴 해도 결국에 가선 유쾌해지는 금청위. 그러니 이들 두 남자의 관계는 대체로 이런 식으로 어우러지는 것이다. 잠시 후면 허봉담은 언제 그랬느냐는 듯 싱글거리며 감춰 둔 술을 꺼낼 것이요, 금청위는 뻔뻔한 얼굴로 그 술을 들이켜고는 술병이 예쁘다느니 하루만 빌려 달라느니 등의 객쩍은 소리를 지껄일 것이다. 그런 것쯤은 보지 않아도 알 수 있는 일이었다.

그런데 이들의 대화를 처음부터 끝까지 놓치지 않고 엿들은 사람이 있었다. 선실 문 바깥쪽에 석상처럼 서 있는 진금영이었다. 배가 요동치는 바람에 잠을 이루지 못한 그녀는 동료들과 이야기나 나눌까 해서 삼 층으로 내려왔다가, 뜻하지 않게 전비의 공력에 관한 이야기를 엿듣게 된 것이었다.

선실 안의 분위기가 밝아지자 진금영은 천천히 발길을 돌렸다. 고의든 아니든 남의 대화를 엿듣고 말았다. 시치미 떼고 그 속으로 어울린다는 것도 우스운 짓이었다.

흔들리는 계단을 올라가는 진금영의 안색은 어두웠다. 그 어두움의 이면에는 그녀 본인도 명확히 규정할 수 없는 기이한 감정이 도사리고 있었다. 그 무엇이 얼음처럼 냉정한 그녀의 마음을 이토록 복잡 미묘하게 만든 것일까?

─빌어먹을! 그 친구 정체가 대체 뭐야? 검왕 수준의 절세 검수라도 된단 말인가?

금청위의 볼멘소리가 귓전에서 떠나지 않았다. 그 소리를 들은 허봉담이 실소한 것도 무리는 아니었다. 검왕 연벽제로 말하자면 강호인 누구나가 인정하는 명실상부한 천하제일검이니까.

그러나 진금영이 겪어 본 '그'의 검은 연벽제의 아래가 아니었다. 천하가 한 목소리로 인정하는 연벽제의 검을 그녀 홀로 폄하할 리는 없다. 단지 그녀는 '그'보다 무서운 검수가, 그리고 '그'의 검보다 무서운 검이 세상에 존재한다는 사실을 인정할 수 없었던 것이다.

사 층으로 이어진 계단을 다 오른 진금영은 잠시 발길을 멈추고 아래를 바라보았다. 층층이 엇갈려 내려가는 계단의 아래쪽은 전혀 다른 세계처럼 짙은 어둠에 가려 있었다. 그 계단의 끝, 거기 이어진 복도를 따라가다 보면 허름한 선실 하나가 나올 것이다.

바로 '그'가 머무는 선실이.

숙달된 뱃사람이 아니고서야 흔들리는 배에서 잠을 이루는 일이 쉬울 리 없었다. 오늘처럼 폭풍우가 치는 날에는 더욱 그랬다. 석대원은 반 시진에 가까운 시간을 전전반측으로 허비한 뒤에야 오늘 같은 날 잠을 이루는 일이 불가능에 가깝다는 사실을 인정하게 되었다.

자신의 거구를 견디지 못하고 삐걱거리던 엉성한 침대를 떠난 석대원은, 침대와 별반 다름없이 조잡하게 만들어진 붙박이 의자에 엉덩이를 붙였다. 네 평 남짓한 공간을 떠돌던 어둠이 기다렸다는 듯이 그의 어깨 위로 내려앉았다. 심장까지 물들일 것 같은 칙칙한 어둠이었다.

광란하는 파도 속에 요동치는 배. 그러나 어둠이 머무는 갑판 밑 이 좁은 공간은 괴이할 만치 적막한 느낌을 풍겼다. 석대원은 한참을 어떠한 행동, 어떠한 사고도 하려 들지 않고 그저 우두커니 앉아 있었다. 그러고 있자니 어둠으로부터 떨어져 나온 무엇인가가 그의 옆에 내려섰다. 바로 고독이었다.

고독이란 일종의 상실감. 존재하기에 비롯되는 감정이 아닌, 존재하지 않기에 비롯되는 감정이었다. 열네 살 어린 나이로 가문에서 추방돼 인적 없는 심산유곡에서 십일 년간 살아온 석대원이었으니 고독이라는 감정에는 누구보다도 익숙하련만, 지금 이렇게 어두운 선실에 홀로 앉아 있자니 왠지 자신이 고독하다는 생각을 떨쳐 버릴 수 없었다.

분위기를 바꿔 보고픈 충동이 일었다. 석대원은 어둠 속을 더듬어 부싯깃을 찾아낸 다음 탁자에 고정된 유등油燈에 불을 붙였다. 틱, 소리와 함께 선실 안으로 물결처럼 번져 나가는 밝음. 하지만 심지가 부실한 탓인지 어둠은 금방 밝음을 집어삼켰다. 그는 허리춤에서 작은 칼을 꺼내 심지 끝을 다듬었다. 섬세한 작업과는 어울려 보이지 않는 그였지만 칠흑 같은 어둠 속에서도 매우 능숙하게 그 일을 해 나갔다. 그러고는 다시 틱.

그렇게 태어난 빛은 비록 작았지만 선실 안의 어둠에 굴하지 않을 만큼 건강해 보였다.

석대원은 망연한 눈길로 심지에 올라앉은 작은 불꽃을 바라보다가 실소를 흘렸다.

"나도 웃기는 놈이군."

우습게도 불꽃마저 외로워 보였던 것이다.

그때 문이 열렸다. 그리고 한 사람이 선실 안으로 들어왔다.

석대원은 그 사람의 얼굴을 잠시 바라보다가 천천히 자리에서 일어섰다. 하지만 무슨 말을 꺼내야 할지 알 수 없었다. 어서 오십시오? 야심한 시각에 웬일이십니까? 어떤 인사도 지금의 상황과 어울리지 않았다. 그만큼 이 방문객의 출현은 뜻밖이었다.

"방해가 됐나요?"

먼저 말을 꺼낸 것은 선실 안으로 들어온 사람, 진금영이었다. 석대원은 아주 천천히 고개를 흔들었다.

진금영은 석대원이 서 있는 탁자 쪽으로 다가왔다. 석대원은 선체가 지르는 듣기 거북한 비명 속에서도 짤랑거리는 영롱한 금속성을 들을 수 있었다. 그녀의 귀와 목에 걸린 장신구가 흔들리며 부딪히는 소리였다.

따뜻한 느낌을 주는 유등 불빛에 비친 진금영의 모습은 봄꽃처럼 화사했다. 그녀는 평소 입던 간편한 무복 대신 대갓집 규수들이나 입을 법한 화려한 나군 차림이었다. 포도 빛깔의 청색 촉견蜀絹에 반짝이는 은사로 호랑나비 문양을 수놓은 치마는 그녀의 교염嬌艶한 용색을 더욱 돋보이게 해 주고 있었다.

팔을 뻗으면 닿을 만한 거리까지 진금영이 다가왔을 때, 석대원은 한 줄기 은은한 향기를 맡을 수 있었다. 체향이라고 하기엔 자극적이고 장향樵香이라고 하기엔 담백한 기묘한 향기였다.

진금영의 석류색 입술이 달싹거렸다.

"배가 너무 흔들리네요."

"그렇군요."

석대원이 대답했다. 바위에 눌린 것처럼 잠긴 목소리였다.

"이렇게 흔들려서야 어디 잠을 잘 수가 있나요. 전 비영도 그런 모양이죠?"

석대원은 대답 대신 진금영을 물끄러미 바라보다가, 그녀가 두 손을 뒤로 감추고 있음을 깨달았다.

"그건 뭐죠?"

석대원이 묻자, 진금영은 가지런한 앞니를 드러내며 배시시 웃었다.

"전 비영을 쓰러뜨릴지도 모르는 아주 무서운 물건이에요."

역용액으로 인해 험상궂게 꾸며진 석대원의 미간에 잔주름이 잡혔다. 그는 내심 긴장의 끈을 조이면서도 겉으로는 태연한 체, 음산한 웃음을 떠올렸다.

"워낙 튼튼한 놈이라 좀처럼 쓰러지는 일은 없을 겁니다."

"과연 그럴까요?"

진금영은 뒤에 감추고 있던 두 손을 앞으로 돌렸다. 오른손에 들린 것은 한 말(약 18리터)은 족히 들어갈 것 같은 나무통, 왼손에는 자개를 박아 만든 아담한 찬합이 들려 있었다. 푸른빛이 감도는 석대원의 눈동자 속에 이채가 어렸다. 이건 또 무슨 수작일까?

진금영은 두 손에 든 물건들을 탁자에 내려놓았다. 그러고는 나무통의 뚜껑을 열었다. 퐁, 소리와 함께 짙은 향기가 선실 속으로 퍼져 나갔다.

"어때요, 벼락처럼 무섭다 하여 전모주電母酒라는 별명이 붙은 이 소도작燒刀炸이라면?"

"정말 무서운 물건이군요."

석대원은 선선히 시인했다.

"잠 안 오는 밤에는 이것처럼 좋은 친구도 찾기 힘들겠죠."

"동감입니다."

석대원이 순순히 말을 받아 주자 진금영은 기분이 좋아진 모양이었다. 그녀는, 그녀를 아는 사람이라면 한 번도 본 적이 없을 부드러운 눈웃음을 치면서 찬합의 뚜껑을 열었다. 식욕을 기분 좋게 자극하는 맵싸한 냄새가 석대원의 코를 찔렀다.

"이 배의 숙수는 마태상이 성도成都까지 가서 납치해 왔을 만큼 솜씨가 좋다고 하더라고요. 다행히 그도 잠을 못 이루고 있더군요. 덕분에 우리는 그가 자랑하는 사천요리를 맛볼 수 있게 되었어요."

소도작에 사천요리라면 그야말로 찰떡궁합이 아닐 수 없었다. 진금영은 찬합 안에 있던 집기들을 탁자에 하나씩 꺼내 놓기 시작했다. 그릇이며 접시, 거기에 큼직한 술잔 두 개까지.

이때 선체가 크게 흔들렸다. 탁자가 기울어지며 진금영이 꺼내 놓은 집기들이 한쪽으로 주르륵 미끄러졌다. 그녀는 깜짝 놀라 그릇들을 향해 손을 뻗었다. 그런데 그녀가 잡은 것은 그릇이 아니라 손이었다. 너무도 크고 두툼해 이런 게 사람 팔에 달릴 수 있다는 자체가 의심스러워지는 손. 바로 석대원의 손이었다.

진금영과 석대원의 눈길이 탁자의 허공에서 얽혔다. 얄궂은 침묵이 두 사람 사이에 머물렀다.

약간의 시간이 지난 뒤, 석대원이 그 침묵을 깨뜨렸다.

"다행이군요. 주워 먹는 모습을 보여 드리지 않게 돼서."

그의 손등에 아교 칠을 한 것처럼 달라붙어 있던 진금영의 손가락이 스르르 떨어졌다. 그는 잡고 있던 집기들을 다시 탁자 가운데로 옮겨 놓았다. 문득 그녀의 한숨 소리를 들은 듯한 기분이 들었다.

'착각이겠지.'

석대원은 자신의 생각을 금방 부정했다. 진금영이 전비라는 수하 앞에서 한숨을 쉴 까닭이 없었던 것이다. 하지만 그렇다고 해서 찜찜한 기분이 완전히 가신 것은 아니었다. 과거 강상에서 만났던 진금영은 사람의 목숨을 파리의 그것처럼 가벼이 여기던 잔인한 살성이요, 살기 위해 수단과 방법을 가리지 않는 간교한 뱀이었다. 그런 여자가 이제 갓 입각한 까마득한 수하와 이런 야심한 시각에 주연을 벌인다? 그것도 자청해서?

"계속 서 있을 건가요?"

의자에 앉은 진금영이 석대원을 올려다보며 물었다. 그의 얼굴을 향한 그녀의 눈동자는 기묘한 빛을 발하고 있었다. 석대원은 나직한 헛기침으로 어색해지려는 기분을 다잡은 뒤 그녀의 맞은편 의자에 털썩 몸을 실었다. 가뜩이나 부실하던 의자가 죽는다고 비명을 질러 댔다.

"의자로 태어나지 않길 다행이에요. 나라면 견디지 못할 테니까요."

말을 멈춘 진금영이 살짝 웃었다. 석대원은 아무 말도 하지 않았다.

진금영은 탁자에 두 팔꿈치를 괴고 양손으로 깍지를 꼈다. 그런 다음 그 위에 턱을 살짝 얹고는, 호기심 어린 눈동자로 석대원을 바라보며 물었다.

"그런데 진짜 바닥에 떨어진 것을 주워 먹을 작정이었나요?"

턱의 양옆으로 뻗쳐 나온 손가락들이 마치 물총새의 날개를 연상케 한다. 그것을 잠시 바라보던 석대원이 음울한 목소리로 대답했다.

"더한 것을 먹은 적도 있습니다."

사실이었다. 어린 시절 한로로부터 받은 수련 중에는, 비수한 자루와 소금 한 줌만 몸에 지닌 채 사냥꾼들도 들어가기를 꺼리는 만수림의 밀림 속에서 한 달간 살아남아야 하는 지독한 것도 있었다. 굶어 죽지 않으려면 열매건 풀뿌리건 닥치는 대로 캐어 먹어야만 했고, 토끼나 꿩 같은 작은 짐승들의 고기를 날것으로 씹어 삼켜야만 했다.

"과히 아름다운 과거를 보내진 않은 것 같군요."

"아름다운 과거라, 강호에 몸담은 인생에게도 그런 게 있을 수 있던가요?"

"하긴 그래요."

진금영이 고개를 끄덕였다.

석대원은 탁자에 놓인 나무통의 상단 가장자리를 붙잡고 번쩍 들어 올리더니 제 앞에 놓인 잔에 술을 따랐다. 그러자 진금영이 자신의 잔을 들어 석대원에게 내밀었다.

"설마 혼자만 마시지는 않겠죠?"

석대원은 눈앞에 내밀어진 하얀 사기 술잔과 그것을 받쳐 든 진금영의 손가락을 물끄러미 바라보았다. 그녀의 손가락은 사기 술잔보다 더 매끄러워 보였다. 그것은 마치 도공이 심혈을 기울여 만든 명품처럼 신비로운 광택이 흐르고 있었다. 혹독한 수련을 거친 무인이라면 남자든 여자든 가지기 힘든 손가락이군, 하는 생각이 문득 들었다.

석대원은 나무통을 천천히 기울여 그녀가 내민 잔에 술을 채웠다.

"첫잔인데 그냥 마시긴 좀 밍밍하군요. 자, 우리 무엇을 위해 마실까요?"

진금영이 잔을 들어 올리며 물었다. 석대원은 잠시 생각하다가 잔을 들었다.

"이번 작전의 성공을 위하여."

"좋아요, 이번 작전의 성공을 위하여!"

진금영은 맑게 웃으며 복창했다. 이어, 두 사람은 목을 뒤로 젖히고 술잔을 든 손목을 시원스럽게 꺾었다. 불덩어리처럼 화끈한 것이 식도를 타고 배 속으로 흘러들어 갔다. 그와 동시에 머리털이 쭈뼛 곤두설 만큼 강렬한 주기가 얼굴로 확 치밀어 올랐다.

본디 이 소도작은 진금영과 석대원의 나이를 합한 것만큼이나 오래 묵은 독주였다. 천표선의 숙수는 마태상에게 납치당하는 와중에서도 이 소도작이 들어 있는 단지만큼은 잊지 않고 챙겼다고 하니, 만일 진금영이 그의 눈앞에서 두꺼운 무쇠 냄비 하나를 우그러트리는 신위를 보이지 않았다면 상대가 아무리 마태상의 귀빈이라 한들 선뜻 내놓으려 들지 않았을 것이다.

소도작이 전모의 술이라면 사천요리는 뇌공의 찬이라는 소리를 들어 마땅할 것이다. 석대원은 불그스름한 빛이 감도는 냉채를 안주 삼아 한 젓가락 집어먹었다. 사천 요리 특유의 얼얼한 산초 맛이 소도작에 한 번 당한 혓바닥을 모지락스럽게 쥐어짰다. 그는 자신도 모르게 눈살을 찌푸렸다.

포어탕鮑魚湯(전복탕)을 막 떠먹으려던 진금영이 물었다.

"술에 어울리게 맵게 주문했는데, 입에 안 맞는 모양이죠?"

심심산골에 틀어박혀 살던 석대원이 요리에 대해 무슨 지식이 있겠느냐만, 그래도 그 심심산골이 사천에 있었던 탓에 사천 요리에 대해선 아는 바가 아주 없지는 않았다. 하지만 지금 먹은 요리는 조금 심했다. 단지 한 젓가락에 불과한데 혓바닥 끝에 바늘을 꽂는 것 같으니…….

"먹을 만하군요."

석대원은 억지로 웃어 보이고는 다시 한 젓가락을 크게 집어 입으로 가져갔다. 그 모습을 본 진금영은 빙그레 웃더니 석대원 앞에 놓인 나무통을 들어 두 개의 잔에 술을 그득하니 채웠다.

"두 번째 잔이네요. 이번엔 무엇을 위해 마실까요?"

석대원은 잠시 생각하다가 무거운 목소리로 말했다.

"모든 아름답지 못한 과거를 위하여."

"아름답지 못한 과거…….'

진금영은 그 말을 뇌까리며 미간을 모았다.

"첫잔보다 훨씬 곤란한 바람이군요. 그런 과거를 기릴 가치가 있을까요? 하지만 좋아요, 그렇다고 치지요."

두 잔째의 술이 두 사람의 목구멍으로 사이좋게 넘어갔다. 첫잔에 이미 길든 덕분에 두 번째 잔은 그리 독하게 느껴지지 않았다. 이번엔 석대원이 포어탕을, 진금영이 냉채를 먹었다.

말린 전복을 물에 불려 새우와 함께 감칠맛을 내고 거기에 죽순, 계란, 화퇴火腿(중국 햄)를 넣어 익힌 사천식 포어탕은 적당히 맵고 적당히 시원했다. 석대원은 그 얼큰한 맛을 음미하면서 한편으로 진금영의 얼굴을 훔쳐보았다. 입을 예쁘게 놀려 냉채를 씹는 그녀는 매우 태연한 기색이었다. 저 모습만 봐도 그녀는 그보다 매운 음식을 훨씬 잘 먹는 것이 분명했다.

'이상한 구석이 있는 여자라고는 생각했지만, 이거야 원.'

석대원은 내심 고소를 흘리며 소도작이 들어 있는 나무통을 잡아 갔다. 쿨룽. 쿨룽. 술잔을 채우는 작은 소리가 또렷하게 들렸다. 저녁나절을 무섭게 들볶아 대던 폭풍도 이젠 서서히 가라앉는 모양이었다.

세 번째 잔을 앞에 두고 석대원이 말했다.

"세 번째는 어디 진 비영께서 해 보시지요."

진금영은 시선을 돌려 탁자 귀퉁이에 붙은 유등을 바라보았다. 석대원은 그녀의 눈동자에 담긴 불꽃이 가늘게 떨리는 것을 놓치지 않았다.

그렇게 정물처럼 앉아 있던 그녀가 잠시 후 고개를 흔들었다.

"지금은 아니에요. 내 기원은 나중에 말하고 싶군요."

그 목소리가 기이하리만치 처량하게 들려 석대원은 아무 소리도 못 하고 자신의 잔을 비우고 말았다.

시간은 쉼 없이 흘러갔다.

두 개의 술잔도 쉼 없이 올라갔고, 다시 내려왔다.

나무통 안에는 한 말하고도 두 되가량의 소도작이 들어 있었고, 그 정도 양이면 장정 다섯을 고주망태로 만들기에 충분했지만, 석대원과 진금영은 그것을 거의 다 비우도록 흐트러진 모습을 보이지 않았다. 석대원의 얼굴이야 역용액에 가려진 것이니 취기를 드러낼 리 없다 치더라도, 진금영의 주량은 실로 놀라웠다. 그녀는 처음보다도 오히려 하얘진 얼굴로 꼿꼿하게 앉아 자신의 앞에 놓이는 잔들을 비워 나가는데, 그 속도가 결코 석대원에 뒤지지 않았다.

그런데 무슨 까닭일까? 그사이 두 사람이 나눈 대화는 손가락으로 꼽을 정도밖에 되지 않았으니 말이다.

선체의 삐걱거림은 어느 틈엔가 멈춰 있었다. 선실은 자연히 적막해졌고, 원인을 알 수 없는 우울함이 두 사람의 어깨를 무겁게 짓눌렀다.

다시 한 잔을 비운 석대원이 포어탕이 들어 있는 그릇 바닥을 시자匕子(죽이나 국을 떠먹는 도자기 숟가락)로 뒤적일 무렵, 진금영이 오랜만에 입을 열었다.

"전 비영의 부친은 어떤 사람이었죠?"

석대원은 고개를 들어 진금영을 바라보았다. 그녀의 표정은 너무도 담담하여, 어쩌다 나온 질문인지 아니면 무슨 의도가 깔린 질문인지 분간하기 힘들었다. 그는 시자를 탁자에 내려놓으면서 무양문을 떠난 뒤 수도 없이 반복 학습한 전비에 대한 인적 사항을 떠올렸다.

"속하의 부친은 뇌주의 뒷골목에서 상인들에게 돈을 뜯던 악명 높은 파락호였지요. 모친과 정을 튼 것도 제대로 된 관계가 아니라 개돼지 같은 야합이었습니다. 하지만 제가 모친의 배 속에 있을 때 죽어 버렸지요. 원한을 품은 누군가에게 칼을 맞은 겁니다. 이렇게……."

석대원은 왼손을 편편하게 펼쳐 자신의 뒷목을 베는 시늉을 해 보였다.

"한마디로 쓰레기였습니다. 죽는 편이 더 나았지요."

진금영은 "그런가요?"라고 중얼거리더니 앞에 놓인 잔을 비웠다. 별다른 의심의 기미는 보이지 않았다. 석대원은 내심 안도의 한숨을 내쉬었다.

석대원이 두 개의 잔에 새로운 술을 채웠을 때, 그녀가 다시 입을 열었다.

"이상하게도 나는 어릴 적 생각이 나지 않아요. 부친이 손버릇이 나빴다는 것, 그리고 모친은 항상 울기만 했다는 것……. 그 정도가 내가 기억하는 가족의 전부예요. 내가 살던 집이 중원의 어느 산골에서나 찾아볼 수 있는 흔한 화전 농가였던 건 알아요. 하지만 단지 그것뿐이에요. 왜 이렇게 그 시절 기억이 나지 않는 걸까요? 손버릇 나쁜 부친에게 하도 맞아서 머리가 나빠지기라도 한 걸까요?"

진금영은 마지막 말이 재미있었는지 짧게 키득거리곤 이야기를 이어 갔다.

"기억이 또렷이 날 만한 나이엔 기루에 있었지요. 예쁜 옷을 차려입은 언니들이 술도 팔고, 노래도 팔고, 주머니가 후한 손님에겐 몸도 파는 그렇고 그런 가게였죠. 나야 나이가 어려 잔심부름밖엔 못했지만, 그래도 그 생활은 나름대로 재미있었던 것 같아요. 언니들 중에는 가뭄에 콩 나는 식으로 마음씨 고운 사람도 있었고, 덕분에 손님상에 남겨진 떡이며 과자 따위를 심심찮게 맛볼 수 있었으니까요. 나도 빨리 자라서 손님을 많이 받는 기녀가 돼야지, 이런 생각도 몇 번 했던 것 같아요. 물론 전 비영도 그런 가게에서 여자를 품어 본 경험이 있겠죠?"

"그렇습니다."

이 대답은 물론 거짓말이었다. 석대원은 아직 기루란 곳에 발을 들여 놓은 경험이 없었다. 하지만 진짜 전비라면 호색하고도 남을 위인이리라.

진금영은 석대원의 거짓 대답에 고개를 끄덕였다.

"그럴 줄 알았어요. 전 비영 같은 남자는 아무래도 다른 남자들보다 무엇인가를 발산하고자 하는 욕망이 더 클 테니까. 나는 기루에서 그런 예를 여러 번 목격했지요."

진금영은 잠시 말을 멈추고 석대원을 향해 배시시 웃었다.

"그런데 혹시 이런 얘기 들어 봤나요? 난잡한 분위기에서 자란 계집아이일수록 몸과 마음이 조숙하다는 얘기."

진금영은 자신의 말을 증명이라도 해 보이려는 듯 목을 옆으로 비틀며 가슴을 살짝 앞으로 내밀었다. 믿을 수 없을 만큼 강렬한 색기가 봄날 민들레 꽃씨처럼 그녀로부터 후드득 떨어져 날렸다. 사실 그녀의 몸매는 애써 뽐내지 않아도 충분히 육감적이었다. 육신의 굴곡은 하늘하늘한 나군 위로도 뚜렷하게 비칠 정도로 뚜렷했고, 뽀얀 살결과 길쭉한 목선은 부처라도 침을 삼킬 만큼 아찔했다.

'그러나 저 안에 도사리고 있는 것은 살인귀의 마성이지. 석대원아, 너는 정신을 더 바짝 차려야 할 거다.'

석대원은 그녀가 발산한 색기로 인해 일순 어지러움을 느끼고 있는 자신에게 이렇게 주지시켰다.

"그런데 그게 문제였어요. 겨우 열두 살짜리 계집아이에게 욕정을 품은 취객이 나타났으니까요."

진금영의 얼굴에 일순 두꺼운 그늘이 내리깔렸다.

"날짜도 분명히 기억하고 있어요. 열두 살이 되던 해 단오절이었죠. 그날 가게를 찾아온 손님 중에는 그해 봄에 새로 부임한 현령縣令의 이복동생이 있었어요. 그 작자는……."

그 작자의 얼굴이 떠오르기라도 했는지 진금영은 아랫입술을 꼭 깨물었다.

"그 작자는 마흔이 다 된 나이에도 유달리 어린 여자아이에게만 집착하는 변태였죠. 말할 수 없이 난폭한 주정뱅이기도 했고요. 패악이 어찌나 심했는지, 인근 일곱 개 고을에 살던 얼굴 반반한 계집애를 자식으로 둔 모든 부모들은 그자가 지나간다는 얘기만 들어도 집문 방문 모두 걸어 잠글 정도였다고 해요. 그런데 그 색광이 그날 하필이면 우리 가게를 찾았고, 복도를 오가는 내게 눈독을 들인 거예요. 하필이면 말이죠."

분위기는 어느덧 진금영이 말하고 석대원이 듣는 것으로 되어 버렸다. 말하는 사람은 말하는 사람대로, 또 듣는 사람은 듣는 사람대로, 그것이 천명天命이라도 되는 양 열중하고 있었다.

"그 색광은 음침한 눈길로 나를 몇 번 힐끔거리더니 모모姥姥를 불러 뭐라고 얘기하는 것이었어요. 얘기를 들은 모모는 고개를 저었죠. 언뜻 듣기에 잰 너무 어려서 안 된다고 하는 것 같았어요. 난 모모를 다시 보게 되었어요. 그때까지만 해도 배 속에 든 게 욕심밖에 없는 못된 할망구라고 생각했거든요. 하지만…… 그 색광이 품에서 주머니 하나를 꺼내 모모의 손에 쥐여 주자 상황이 바뀌었어요. 모모는 입이 찢어져라 웃더니 내 팔을 잡아 그 색광에게로 끌고 갔던 거예요. 처음에 거절한 까닭은 오직 화대를 더 챙기기 위함이었던 거죠. 그녀는 역시 욕심밖에 모르는 못된 할망구였어요, 돼지 같은."

진금영은 아까 석대원이 따라 준 잔을 신경질적으로 비웠다. 탁, 소리 나게 잔을 내려놓으며 석대원의 얼굴을 찾는 그녀의 눈동자는 고양이의 것처럼 새파랗게 곤두서 있었다. 다음 순간, 그녀는 갑자기 고개를 젖히며 발작과도 같은 웃음을 터뜨렸다. 그러더니…….

"'흐흐! 나는 벌써 돈을 치렀단 말이다. 자, 착하지? 이리 오렴. 자꾸 귀찮게 굴면 이 자리에서 죽여 버릴 거야!'"

애써 음침하게 꾸민 듯한 음성이 진금영의 입술 사이로 흘러나왔다. 어리둥절해하던 석대원은 곧 그것이 누가 한 말인지 알아차렸다. 바로 그날, 두려움을 이기지 못하고 요리조리 달아나던 어린 그녀를 향해 그 색광이 꺼낸 협박이었을 것이다.

"그자는 자신의 말이 거짓이 아니라는 것을 증명해 보이기 위해 허리춤에서 패검佩劍을 뽑아 들었어요. 패검은 피처럼 붉었어요. 원래 그런 빛깔이 아니었을지도 모르죠. 그런 가게의 실내등은 대개 붉으니까요. 검…… 그 붉은 검…… 나는, 나는…….".

진금영은 왼손을 얼굴로 가져가 코와 입을 감싸 쥐었다. 창백한 손가락이 떨리고 있었다.

"무서웠어요. 계속 도망 다니면 정말로 그 붉은 검이 내 몸에 꽂힐 것만 같았어요. 나는 그 자리에 얼어붙을 수밖에 없었고, 그 색광은 만족한 표정으로 나를 끌어안았어요. 냄새…… 술에 찌든 퀴퀴한 악취가 코를 찔렀어요. 인간이 이런 악취를 풍길 수 있다는 사실, 그리고 나도 그런 인간의 하나라는 사실이 못 견디게 혐오스러웠죠. 그다음에 벌어진 일은…… 그 일은 열두 살짜리 여자아이에겐 지옥과 다름없었어요. 나는 비곗살이 뒤룩뒤룩한 사내의 배에 깔려 생전 처음 닥친 지독한 고통에 고래고래 비명을 지르고 말았어요. 비명을 지르자 그 작자는 더 신이 나는지 히죽거리며 내 뺨을 때리기 시작했어요. '더 소리쳐! 계속 비명을 지르라고!' 이렇게 말하면서."

석대원은 탁자 아래에 늘어뜨린 주먹으로 자신도 모르게 불끈 힘이 들어가는 것을 느꼈다. 타인을 파괴하고 그 결과를 즐기는 인간은 이미 인간이라고 부를 수 없으며, 인간이 아닌 인간은 공분을 사기 마련이었다.

진금영은 코와 입을 덮었던 손바닥을 떼어 내며 힘없이 덧붙였다.

"그렇게 몇 대 더 맞다가 기절해 버렸죠. 차라리 잘된 일이었어요. 더 이상은 아무것도 느끼지 않아도 되었으니까."

나직한 한숨이 그림자처럼 뒤따랐다.

　석대원은 탁자에 놓인 두 개의 빈 잔에 술을 채웠다. 그가 그녀에게 해 줄 수 있는 유일한 일이었다. 위로? 그런 것 따위는 필요 없었다. 타인의 즉흥적인 위로가 과거의 상처를 달래는 데 아무런 도움도 되지 않는다는 것을 그는 너무도 잘 알고 있었다.

　잔이 차자 두 사람은 입을 꾹 다문 채 그것을 들었고, 석대원은 절반쯤, 진금영은 말끔히 비워 냈다. 이제 두 사람이 마신 술은 얼추 한 말을 넘기고 있었다. 두주불사라는 말도 있긴 하지만, 독주 중의 독주인 소도작 반 말이면 집채만 한 곰도 사지를 흐느적거릴 수밖에 없었다. 술이라면 설령 상대가 곰이라 할지라도 질 생각이 없는 석대원이지만, 이제는 혀뿌리에 슬슬 맥이 풀리는 것을 느꼈다.

　'이래선 곤란하지.'

　이곳은 극도의 긴장감을 유지해야 하는, 병법에서 말하는 위지危地였다. 위기감을 느낀 석대원은 암암리에 내공을 운전하기 시작했다. 약식의 운공으로 취기를 완전히 몰아내긴 힘들겠지만, 그래도 더 이상 흐트러지는 것은 방지할 수 있을 것이다.

　그러는 동안 진금영은 빈 술잔을 만지작거리고 있었다. 파탄을 드러낸 감정 탓인지 그녀도 지금에 이르러서는 제법 풀어진 기색을 보이고 있었다.

　"다시 정신이 들었을 때, 내 머리 위엔 처음 보는 얼굴 하나가 있었어요. 번쩍거리는 안광에 시커먼 수염이 가슴팍까지 내려온 무서운 얼굴이었죠. 하지만 나를 내려다보는 눈빛만큼은 참 따뜻했어요. 그래서 별로 무섭지 않았죠. 바로 본 각의 일비영이신 이명 어른이셨어요."

석대원은 정신이 번쩍 드는 것을 느꼈다. 일비영 이명을 비롯한 비각의 최고 수뇌부에 대한 사항은 모용풍의 비세록에도 자세히 기재되어 있지 않았다. 행적이 그만큼 신비하다는 증거였다.

"그 어른이 말씀하셨죠, 정말 다행이라고. 나는 물었죠, 뭐가 다행인데요? 그랬더니 그 어른께서 말씀하시길, '너를 골목에서 처음 발견했을 땐 산 사람의 몰골이 아니었단다. 의원조차도 가망 없다고 하더구나. 그래서 나도 송장 하나 치우겠구나 생각했지. 그런데 이렇게 살아났으니 어찌 다행이 아니겠느냐.' 나는 놀라서 그 어른께 여쭤 보았죠. '골목요? 제가 왜 골목에 있었는데요?' 그 어른께선 이상하다는 표정으로 내게 되물으셨죠. 네가 모르는데 내가 어떻게 알겠느냐고."

석대원이 참으로 오랜만에 말문을 열었다.

"왜 골목에 있었던 겁니까?"

진금영은 쓰게 웃었다.

"버려진 거죠. 나중에, 아주 나중에 들은 얘기지만, 기절한 채로 그 방에서 실려 나온 나는 그대로 지독한 열병에 걸렸다고 하더군요. 불덩이 같은 몸으로 헛소리를 늘어놓던 나를 이삼일 지켜보던 모모는 결국 사람을 시켜 외진 골목에 내다 버리라고 한 거였어요. 뭐, 이상할 것도 없는 얘기죠. 동전 몇 문에 팔려 온 어린 계집애에게 비싼 약을 들이는 마음씨 좋은 포주는 드물 테니까."

진금영은 말을 멈추고 천장을 올려다보았다. 유등의 음영이 비친 천장은 고요하게 정지되어 있었다.

"아! 폭풍이 그쳤나 봐요."

"그렇습니다."

선체는 아까부터 흔들리지 않았지만 진금영은 이제야 그것을 깨달은 듯했다.

"시간이 꽤 지나간 모양이죠? 괜한 얘기를 꺼내 전 비영까지 우울하게 만든 거나 아닌지 모르겠네요. 이제 그만할까요?"

술통도 거의 비었고, 시간도 축시丑時(오전 두 시 전후)를 넘은 듯했다. 그녀의 말대로 이제 그만하는 것도 나쁘지 않았다. 하지만 그녀의 얼굴을 본 석대원은 목구멍까지 올라온 "그렇게 하시죠."라는 말을 되삼켜야 했다. 저 담담한 얼굴을 보면서 왜 그런 생각을 떠올린 것일까? 만일 이 자리가 이대로 파해 두 사람이 헤어진다면, 자신의 방으로 돌아간 그녀는 침대에 몸을 던지고 울음을 터뜨릴지도 모른다는 엉뚱한 생각을.

"속하는 괜찮습니다. 계속하시지요."

석대원이 말했다. 진금영은 천진한 아이가 부모로부터 무엇인가를 허락받았을 때처럼 활짝 웃었다. 이야기는 이렇게 이어졌다.

"이명 어른은 나를 버리지 않으셨어요. 아니, 내가 그 어른께 매달렸다는 말이 더 어울리겠죠. 몸은 약해질 대로 약해졌고, 또 기루로 돌아가기는 죽기보다 싫었으니까요. 그 어른은 병든 저를 데리고 사천에서 산서까지, 장장 이천 리 길을 여행하셨죠."

"사천? 기루가 사천에 있었나요?"

석대원이 묻자, 진금영은 접시 바닥에 깔린 냉채를 젓가락으로 뒤적이며 생긋 웃었다.

"모르셨나요? 진짜 사천인에게 이 정도 매운 것은 기본이죠. 이 배엔 사천 출신이 의외로 많아요. 이 요리를 만든 숙수도 그렇고, 또 분주는 사천 것이 제일이라고 우기고 다니는 허 비영도 그렇고."

'하기야 나도 절반쯤은 사천 사람이라고 할 수 있지.'

석대원은 이렇게 생각했다. 진금영은 젓가락을 내려놓으며 다시 말했다.

"정말 먼 길이었어요. 때론 말이나 마차를 타기도 했지만, 거의 대부분의 노정을 그 어른의 등 위에서 보냈죠. 그 어른은 아는 게 참 많으셨어요. 머무는 지방마다 전해 오는 재미있는 얘기들을 많이 들려주셨죠. 열이 빨리 내리지 않아 무척 힘들었지만, 돌이켜 보면 그때가 내 평생 가장 행복했던 시간인 것 같아요. 지겹고 답답하기만 하던 세상이 갑자기 생생하게 다가왔거든요."

석대원은 불쾌했다. 왜 불쾌한가 하면, 비각의 최고 수뇌 중 하나라고 할 수 있는 이명이 무척 괜찮은 사람이라는 생각이 들었기 때문이다. 비각은 악인들만 모여 있는 집단이어야 했다. 그게 편했다. 하지만 객관적으로 볼 때 그럴 리 없었고, 그럴 리 없다는 사실을 그는 이미 알고 있었으며, 그래서 그녀가 묘사한 이명의 됨됨이는 그가 알고 있던 것 중 하나를 확인시켜 준 데 지나지 않았다. 결국 그가 이제껏 수행해 온, 그리고 앞으로 수행해 나갈 모든 투쟁은 그 자신을 위한 지극히 개인적인 행위에 불과하다는 뜻이었다. 그 점이 그를 불쾌하게 만들고 있었다.

석대원의 심정을 아는지 모르는지, 진금영은 밝은 목소리로 재잘거렸다.

"그 어른을 따라 내가 간 곳은 태원부의 커다란 장원이었어요. 어찌나 큰지 내 눈에는 성처럼 보였죠. 거기엔 체격이 좋고 무섭게 생긴 아저씨들이 많이 살고 있었어요. 그들은 모두 이명 어른께 허리를 숙였죠. '오셨소이까, 소야!', '소야, 여행은 즐거우셨는지요?', 이명 어른은 소야였죠. 그때는 노각주께서 일비 영직을 겸하고 계셨거든요. 그 후로 나는 거기서 살게 되었어요. 선사님도 거기서 만났죠."

"선사님의 존성대명이 어찌 되십니까?"

진금영은 쑥스럽다는 듯이 웃었다.

"부끄러운 얘기지만 저도 몰라요. 머리를 깎으셨으니 속인은 아닐 테고, 사람들이 진 노사태陳老師太라 불렀으니 진씨 성을 지니셨다는 정도밖에는. 참, 제 이름도 그 어른이 지어 주신 거예요. 성까지 그대로 물려주셨죠."

어느 시대나 신룡처럼 몸을 숨기고 살아가는 이인은 있었고, 그들 중에는 삼도三道에 몸을 담은 사람이 적지 않았다. 진 노사태도 아마 그런 이인 중 하나일 것이다.

"처음 만난 날, 그 어른의 첫마디는 이랬어요. '소야께 들었다. 모진 일을 겪었다고 하시더구나. 힘을 길러 복수하고 싶으냐?' 나는 생각했죠. 복수라고? 복수하고 싶은가? 솔직히 판단이 서질 않았어요. 기루란 데는 원래 남자가 여자를 돈으로 사는 곳이잖아요. 그 색광이 비록 어린 나를 추행하고 또 때리기까지 했지만, 기루에선 그런 일이 흔하게 벌어지거든요. 추잡한 일이라고는 할 수 있지만, 복수할 일은 아니었던 거죠. 하지만 나는 고개를 끄덕였어요. 복수하고 싶다고 말해야만 나를 거둬 주실 것 같았기 때문이죠. 그런데 참 이상하죠? 말하고 나니까 갑자기 내가 너무 불행하다는 생각이 들기 시작한 거예요. 나는 불행했어. 세상에서 가장 불행했지. 그러자 나를 불행하게 만든 모든 존재에 대해 복수하고자 하는 욕망이 들끓어 올랐어요. 나를 짓밟은 색광에게, 나를 그자에게 넘긴 모모에게, 그리고 손버릇이 나쁜 부친과 그를 말리지 못한 모친에게도……."

진금영은 숨이 찼는지 잠시 시차를 둔 뒤 이야기를 이어 나갔다.

"선사께선 나를 제자로 받아 주셨죠. 선사의 수련 방식은 무척 엄격했어요. 단 한 차례의 곁눈질도 용납하지 않으셨죠. 열둘에서 스물셋까지, 흔히 말하는 여자의 꽃다운 나이를 그 어른 밑에서 엉망으로 뒹굴면서 수련을 쌓았어요. 떠올리는 것조차 지겨운 하루하루를 참고 버틸 수 있었던 것은, 억지로 꾸며 낸 복수심의 힘이 컸을 거예요."

"억지라고 보기는 힘들겠지요. 두려움이란 왕왕 그것을 극복하고자 하는 무엇인가를 만들어 내는 법이니까."

석대원은 스스로 꺼낸 말에 조금 놀랐다. 자신도 모르게 진금영의 처지를 진지하게 조명해 보고 있었던 것이다, 어쩌면 공감까지도.

진금영은 상기된 표정으로 석대원의 말에 동의했다.

"전 비영의 말대로 어쩌면 두려움 때문이었는지도 모르죠. 아니, 그게 분명해요. 두려움! 그 저주스러운 단오절 밤, 색광이 꺼내 보인 붉은 검이 가져다준 두려움! 그 두려움이 곧바로 복수심이 되고, 복수심을 모태로 의지를 키운 거죠."

석대원은 숨을 천천히 들이마셨다. 진금영이 살아온 길은 여러모로 자신과 유사했다.

평범한 유년과 그것을 송두리째 깨뜨린 비극적인 사건, 추방 혹은 유기 그리고 혹독한 수련으로 점철된 메마른 청춘.

그 청춘을 보내며 두려움을 갈아 복수심을 키웠고, 그렇게 커진 복수심을 자양 삼아 어떤 수련도 견뎌 낼 수 있는 굴강한 의지를 완성했다. 그렇게 성인이 된 석대원은 이제 누구에게도 꺾이지 않는 강력한 힘을 지니게 되었다. 하지만 강해진 것은 육체에 불과할 뿐, 그의 영혼은 그렇게 키워 낸 힘을 포용할 수 있을 만큼 성숙하지 못했다. 짐을 너무 많이 실은 배처럼, 그는 부질없는 유년의 추억과 선대로부터 물려받은 커다란 업을 등에 짊어진 채 척박한 인생의 바다를 허우적거리며 헤엄치고 있는 것이다.

그런데 저 여자도 마찬가지란 말인가? 진금영도?

"선사님이 작고하신 뒤, 나는 선사께서 지니셨던 팔비영이라는 직위를 그대로 물려받을 수 있었어요. 나는 제일 먼저 그 기루를 찾아갔죠. 마침내 복수다! 이 기회에 내 몸 한 귀퉁이에 꿰여 있던 과거의 갈고리를 완전히 뽑아 버리겠어! 사천 남자들이 유난히 호색한 탓인지, 모모의 기루는 과거보다 오히려 번창해 있었어요. 모모는 곧 나를 기억하더군요. 그리 놀랄 일은 아니에요. 극단적인 고통은 때때로 인간의 기억력을 회복시켜 주는 명약이 될 수도 있으니까요. 나는 모모의 목을 움켜잡고 물었죠. 그 색광은 지금 어디 있느냐고. 모모가 부들부들 떨면서 대답했어요, 그 색광은 내가 사천을 떠난 이듬해 화류병花柳病(성병)에 걸려 죽었다고. 어이가 없었어요. 낯선 땅에서 길을 잃은 기분이랄까요? 그리고 말할 수 없이 억울했어요. 왜냐하면……."

진금영은 탁자에 올려놓은 주먹을 꽉 움켜쥐었다. 백옥 같은 손가락 관절에서 뿌드득 하는 섬뜩한 소리가 터져 나왔다.

"그 작자가 그렇게 허망하게 죽어 버림으로써 나는 그 저주스러운 단오절 밤의 두려움을 영영 씻을 길이 없어진 거잖아요!"

석대원은 입술을 꾹 깨물었다. 그에게도 원수가 있었다. 그는 원수에 대한 애정과 증오, 존경과 공포를 극복하기 위해 미친 듯이 수련했다. 하지만 수련이 끝난 뒤, 원수를 죽여선 안 된다는 말을 한로에게서 들었을 때, 그는 진금영과 비슷한 심정을 느꼈다. 낯선 땅에서 길을 잃은 막막함, 목적을 상실한 채 부유할 수밖에 없는 자의 억울함.

진금영이 계속 말했다.

"억울함은 금방 분노로 변했어요. 나는 살려 달라고 애원하는 모모의 목을 가차 없이 졸라 버렸죠. 모모의 입에서 흘러나온 더러운 거품이 내 손을 적실 때, 나는 귀신처럼 이빨을 드러내며 웃고 있었을지도 몰라요."

그 반대가 아니었을까 하는 생각이 문득 들었다. 지금 진금영의 눈가에 물기가 번지고 있었기 때문이다.

"모모만이 아니었어요. 그 기루에 있던 모든 기녀, 손님 들까지 눈에 띄는 인간이란 인간은 모조리 죽여 버렸어요. 살인을 해 보지 않은 것은 아니지만, 무고한 사람을 마구잡이로 죽인 것은 그때가 처음이었죠. 그런데 이상하게도 죄책감이 일지 않았어요. 허탈한 마음만이 남았을 뿐이에요."

진금영은 고개를 들어 석대원을 바라보았다. 눈가에 번지던 물기가 하나로 뭉쳐 뺨을 타고 쪼르륵 흘러내렸다. 그녀가 떨리는 목소리로 물었다.

"어때요? 그 기분을 이해할 수 있겠어요?"

석대원은 생각했다. 그녀를 이해할 수 있는가? 순간, 그는 어깨를 움찔거릴 만큼 놀라고 말았다. 그녀에 대한 적개심이 사라져 버린 자신을 발견했기 때문이다. 고립무원의 적굴 한복판에서 내가 왜 저 악녀에게? 아름답다는 이유만으로? 아니면 불행했던 그녀의 지난날을 들었기 때문에? 아니면, 단순히 슬기운 때문에?

석대원은 무엇이 정확한 이유인지 알 수 없었다. 다만 확실한 것은, 뜨겁고도 쓰라린 무엇인가가 그녀에게서 그에게로 전이 되었다는 사실이다. 아니, 전이라는 표현은 옳지 않을지도 모른다. 왜냐하면 그 뜨겁고도 쓰라린 무엇인가는 본래 석대원에게도 내재되어 있었으니까. 결국 석대원을 흔든 것은 두 사람의 과거와 현재를 관통하는 동질감이었다.

"날 이해할 수 있나요?"

진금영이 다시 물었다.

"속하의 이해가 필요하십니까?"

"필요해요."

석대원은 잠시 주저하다가 대답했다.

"이해할 수 있습니다."

진금영은 그의 대답에 정말로 기뻐하는 것 같았다. 그녀는 손가락으로 뺨에 달라붙은 눈물방울을 찍으며 웃었다.

"고마워요."

그러고는 잠시 후 덧붙였다.

"고마워요, 석대원."

고마워요, 석대원…….

……너무나도 신기한 일이었다.

석대원은 그녀의 말을 들은 순간에도, 그리고 그 말이 무엇을 의미하는지 확실히 파악할 만한 시간이 흐른 뒤에도, 조금도 놀라지 않았다. 그녀에 대한 적개심이 사라진 자신을 발견했을 때보다도 담담할 수 있었다. 왜일까? 어쩌면 그는 그녀가 처음 이 방에 들어온 순간부터 이런 일이 벌어지리라는 것을 예감하고 있었던 것이 아닐까?

석대원은 길게 숨을 토해 냈다. 오히려 후련해진 기분이었다. 진금영은 그런 그를 뚫어지게 바라보고 있었다.

"역시 무리였나? 위험하다고는 생각하고 있었지만……."

석대원은 탁자를 짚고 일어섰다. 진금영이 급히 말했다.

"손을 써서 입막음을 할 생각이라면 서둘 필요 없어요. 당신의 정체를 폭로할 생각이었다면 이런 시각에 혼자 오지는 않았을 테니까."

진금영의 말은 틀리지 않았다. 만일 그럴 생각이 있었다면 그녀는 이보다 훨씬 효과적이면서도 안전한 방법을 얼마든지 찾아낼 수 있었을 것이다.

"적적한 시간을 벗해 준 보답은 할 생각이오. 지금 이곳에서 당신에게 손을 쓰진 않겠소. 올라가서 사람들을 깨우시오. 나도 곧 올라갈 테니까."

"오! 과연 이 대 혈랑곡주답게 당당하시군요. 당신은 이 배에 탄 모든 사람들을 이길 자신이 있나 보죠?"

이렇게 묻는 진금영의 입술에는 기묘한 느낌을 주는 웃음이 만들어졌다. 그것이 비웃음처럼 보여 기분이 언짢았다.

"그것이 어려운 일이라는 것은 나도 알고 있소. 당신이 데려온 두 명의 고명한 동료들만 하더라도 결코 만만한 상대가 아닐 테니까. 하지만 그냥 죽어 줄 수는 없는 노릇 아니겠소."

진금영은 석대원의 두 눈을 똑바로 바라보며 또박또박 말했다.

"나는 사람들을 깨우지 않겠어요, 처음부터 그럴 생각은 없었으니까."

저 가냘픈 몸뚱이가 이처럼 도발적으로 보일 줄은 몰랐다. 석대원은 눈살을 찌푸리며 물었다.

"그렇다면 대체 어쩌겠다는 거요?"

"당신은 정말로 크군요. 목이 아프네요. 앉아서 얘기해요."

석대원은 복잡한 감정이 담긴 시선으로 진금영의 얼굴을 내려다보다가 천천히 의자에 앉았다. 그녀가 기다렸다는 듯이 질문을 던져 왔다.

"무양문에 몸을 의탁하고 있다더니 갑자기 왜 엉뚱한 사람으로 변장해 금부도로 가려는 거죠? 우리의 행사를 방해하기 위함인가요?"

"그렇소."

석대원의 대답은 짧고 단호했다. 진금영은 한숨을 쉬었다.

"쓸데없는 질문이었군요. 그럼 다른 걸 묻겠어요. 당신은 왜 그렇게 비각을 증오하죠?"

석대원은 잠시 말문이 막혔다. 악의 소굴이니까라고 대답해 줄까? 아니면 강호의 평화를 위해서라고 대답해 줄까? 하지만 그런 허울 좋은 명분 따위는 애당초 존재하지 않는다는 사실을 누구보다도 그 자신이 잘 알고 있었다. 장성 근방 곡리에서 제갈휘를 저격하려던 백도 명숙들을 무더기로 도륙한 뒤, 그는 모든 행위를 정당화시킬 수 있는 절대적인 명분이란 이 세상에 존재하지 않는다는 것을 깨달았다.

생각이 여기에 이르자 석대원은 슬그머니 짜증이 나기 시작했다. 이런 문제를 진금영으로부터 추궁당하는 이 상황 자체가 짜증 났다. 행동의 당위성을 일일이 밝힌다는 것은 누구에게나 피곤한 일이었다. 지금의 그처럼 혼란에 빠진 사람에겐 더욱 그랬다.

"입장이 다르기 때문이오."

진금영은 이 대답이 뒤집어쓴 무성의한 가면을 간파했다. 그녀는 뾰족한 음성으로 맞받아쳤다.

"거짓말! 연벽제 때문이죠?"

그 순간 석대원은 뇌수가 일제히 끓어오르는 듯한 기분을 느껐다. 누군가 그의 두개골 밑에 숯불이 가득 담긴 화로를 가져다 놓기라도 한 것 같았다.

"그 얘기…… 어디서 들었소?"

"연 비영 스스로 밝히더군요, 자신이 당신의 부친을 죽였다고."

웃음이 나왔다. 아버지를 죽였다. 말로 표현하기는 참으로 간단하지 않은가! 그러나 단지 그것에 불과할까? 지독하게 망가진 내 인생을 단지 그 간단한 말로 축약할 수 있을까? 석대원은 진금영에게 물었다.

"당신은 이상한 여자로군. 그 얘기는 왜 꺼내는 거지? 도대체 무엇을 알고 싶은 건가?"

"나는 당신에 대해 알고 싶어요."

진금영이 분명한 목소리로 대답했다.

"나? 나에 대해?"

"그래요, 당신에 대해."

진금영의 얼굴에 고정된 석대원의 푸른 눈 속으로 조금씩 핏발이 어리기 시작했다. 그는 그렇게 한동안 그녀의 얼굴을 노려보다가 반쯤 남은 술잔을 집어 단숨에 마셔 버렸다.

"좋아, 좋다고! 어차피 남들 앞에서 자랑할 수도 없는 인생, 무대를 만들어 줄 때 풀어놔야겠지!"

감정의 파탄은 분명 술기운을 빨리 오르게 만드는 힘이 있었다. 운공을 통해 되찾은 이성은 어디로 사라졌는지, 석대원은 자신의 정신을 온전히 유지해 주던 보이지 않는 버팀목이 걷잡을 수 없는 속도로 부너지는 것을 느꼈다.

"아까 내 아버지 얘기를 듣고 싶다고 했지? 내 아버지는 전비나 당신 아버지와는 달리 아주 멋진 사람이었소. 강자에게 굴하지 않고 벗에게 호탕하며 자식을 사랑할 줄 아는 훌륭한 무인이자 의리 있는 친구이자 좋은 아버지였지. 그래서 어릴 적 내 꿈은 아버지처럼 되는 것이었소. 이따위 이상한 삶? 흥! 절대로 살고 싶지 않았소. 정말 살고 싶지 않았다고. 그런데, 그런데……!"

진금영은 흠칫 어깨를 떨었다. 본래의 푸른 기운을 찾을 수 없을 만큼 붉게 충혈된 석대원의 눈! 심혼을 빨아들이는 그 이글거리는 눈빛에 압도당한 것이다.

"그 아버지가 죽었소. 흉수는 어처구니없게도 아버지만큼이나 자랑스럽게 여기던 외삼촌이었지. 나는 그날 가장 존경했던 두 사람을 동시에 잃어버렸소. 그리고 그다음 날에는……!"

꽝!

석대원은 북받치는 울분을 이기지 못하고 탁자를 내리쳤다. 비록 낡긴 했지만 침대나 의자에 비하면 멀쩡하다고 할 수 있었던 튼튼한 탁자가 그의 주먹질 한 방에 네 다리를 꺾고 폭삭 주저앉았다. 유등이 꺼지며 선실은 어둠에 휩싸였다. 석대원은 그 어둠마저도 물어뜯을 듯한 기세로 심중의 격정을 토해 냈다.

"다음 날 아침 눈을 뜬 나는 가장 사랑했던, 그리고 나를 가장 사랑해 주셨던 어머니가 목을 매단 것을 보았소! 어머니는 들보에 매달려 대룽대룽 흔들리고 있었소! 얼굴이 보랏빛으로 물든 채로! 혓바닥은 개의 것처럼 늘어진 채로!"

석대원이 토해 놓은 격정은 진금영에게 그대로 씌워졌다. 그녀는 겨울 벌판에 버려진 아이처럼 온몸을 부들부들 떨었다. 어둠이 그것을 가려 준 것은 그녀에게 있어서 다행한 일이었다.

"나는 꿈이길 바랐소. 이건 꿈이야. 깨어나면 모든 게 원래대로 돌아가 있을 거야. 깨어나면, 아버지는 잠꾸러기라며 내 머리를 쥐어박을 테고, 어머니는 짐짓 성난 체 그런 아버지를 말려 줄 것이며, 외삼촌은 '저놈은 대체 누굴 닮아 저렇게 빨리 크는 거야?'라며 나를 안아 줄 거야. 이 악몽에서 깨기만 하면 돼…….

석대원의 얼굴 근육이 세차게 꿈틀거렸다. 만약 유등이 꺼지지 않았다면 진금영은 통곡을 가까스로 참아 내는 사내의 얼굴을 볼 수 있었을 것이다. 어둠이 그것을 가려 준 것은 그에게 있어서도 다행한 일이었다.

"그러나 악몽은 현실이었소. 그날 이후 나는 잠에서 깰 때마다 절망했소. 절망에 짓눌려 울고, 그래서 다시 절망하고. 그러던 어느 날인가 나는 더 이상 나올 눈물이 없다는 것을 깨달았소. 그리고 내 손엔 검이 쥐어졌소. 나는 검을 휘둘렀소. 그것은 내 희망, 아버지처럼 훌륭한 무인이 되고 싶은 내 본연의 희망과는 아무 상관 없는 것이었소. 오직 한 가지, 무엇에라도 몰두하지 않으면 절망에 짓눌려 죽어 버릴 것만 같아서 미친놈처럼 검을 휘둘러 댄 거요. 검이 손에 익자 다음엔 목표가 생겼소. 아버지의 원수를 갚아야 한다! 나를 이 꼴로 만든 자를 반드시 죽이자! 외삼촌, 온 천하가 검왕이라 칭송하는 연벽제! 반드시 죽이겠어!"

어둠 속 어딘가에서 진금영이 무어라고 속삭였다. 진정하라는 말인 것 같았다. 그러나 석대원은 듣지 못했다. 만일 귓가에 대고 소리쳤다 할지라도 그는 듣지 못했을 것이다.

"연벽제! 그는 내 기억 속에서 아버지를 능가하는 최고의 무인이었소. 검객의 길이 어떤 것인지 어렴풋하게나마 알게 되었을 즈음 나는 그를 죽이는 것이 결코 간단하지 않다는 것을 깨달았소. 나는 두려웠소. 그의 검 아래 죽는 것이 두려운 게 아니라, 그에게 패해 복수를 달성할 수 없을지도 모른다는 사실이

나를 떨게 만들었소. 하지만 내겐 다른 길이 없었소. 나는 무조건 그를 죽여야만 했고, 그러기 위해선 그의 검을 두려워하지 않을 만큼 강해져야만 했소. 그리고 나는…… 나는 마침내 강해졌소. 신체의 일부를 귀신에게 팔아 가면서까지 얻어 낸 그 강함이 그와 싸울 자신감을 내게 안겨 주었소. 하지만 강호에 발을 내디딘 뒤, 나는 상황이 내가 생각해 온 것보다 훨씬 복잡하다는 것을 알게 되었소. 어린 내게 닥쳤던 그 비극의 이면에는 단지 복수하고자 하는 일념만으로 해결할 수 없는 복잡한 내막이 숨어 있다는 사실을 발견한 것이오."

철이 들고 나서 그가 이렇게 많은 말을 폭포수처럼 쏟아 낸 적이 있었던가? 단언컨대 없었다. 그럼에도 불구하고 그것이 전부가 아니었다. 마음속에 응어리져 있던 고통, 슬픔, 원망, 애증이 아직도 활화산처럼 솟구치고 있었다.

"그러니 연벽제를 베는 것으로 모든 문제가 해결되겠소? 아니, 그렇지 않소. 비각? 흐흐! 그렇소. 나는 비각을 무너뜨리기 위해 키워진 것이나 다름없소. 하지만 비각을 송두리째 날려 버리면 문제가 해결되는가? 나는 옛날의 나로 되돌아갈 수 있을까? 아니오, 절대로 그렇지 않아! 나는 이미 내가 원하는 삶을 살 수 있는 모든 길을 박탈당한 것이오! 이것이 내 운명이오? 연벽제가 아버지를 죽인 것도, 내 어머니가 뇌옥에서 목을 매단 것도, 사랑하는 형제들과 헤어진 채 적막한 산중에서 청춘을 보낸 것도, 그리고 지금 스스로에게 '어쨌거나 비각은 무너뜨려야만 해.'라고 최면을 걸며 이 재미없는 싸움을 해 나가는 것도…… 모든 것이 그저 운명인가? 운명이니 받아들여야만 하는가?"

호흡이 가빴다. 머릿속이 띵하고 배 속은 토할 것처럼 울렁거렸다. 석대원은 상처 입은 짐승처럼 헐떡거렸다. 자신이 지금까지 무슨 말을 했는지 기억조차 나지 않았다.

그때 향긋하고 부드러운 손 하나가 어둠 속을 미끄러지듯 통과해 석대원의 뺨에 닿았다. 그 손은 따스한 온기를 품고 있었다. 하지만 그는 흠칫 놀라 얼굴을 뒤로 젖혔다.

"더 이상, 더 이상 아무 말도 하지 마세요."

가늘게 떨리는 진금영의 목소리가 아주 가까운 거리, 호흡의 냄새까지 맡을 수 있을 만큼 가까운 거리에서 들려왔다. 그는 비단결처럼 매끄러운 물체가 자신의 가슴에 살며시 얹히는 것을 느꼈다. 그녀의 머리카락이었다. 그는 학질에라도 걸린 사람처럼 전신을 와들와들 떨었다.

"빌어먹을!"

이건 또 무슨 개 같은 운명이란 말인가!

아무것도 보이지 않는 어둠 속에서 석대원은 진금영의 어깨를 거칠게 끌어안았다.

(3)

ㅡ의자로 태어나지 않길 다행이에요. 나라면 견디지 못할 테니까요.

술자리가 시작될 무렵, 석대원의 엉덩이에 깔린 의자를 동정하며 진금영은 이렇게 말했다. 하지만 그녀의 말은 두 시진도 지나기 전에 새빨간 거짓말로 판명되었다. 그녀는 그의 거구를 견뎌 냈을 뿐만 아니라, 죽을 때까지 그 아래에서 나오고 싶지 않다는 앙큼한 생각마저 들었기 때문이다.

물론 부끄럽지 않은 건 아니었다. 진금영은 처녀지신과 다름

없었다. 사천의 기루에서 겪은 치욕스러운 사건은 비록 그녀의 뇌리에 바로 어제 벌어진 것처럼 생생하게 남아 있었지만, 아무리 그래도 과거는 과거. 그사이 흐른 십수 년의 시간은 그녀의 육신에 남겨진 상처를 말끔히 치유해 주기에 부족함이 없었다. 그러니 외간 남자와 맨몸뚱이로 얽힌 이 순간이 어찌 부끄럽지 않겠는가!

조금만 더 살살 움직여 주었으면…….

진금영은 마음속으로 이렇게 원했지만 감히 입을 벌려 석대원에게 요구할 수는 없었다. 그래서 그녀는 그냥 견뎌 보기로 했다.

처음엔 다 이렇다는데 나도 견딜 수 있겠지.

부끄러움에, 그리고 몸속 깊숙한 곳으로부터 움터 나는 얄궂은 기대감에 하체가 저절로 움찔거릴 때마다, 진금영은 자신이 흘릴지도 모르는 신음이 행여 음탕하게 들릴까 두려워 입술을 꼭 깨물었다. 그러나 그녀가 미처 모르는 사실이 있었다.

"윽!"

진금영의 두 눈이 놀란 토끼처럼 휘둥그레졌다. 단 한 번도 상상해 보지 못한 엄청난 통증이 하체 깊숙한 곳에 작렬한 것이다. 그녀는 참을 수 없었다. 아니, 참을 수 없을 만큼 고통스러웠다는 표현이 올바를 것이다.

"아……! 아악!"

어디서 그런 힘이 솟았는지, 진금영은 큰 소리로 비명을 지르며 자신을 짓누르고 있던 석대원의 상체를 왈칵 밀어젖혔다. 만약 석대원이 그녀의 겨드랑이 아래를 두 팔로 단단히 조이고 있지 않았다면, 그는 침대 아래로 굴러떨어지는 추한 꼴을 보이고 말았을 것이다. 다행히도 그는 진금영의 동체를 꽉 끌어안고 있었고, 그 상태로 상체가 뒤로 젖혀지니, 이제는 그녀 또한 그와 함께 앉는 자세가 되어 버리고 말았다. 그 바람에 두 사람의 결합 상태는 오히려 깊어지게 되었다.

"아파! 아프단 말이에요!"

진금영이 소리를 지르며 석대원의 등을 주먹으로 팡팡 후려쳤다.

한데 우스운 것은 석대원이었다. 그는 자세가 바뀐 것도 깨닫지 못한 듯, 금방 숨이 넘어갈 것 같은 사람처럼 헐떡거리며 허리를 움직이는 데만 정신이 팔려 있었다. 진금영은 다급한 김에 얼굴 앞에서 흔들리는 그의 어깨를 힘껏 깨물었다.

"어?"

석대원의 격렬한 움직임이 그제야 수그러들었다.

"나쁜 사람! 아파 죽겠단 말이에요!"

진금영은 콧김을 씩씩거리는 석대원의 얼굴에다 대고 빽 소리를 질렀다. 어찌나 혼이 났는지 그녀의 눈가엔 눈물까지 그렁그렁 맺혀 있었다. 석대원은 깜짝 놀란 표정을 지었다.

"아, 아프다고? 왜 아프지?"

"바보! 멍청이!"

진금영은 석대원의 등을 또 한 번 세게 후려쳤다.

"그, 그렇게 아프오? 어쩌지? 내, 내가 어쩌면 되겠소?"

석대원은 정말로 바보 멍청이가 된 것처럼 말도 제대로 못했다.

"몰라요! 어떻게 좀 해 봐요!"

진금영이 앙칼지게 쏘아붙였다. 석대원은 어쩔 줄 몰라 하다가 그녀의 겨드랑이 아래를 조이고 있던 두 팔을 슬그머니 풀어 그녀의 머리를 살며시 감싸 안더니, 엉덩이를 주춤주춤 뒤로 물

렸다. 그 움직임이 덩치에 어울리지 않게 어찌나 조심스러웠는
지, 그녀는 눈물이 맺힌 채로 풋, 웃고 말았다.

"좀…… 낫소?"

"잠깐만 그대로 있어 봐요."

석대원은 충실한 노예라도 되어 버린 양, 그녀의 말에 고분
고분 따랐다. 두 사람은 그렇게 마주 보고 포개 앉은 상태로 잠
시 가만히 있었다.

"이제…… 괜찮소?"

근심이 가득 배인 굵은 목소리가 진금영의 귓바퀴 바로 위에
서 울렸다.

"예, 이렇게 가만히 있으니까 조금 나아지는 것 같아요."

진금영은 석대원의 가슴에 얼굴을 묻은 채로 속삭였다.

"그, 그러면 다시…… 해도 되겠소?"

석대원이 더듬거리며 진금영의 의사를 타진해 왔다. 진금영
의 얼굴이 확 달아올랐다.

"예……."

기어들어 가는 목소리. 그래도 한마디 덧붙이는 것을 잊지
않았다.

"제발 살살 해…… 주세요."

"그, 그러리다."

석대원은 그녀의 머리를 끌어안고 있던 두 손을 조금씩 아래
로 내리기 시작했다. 척추의 튀어나온 마디를 순서대로 어루만
지며 아래로 내려가던 그의 두 손이 마침내 그녀의 엉덩이에 이
르렀다. 그는 경이로움마저 느끼게 하는 부드러운 탄력과 부드
러움을 음미하면서 그녀의 엉덩이를 힘껏 감싸 쥐었다.

진금영의 몸이 바르르 떨렸다. 그의 손길에 고인 남자의 욕

망을 느낀 것이다.

"그럼…… 시작하리다."

석대원은 뒤로 뺀 엉덩이를 슬그머니 앞으로 내밀며 그녀의 몸을 살짝 들어 올려놓았다. 그녀로서는 혼자 엉덩이를 들썩거린 정도밖에 되지 않는 작은 움직임이었다.

"아프오?"

"으음."

"아프오?"

"……괜찮아요."

진금영은 기어 들어가는 목소리로 대답했다. 아프지 않은 것은 아니지만 아까의 그 지독한 고통에 비하면 견딜 만했다.

그녀의 대답에 고무된 석대원은 이번에는 조금 큰 폭으로 그녀를 들었다 놓았다. 그녀가 자신의 내부에 들어온 그의 존재를 느끼기엔 부족함이 없는 움직임이었다.

"지금은?"

"아직…… 괜찮아요."

다음엔 조금 더 큰 움직임.

"이번엔?"

"아직……."

석대원의 자신감은 이런 식의 보정을 몇 차례 반복하는 과정에서 서서히 회복되었다. 그는 다시 본능의 가르침을 좇기 시작했고, 진금영을 들었다 났다 하는 움직임은 자신도 모르는 사이 조금씩 격렬해져 갔다

그런데 이상해진 쪽은 진금영이었다. 석대원의 움직임으로 비롯된 충격은 아까처럼 격렬했지만, 어찌 된 영문인지 통증은 점점 옅어지고 그 빈자리를 기이한 열기가 대신하기 시작한 것

이다. 그녀는 눈을 지그시 감고 그 열기에 자신을 맡겼다. 봄날 동산에서 피어오르는 아지랑이처럼 그윽하고 아련한 열기였다.

그러던 어느 순간, 진금영은 이상한 냄새를 맡았다. 퀴퀴한 땀 냄새 같기도 했고, 새콤한 단내 같기도 했다. 다른 때라면 그럴 리 없겠지만, 지금은 그 냄새가 어떤 향기보다도 감미롭게 느껴졌다. 그녀는 숨을 깊이 들이마셨다.

흐읍!

양귀비 꽃밭에 파묻힌 것처럼 혼백이 황홀해졌다. 사고력이 조금씩 흩어지더니, 이내 끓는 물에 던져진 소금처럼 흔적도 없이 사라져 버렸다. 쿵! 쿵! 맥박 소리가 천둥처럼 머릿속을 울렸다. 내 맥박일까? 아니면 그의?

기이한 감각이 혈관과 살갗 사이 얇은 피층을 꾸물꾸물 누비고 다니기 시작했다. 그것은 쾌감, 굳이 비유한다면 막 아문 상처의 딱지를 떼어 낼 때와 비슷한 자학적인 쾌감이었다. 그 쾌감은 그녀를 미지의 세계로 이끌었다. 그 세계 속에서, 그녀가 지키고 있던 모든 단단한 껍데기들은 감당할 수 없는 거대한 힘에 의해 조각조각 해체되었다.

가슴으로 뜨겁고 축축한 것이 느껴졌다. 눈을 떠 보니 석대원의 입술이 그녀의 가슴을 더듬고 있었다.

진금영은 그제야 자신이 두 손을 뒤로 돌려 석대원의 무릎을 꽉 움켜잡은 채로 상체를 활처럼 젖히고 있다는 사실을 깨달았다. 자신도 느끼지 못한 사이, 실로 부끄럽고 망측한 자세로 사내 앞에 모든 것을 활짝 드러내고 있었던 것이다.

이래선 안 돼!

이렇게 생각한 순간, 허리 아래에서 커다란 울림이 전해 왔다. 음양이 휘돌아 하나로 합쳐지는 아찔한 울림이었다. 울림은 단발로 끝나지 않았다. 곧바로 또 한 번, 그리고 한 번 더.

석대원의 움직임이 갑자기 경직되었다. 전신 근육에서 우두둑, 하는 소리가 울리며 그 커다란 몸집이 절반으로 줄어드는 것 같았다. 거의 동시에 전신으로 몰아닥친 충만감은 진금영이 생전 처음 경험하는 엄청난 것이었다.

입이 딱 벌어졌다. 석대원의 무릎을 움켜쥔 손에 엄청난 힘이 들어갔다. 만일 그가 남달리 단련된 몸을 지니지 않았다면, 아마 며칠은 절룩거리고 다녀야 할지도 모르는 무서운 힘이었다. 그리고…….

"와아!"

참고 참았던 탄성이 그녀의 입술 사이로 흘러나왔다. 몸을 지탱하고 있던 팔꿈치 관절이 새큰해지더니, 급기야 석대원의 다리 위로 풀썩 드러눕고 말았다. 아까보다 훨씬 더 부끄럽고 망측한 자세였지만, 그녀는 자신이 그렇게 널브러졌다는 사실조차 알지 못했다. 그녀의 머릿속에는 오직 한 가지 바람밖에 없었다.

그가 나를 안아 주었으면…….

이심전심이었는지, 석대원은 두 손으로 진금영의 허리를 잡더니 자신의 몸 위로 당겼다. 땀에 젖은 그녀의 머리카락이 그의 가슴에 어지러운 문양을 수놓았다.

서로를 끌어안고 거친 숨을 몰아쉬는 이들 두 남녀에게선 실로 복잡한 냄새가 풍겼다. 부끄러운, 하지만 싫지는 않은 냄새였다.

정사의 여운은 길었다. 그러나 영원히 이어질 수는 없었다. 영원히 이어질 수는 없다는 생각이 든 순간, 그 여운은 아침 안

개처럼 어디론가 사라졌다.

틱!

눈이 부셨다. 탁자가 부서졌을 때 꺼진 유등에 다시 불꽃이 올라앉은 것이다.

진금영은 야속한 눈길로 등피燈皮를 바로 세우고 있는 석대원의 벗은 등을 바라보았다. 등피는 양의 뿔을 고아 얻은 얇은 막으로 만든 것이었다. 그 얇은 막을 통해 흘러나온 빛은 그토록 환상적이던 두 사람의 침실을 좁고 허름한 선실로 바꿔 놓았다. 그녀는 그 사실이 몹시도 싫었다.

석대원이 천천히 허리를 젖혔다. 넓은 등판에 가려 있던 불빛이 진금영의 벌거벗은 몸 구석구석을 비췄다. 잊고 있던 부끄러움이 불현듯 되살아났다. 그녀는 두 손으로 급히 부끄러운 부위를 가렸다. 석대원은 그런 그녀를 묵묵히 지켜보고만 있었다.

"나쁜 사람, 그렇게 빤히 보다니."

진금영은 붉어진 얼굴로 석대원을 책망했다.

"나, 나는 그저……."

"빨리 눈이나 돌려요."

머쓱해진 석대원이 몸을 돌린 사이, 진금영은 침대 구석에 둘둘 말려 있던 얇은 베 이불을 재빨리 끌어당겼다.

"이제 됐어요."

몸을 가린 진금영이 말하자 석대원은 다시 돌아앉았다. 그는 헛기침을 한 번 하더니 눈을 약간 내리깔고 입술을 달싹거렸다. 하지만 그 사이에서 흘러나온 소리는 말이라기보다는 웅얼거림에 가까운 것이었다.

"뭐라고요?"

진금영이 눈살을 찌푸리며 묻자 석대원은 큰 죄라도 지은 사람처럼 그녀의 눈길을 외면했다. 저 행동에서 그가 방금 한 말이 무엇인지 짐작할 수 있을 것 같았다.

그래서 석대원이 다시 입을 벌렸을 때, 진금영은 그의 말을 자를 수 있었다.

"됐어요. 말 안 해도 알 것 같아요."

"어?"

"미안하다는 얘기 아닌가요?"

"어?"

석대원은 그러고도 몇 번 더 "어?" 소리를 연발하다가 한숨을 푹 내쉬었다.

"신기하구려. 내가 할 말까지 어떻게 알고 있소?"

"신기할 것 없죠. 장님만 아니면 누구나 알 테니까. 그건 그렇고, 남자란 족속들은 왜 하나같이 그 모양이죠?"

"그 모양이라니?"

"왜 여자와 처음 자면 미안하다는 말부터 하느냐고요."

석대원은 찌푸린 얼굴로 천천히 팔짱을 끼더니, 주먹으로 자신의 볼을 툭툭 두드리기 시작했다. 눈치를 보아하니 그녀의 물음에 대한 답을 진지하게 궁리하는 모양이었다. 그녀는 실소를 흘렸다. 웃을 만한 일이었다. 이성과의 성합性合에 처음 발을 들여놓은 주제에 수천 년을 내려온 원초적인 의문에 정답을 내려고 진지해하는 꼴이라니. 주도면밀한 냉혈한인 줄 알았는데 이제 보니 순둥이 아닌가!

"적당히 생각해요. 별 의미는 없는 물음이었으니까."

석대원은 볼을 두드리던 손길을 멈추고 그녀를 바라보았다.

"뭘 그렇게 뚫어지게 보는 거죠?"

석대원은 또 한 번 헛기침을 하더니 입을 열었다.

"묻고 싶은 게 한 가지 있는데……."

진금영은 석대원의 두 눈을 바라보았다. 그의 눈초리는 칭찬을 기다리는 소년처럼 둥그스름하게 말려 있었다.

"좋았냐고 물을 생각인가요?"

"어?"

이번에도 정확히 짚은 것이다. 진금영의 그린 듯한 눈썹이 위를 향해 팔딱 치켜 올라갔다.

"남자들은 정말 단순하군요. 대체 무슨 대답을 원하는 거죠? 너무 좋았어요, 당신은 정말 훌륭한 재주를 가졌군요, 이대로 죽어도 좋다는 생각을 수도 없이 했어요, 이런 대답이면 만족하나요?"

"나, 나는 그저……."

"그저 뭐죠? 그저 솔직한 대답을 듣고 싶었다 이건가요?"

석대원은 시무룩한 표정으로 고개를 끄덕였다.

"그렇소."

그리고 잠시 후 풀죽은 목소리로 덧붙였다.

"나는 당신이 왜 이렇게 화를 내는지 모르겠소."

이 말은 진금영으로 하여금 곤혹에 빠지게 만들었다. 나는 왜 화를 내는 것일까? 해답은 어렵지 않았다. 여운이 깨졌기 때문이다. 유등의 동그란 불빛이 꿈결 같은 정사를 현실로 되돌려 놓았기 때문이다.

그것은 매우 심각한 일이었다. 그것은 더 이상 그들이, "미안하오."라든지, "좋았소?" 따위의 정담을 늘어놓을 수 없게 되었음을 의미했기 때문이다.

잔인한 현실이 그들에게 요구하는 질문은, "앞으로 어떻게 할 것인가?"였다. 진금영은 그 질문을 꺼내기도 싫었고 받기도 싫었다. 하지만 현실은 외면한다고 해서 피할 수 있는 것이 아니었다. 그래서 잔인한 것이다.

"앞으로 어떻게 할 작정이오?"

진금영이 두려워하던 질문이 마침내 석대원의 입을 통해 흘러나왔다. 그녀는 한동안 대답 없이 이불자락만 만지작거리다가 조심스럽게 입을 열었다.

"본 각과의 적대 행위를 여기서 멈출 수는 없나요?"

석대원은 복잡한 감정이 담긴 시선으로 그녀를 내려다보다가 몸을 돌려 옷을 입기 시작했다. 진금영은 그의 뒷모습을 원망스러운 눈길로 바라보았다. 비록 얼굴을 바꾸고 있다 해도 옷을 벗고 있을 때엔 그래도 석대원 본인의 느낌이 강렬하더니, 저렇게 옷을 걸치고 목에 해골 목걸이까지 걸자 전혀 다른 사람, 그가 화신하고자 하는 전비로 되돌아간 것 같았다. 마지막 여운, 벌거벗은 자들 간의 진솔마저도 사라지려 하고 있었다.

석대원의 매정함은 거기서 그치지 않았다.

"당신도 옷을 입으시오."

석대원은 몸을 돌린 채 바닥에 떨어진 진금영의 옷을 집어 뒤로 내밀었다. 자신이 돌아간 것에 그치지 않고 이제는 그녀마저 현실로 끌어당기고 있는 것이다. 그녀는 입술을 꼭 깨물고는 빠른 손길로 옷을 입기 시작했다.

잠시 후, 남녀는 옷을 완전히 입은 채 마주 보게 되었다. 침대에 앉아 올려다보는 여자는 비각의 팔비영이었고, 바닥에 우뚝 서서 내려다보는 남자는 전비로 화신한 비각 최대의 강적이었다. 그것이 현실이었다.

석대원이 말했다.

"나는 비각과의 싸움을 멈출 수 없소."

진금영이 반박했다.

"당신은 당신의 삶이 싫다고 했잖아요."

석대원은 부인하지 않았다.

"싫소."

"거기서 벗어나고 싶지 않나요?"

"벗어나고 싶소."

"그런데 왜 멈출 수 없다는 거죠? 싫은 삶 따위는 당장이라도 그만두면 되잖아요!"

진금영이 격렬하게 외쳤다. 석대원의 눈빛이 흔들렸다. 하지만 그것은 곧 무겁게 가라앉았다.

"그만두는 것은 벗어나는 것이 아니오."

진금영은 그 말의 의미를 파악하기 위해 머리를 굴렸다. 매끄러운 이마에 파란 정맥이 도드라지도록 생각했다. 그러나 명확하게 파악할 수 없었다.

"무슨 뜻인가요?"

"그만둔다는 것은 달아나는 것이오. 무엇으로부터 달아난다면 그 무엇에게 항상 쫓기게 되오. 그것은 벗어나는 것이 아니오. 무엇으로부터 진정 자유로워지기 위해서는 절대로 달아나서는 안 된다는 뜻이오."

석대원의 말은 어딘지 모르게 달관의 냄새를 풍기고 있었다.

"나는 한번 가 볼 생각이오. 그것이 설령 강요된 길일지라도 그 위에서 박탈당한 내 삶, 내 자유의지를 되찾기 위해 싸워 볼 생각이오."

진금영은 고개를 숙였다. 가슴 한복판에 얼음으로 만든 비수가 꽂힌 것 같았다. 강요당한 길 위에서 운명과 맞서고 싶다는 석대원의 마음을 이해할 수 없는 것은 아니었다. 아니, 너무도 잘 이해하고 있었다. 그것은 강요당한 자가 마땅히 걸어야 하는 정도正道였다. 그녀 자신도 그렇게 살고 싶었다.

야속한 것은 운명에 의해 강요된 두 사람의 길이 결코 조화를 이룰 수 없다는 데에 있었다. 그들이 나아가고자 하는 길은 미래의 어느 한 지점에서 반드시 격렬하게 부딪칠 것이다. 그때에는 두 사람 모두 지금처럼 여유 있는 얼굴로, 웃는 표정으로 대할 수 없을 것이다. 가슴이 에이는 것은 바로 그 때문이었다.

석대원이 무거운 목소리로 다시 물었다.

"앞으로 어떻게 할 작정이오?"

진금영은 고개를 들고 그를 올려다보았다.

"당신이 당신의 의지를 존중하는 것처럼 나 또한 내 의지를 존중해요. 이해해 주겠죠?"

석대원은 고개를 끄덕였다. 그의 입가에는 슬퍼 보이는 주름이 매달려 있었다. 진금영은 그 역시도 자신과 마찬가지로 가슴 아파한다는 것을 알 수 있었다. 그녀는 주먹을 힘껏 움켜쥐었다. 눈물을 보이기 싫어서였다.

진금영은 애써 쾌활한 목소리로 말했다.

"하지만 지금 당장 부딪치고 싶지는 않군요. 왜냐하면, 왜냐하면 그건 재미없으니까."

재미없는 일이다. 조금 전까지 침대에서 사랑을 나눈 남녀가 곧바로 적의의 이빨을 드러내고 서로를 물어뜯는다는 것은 재미없다 못해 끔찍한 일이었다.

"물론 당신으로 인해 본 각의 작전이 실패할 수도 있겠죠. 아니, 그럴 공산이 크겠군요. 당신은 그만큼 위험하니까. 하지만 그래도 이번만큼은 당신과 적대하고 싶지 않은 게 제 심정이에요."

석대원은 묵묵히 그녀의 말에 귀를 기울였다.

"금부도에 내리면 당신은 당신 뜻대로 행동하세요. 당신의 정체에 대해선 당분간 알지 못하는 것으로 하겠어요."

말을 마친 진금영은 침대에서 내려왔다. 석대원은 방문을 향한 길을 비켜 주었다.

또르륵.

석대원의 발에 차인 무엇인가가 바닥을 구르다가 진금영의 발치에 멈췄다. 내려다보니 탁자가 부서질 때 바닥에 떨어진 술잔이었다.

"세 번째 기원은 나중에 들려주기로 했었죠? 그 약속을 지금 지키겠어요."

진금영은 탁자의 잔해 옆에 놓인 나무통을 집어 들었다. 나무통 안에는 바닥에 찰랑거릴 만큼의 소도작이 남아 있었다. 그녀는 나무통을 기울여 잔을 채우더니 그것을 치켜들고 석대원을 바라보았다. 그녀의 입가에 처연한 미소가 어렸다.

"언제일지 모르는 그날, 상대의 죽음 앞에 흘려 줄 눈물이 남아 있기를 바라며……."

진금영은 잔을 비웠다. 그러고는 들어올 때와 마찬가지로 조용히 선실을 떠났다.

뇌문雷門

(1)

송간宋幹은 야묘랑夜猫郞이라는 별호에 부끄럽지 않게 버석거리는 소리 한 번 내지 않고서 포한림包恨林이라는 이름의 넓은 대나무 숲을 통과했다. 그는 걸음을 멈추고 자신이 통과한 대나무 숲을 돌아보았다. 밤하늘을 향해 쭉쭉 뻗은 검은 그림자가 마치 자신을 잡으러 온 명부사자들처럼 보였다. 하지만 그것은 그저 대나무일 뿐이었다.

송간은 이마에 맺힌 땀을 닦았다. 숨을 조금 돌리자 머리 회전이 다시 빨라졌다. 위험한 구역은 대충 지났다고 해도 아직은 안전하지 않았다. 아니, 철교왕이 건재한 이상 그에게 있어서 완벽한 안전지대란 존재하지 않았다.

철교 왕풍호!

그자는 중원을 떠나 이 금부도에 정착한 십오 인의 도망자 중에서 자신이 가장 강하고 무자비한 존재임을 그젯밤 증명해 보였다. 그젯밤 그자는 망명자의 거처인 서웅각에서 자신의 의사에 반발하는 반대파 넷을 숙청했다. 말이 좋아 숙청이지 송간의 눈에 비친 그 행위는 일방적인 살육, 무참한 도살이었다. 그들 네 명도 중원 각처에서 나름대로는 행세깨나 했다는 자들이었는데, 철교왕과 그의 열렬한 추종자인 축씨竺氏 형제에 의해 변변한 저항 한 번 해 보지 못하고 간단히 제거된 것이다.

당시의 상황을 떠올리던 송간은 자신도 모르게 부르르 진저리를 쳤다.

─다른 의견이 있는 사람 또 있나?

철교왕은 핏물 흥건한 바닥을 딛고 서서 덤덤히 물었다. 그의 얼굴에는 지루해하는 기색 외에 어떠한 감정도 떠올라 있지 않았다. 방금 끊어진 네 개의 목숨이 그에게 별다른 감흥을 주지 못한 것은 명백해 보였다.

당연한 얘기겠지만 다른 의견이 있는 사람은 아무도 없었다. 십오 인의 망명객들 중에서 가해자 셋과 피해자 넷을 제외한 여덟 사람은 핏물 흥건한 바닥에 개처럼 엎드림으로써 철교왕에 대한 복종을 맹세했고, 야묘랑 송간도 그들 중에 끼어 있었다.

그런데 송간은 그 여덟 사람 중에서 조금 특이한 존재였다. 다른 일곱이 비겁자라면 그는 영리한 비겁자였고, 다른 일곱이 개라면 그는 오래 살고 싶은 개였다. 순간의 두려움에 모든 것을 맡기기엔 자신의 머리가 지나치게 좋다고 믿고 있었다.

모반이라고? 아리수가?

아리수에게 효웅梟雄으로서의 자질이 있다는 점은 인정했다. 문주와 절친한 철교왕을 자신의 사람으로 포섭하는 데 성공한 점만 보아도 알 수 있는 일이었다. 하지만 그들만으로 대사를 이루기엔 이 섬을 지배하는 문주파의 전력이 너무 쟁쟁했다. 문주 민파대릉에겐 신전을 비롯한 장로들의 전폭적인 지지가 있었고, 뇌문삼대라는 막강한 전투 집단이 있었으며, 바다 건너 대륙에 자리 잡은 비각이란 기관으로부터 보장받은 추정 불가한 원조가 있었다.

미친 짓이다!

이것이 하루가 넘는 숙고 끝에 송간이 내린 결론이었다. 그래서 그는 야묘처럼 새벽길을 나섰다. 이번 모반을 밀고하기 위해, 그럼으로써 소중한 목숨을 부지하기 위해…….

"아니, 그것만은 아니지."

송간은 혼잣말을 중얼거렸다. 뇌문의 문주 민파대릉은 상벌에 분명한 사람이었다. 그러니 혹시 아는가. 모반을 막아 준 데 대한 상으로, 평소 눈독을 들여 왔지만 그림 속의 떡일 수밖에 없었던 음뢰격의 손녀딸을 덜컥 하사해 줄지. 이 작은 희망이 무겁기만 하던 그의 마음을 조금은 가볍게 만들어 주었다.

송간은 잠시 멈췄던 걸음을 다시 옮겨 놓기 시작했다. 포한림을 무사히 통과했으니 민파대릉의 거처인 뇌화각雷火閣이 그리 멀지 않았다. 그곳에 도착하기만 하면 모든 일이 끝나는 것이다.

그런데 그때, 길 왼편의 수풀에서 호리호리한 인영 하나가 튀어나왔다.

"송 선생 아니신가요?"

기겁을 한 송간은 진짜 야묘라도 된 것처럼 허리를 둥글게 웅크렸다. 여차하면 소매 속에 감춰 둔 두 자루 비수를 날릴 태세였다.

"누구요?"

송간이 잔뜩 긴장한 목소리로 묻자, 나타난 인영은 가벼운 웃음을 터뜨리며 사뿐사뿐 다가왔다.

"이거 실망인걸요. 이 섬에서 저를 모르는 남자가 있다니."

새벽 별빛에 드러난 사람은 뜻밖에도 삼십 대 초반의 여인이었다. 홍금사紅金絲로 수를 놓은 배자褙子가 잘 어울리는 그녀는 갈색 윤기가 흐르는 긴 머리카락과 아침 꽃잎처럼 촉촉한 검은 눈망울을 지니고 있었다. 그녀에게선 이 금부도에선 좀처럼 찾아보기 힘든 남국의 정취가 풍겨 나왔다. 단지 보는 것만으로도 기분이 야릇해진다.

송간은 웅크렸던 허리를 천천히 폈다.

"난 또 누구라고. 금부도에서 제일 아름다운 목목태沐沐兌 당주가 아니신가."

"거짓말인 줄은 뻔히 알지만 그래도 기분이 나쁘진 않네요."

홍금사 배자의 여인, 목목태가 입을 가리며 까르륵 웃었다. 문파 내 약리 업무를 관장하는 약선당藥仙堂의 현 당주인 그녀는 뇌문의 수뇌부 중에선 홍일점인 존재였다. 미모가 빼어나고 애교가 출중해 뭇 남성들의 선망을 한 몸에 받는 그녀지만, 귀신도 곡할 만큼 정교한 용독술을 지닌 탓에 모두들 침만 흘릴 뿐 감히 수작을 부리지는 못하는 실정이었다. 못 먹는 감 찔러나 보자는 심리에서일까? 그녀는 종종 얄궂은 소문을 몰고 다녔다. 예를 들면 문주 민파대룡과 그렇고 그런 사이라는, 혹은 부문주 아리수가 그녀를 강간하려다 실패했다는 식의.

"그런데 이 이른 시각에 웬일이시죠? 그것도 문주님 침소가 멀지 않은 이 포한림에. 보초 아이들이 소동이라도 부려 문주님이 깨시기라도 하면 어쩌시려고."

목목태가 부드럽게 질책하자 송간은 눈을 가늘게 뜨고 그녀에게 되물었다.

"그렇게 말씀하시는 당주께선 이 시각에 웬일이시오?"

목목태는 눈썹을 살짝 찡그리더니, 허리춤에서 손바닥만 한 크기의 영패 하나를 꺼내 보였다.

"오늘 밤 순찰 지휘권이 제게 맡겨졌거든요. 덕분에 잠도 못 자고 이 고생이죠. 이 정도면 대답이 되었나요? 자, 이번엔 송 선생께서 왜 이곳에 오셨는지 대답하실 차례예요."

송간의 머릿속으로 오만 가지 생각이 스쳐 갔다. 그녀에게 자초지종을 밝힐까? 그녀는 민파대릉 쪽 사람일 공산이 컸다. 민파대릉과의 염문설도 있거니와, 그녀와 아리수는 사이가 안 좋기로 유명했던 것이다. 오죽했으면 그 침착한 아리수의 입에서 '암캐 같은 년'이란 폭언까지 나왔겠는가.

하지만 그럼에도 불구하고 송간은 서웅각에서 벌어진 일에 관해 입을 열지 않았다. 신중은 아무리 강조해도 과하지 않은 덕목이기 때문이다.

"험! 밤공기가 하도 시원해 이리저리 배회하다 보니 나도 모르게 여기까지 오게 되었소."

송간이 시치미를 떼자 목목태는 눈웃음을 쳤다.

"정말 오늘 밤은 공기가 참 좋군요."

여자의 눈웃음에 약한 것은 오직 남자뿐일 것이다,

"이처럼 좋은 밤에 혼자 돌아다니자니 허전하기 짝이 없구려. 당주께서도 그렇지 않소?"

이런 객쩍은 질문을 던진다는 것부터가 긴장이 풀리고 있다는 증거였다. 목목태는 허리를 살짝 비틀면서 눈을 흘겼다.

"잘 아시는 분이 짓궂기는. 이런 밤엔 정랑과 마주 앉아 그 살 냄새를 맡으며 지새우는 것이 제일이겠죠."

만개한 미부의 교태는 세파에 찌든 사내의 간장을 녹이기에 부족함이 없었다. 송간은 마른침을 꿀꺽 삼켰다.

"오! 나도 그 정랑에 포함될 수 있겠소?"

"송 선생처럼 점잖은 분이라면 마다할 이유가 없죠."

송간은 자신도 모르게 목목태 쪽으로 한 발짝 내디뎠다. 목목태는 한 발짝 물러서며 교소를 터뜨렸다.

"호호, 이러다 여기에 자리 깔겠네요. 송 선생, 지금 이러시면 곤란해요."

송간은 정신이 번쩍 들었다. 과연 목목태는 남자를 홀리는 여우였다. 달착지근한 눈웃음과 간드러진 목소리만으로 자신을 이렇게 흐물흐물하게 만들다니.

"생각 같아선 말동무라도 해 드리고 싶지만 아쉽게도 저는 공무 중이에요. 금지 구역 안으로는 들어가지 마시고 산책을 즐기다 돌아가도록 하세요."

장난은 이쯤에서 그만둘 모양이었다. 목목태는 송간을 향해 목례를 보낸 뒤 몸을 돌렸다.

송간은 그녀의 뒷모습을 보며 또 한 번 갈등에 휩싸였다. 그냥 돌아가야 하나? 그러나 힘들게 온 길인데 아무 성과 없이 돌아가고 싶지는 않았다. 이대로 철교왕이 있는 서옹각으로 돌아간다면 다음을 기약하기 어려울 터. 게다가 목목태라면 어쩐지 속마음을 털어놓아도 괜찮을 것 같은 기분이 들었다.

"이보시오, 약선당주!"

송간이 부르자 목목태가 몸을 돌렸다.

"하실 말씀이라도 있으신가요?"

"그렇소."

송간은 잰걸음으로 목목태에게 다가가더니 목소리를 잔뜩 낮춰 이야기를 꺼냈다.

"실은 문주를 뵙고 고할 것이 있어 이렇게 온 것이오."

목목태의 얼굴에 야릇한 표정이 떠올랐다.

"무슨 일이라도 있나요?"

"있소. 그것도 엄청난 일이오."

송간은 목을 학처럼 빼고 주위를 둘러본 뒤, 목목태의 귓전에 대고 빠르게 속살거렸다.

"놀라지 마시오. 사실은 이 섬에서 모반이 벌어지려 하고 있소."

"모반?"

"그렇소. 부문주 아리수가 철교왕과 손을 잡고 문주 자리를 찬탈하려고 하고 있소. 그에 반대하던 서웅각의 친구들 넷이 그젯밤 철교왕에 의해 살해되었소."

목목태는 경악한 얼굴로 송간에게 물었다.

"그게 사실인가요?"

"믿기 어렵겠지만 분명히 사실이오. 약선당주께선 어서 문주께 아뢰어 역도들의 발호를 사전에 차단해야 할 것이오."

"맞아요. 이러고 있을 때가 아니군요. 송 선생께선 잠시 여기 계셔요. 제가 문주님을 깨우겠어요."

목목태는 뇌화각 쪽으로 빠르게 걸음을 옮겼다. 그녀가 곁을 떠나자 기이한 향기가 감돌았다. 송간은 코를 킁킁거렸다. 색깔 있는 상상을 부추기는 얄망궂은 냄새였다. 문란한 소문이 끊이지 않는 여자답게 향수도 요상한 것을 쓰는 모양이었다.

그런데 목목태는 얼마 가지 않아 걸음을 멈추는 것이다. 송간이 이를 이상히 여기는데, 그녀가 고개를 돌려 그를 바라보았다.

"서웅각에 있는 다른 사람들은 모두 철교왕에게 넘어간 건가요?"

모반 소리가 나온 마당에 저런 세세한 사항까지 정리해 보고를 올리려는 것을 보면 보기와 달리 꼼꼼한 성격인 듯했다.

"아마 그럴 거요, 하나같이 비겁한 작자들이니까."

"그렇다면 서웅각에서 문주님을 도우려는 분은 오직 송 선생뿐이라는 말씀이군요."

송간은 코웃음을 치며 어깨를 으쓱거렸다.

"흥! 나는 그런 버러지들과 근본적으로 다르오. 모름지기 장부는 은혜를 원수로 갚는 짓 따위는 하지 않소."

"과연 당신은 진정한 장부로군요."

목목태는 감탄했고 송간은 더욱 우쭐해질 수 있었다. 그런데 목목태는 빨리 뇌화각으로 가려 하지 않고 계속 질문을 던지는 것이었다.

"묻고 싶은 것이 또 있어요. 대답해 주시겠어요?"

꼼꼼한 것도 과하면 허물이 될 수 있었다. 송간은 슬그머니 짜증이 났지만 감히 드러내진 못하고 고개를 끄덕였다.

"무, 물론이오."

짜증 때문일까? 말이 잘 나오지 않았다. 그러고 보니 목덜미도 이상하게 뻐근했다.

"일이 벌어진 건 그젯밤인데, 송 선생께선 왜 지금에야 그 일을 고변하는 거죠?"

송간은 이 질문의 의도를 명확하게 파악할 수 없었다. 목목태가 다시 물었다.

"혹시 어제 하루 종일 어느 쪽에 붙는 것이 유리한가를 놓고 고민하신 게 아닌가요?"

저 여자는 말을 왜 저따위로 하는 걸까?

송간은 뜨끔하기도 하고 분하기도 했다.

"서, 섭섭하오! 나 송간이 비록, 비, 비……."

'비록 고향을 등지고 이 절해고도에 몸을 의탁한 처량한 도망자 신세일망정 도리가 무엇인지는 알고 있는 사람이오!'

이렇게 쏘아붙이고 싶었다. 그런데 어찌 된 영문인지 혓바닥이 굳어지며 말이 목구멍 안에서만 뱅뱅 맴돌았다.

"비록, 뭐죠?"

목목태가 생글생글 눈웃음을 치며 물었다. 송간은 당황했다. 멀쩡하던 혀가 갑자기 왜 이럴까? 목덜미는 왜 또 이렇게 뻐근한 것일까?

"쯧쯧, 너무 머리를 굴리다 보니 몸이 안 좋아지셨나 봐요. 얼굴이 아주 안돼 보이는걸요."

목목태의 말에 송간은 손을 들어 얼굴을 더듬으려 했다. 하지만 아무리 애를 써도 손이 가슴팍 위로 올라가지 않았다. 그리고 그 손목 부근에 달라붙은 시커먼 반점을 발견했을 때, 그는 자신에게 닥친 재앙이 무엇인지를 깨닫게 되었다.

"도, 독……?"

"정확히 말하면 반와합궁액斑蝸合宮液이죠."

목목태가 태연히 대답했다.

반와합궁액은 금부도에서만 찾아볼 수 있는 희귀한 독으로, 남쪽 웅덩이에 사는 반와斑蝸라는 얼룩개구리가 교미할 때 천적의 접근을 막기 위해 분비하는 점액을 농축한 것이다. 일단 중

독이 되면 혈압이 떨어지고 신경이 마비되는 증상이 오며, 사용량에 따라 다소의 차이는 있지만, 해독약 없이는 일 각 이내에 전신이 반점에 뒤덮인 채 절명하고 마는 무서운 독이었다.

"왜…… 왜 내게……?"

송간은 나무껍질처럼 경직된 입술을 필사적으로 움직여 자신에게 독을 쓴 이유를 물으려 했다. 그때 그의 등 뒤에서 낮고 음울한 목소리가 울렸다.

"교활한 토끼는 굴을 여럿 판다고 하지만, 이번에 판 굴이 여우굴과 연결되어 있는 줄은 몰랐겠지."

심장이 곤두박질쳤다. 송간은 저 목소리의 주인을 너무도 잘 알고 있었다. 한 지붕 아래 살던 동료 넷을 때려죽이고도 표정 하나 바꾸지 않던 무서운 남자! 바로 그 남자의 목소리였던 것이다.

목목태는 송간의 등 너머를 향해 눈을 흘겼다.

"너무하셨어요. 이토록 영리하신 송 선생이 밀고할 마음까지 품은 것을 보면, 당신이 우리의 전력에 대해 충분히 설명해 주지 않은 것이 분명해요."

"설명? 후후!"

둔중한 발소리가 저벅저벅 송간 쪽으로 가까워졌다. 이어 묵직한 팔뚝 하나가 송간의 어깨에 척 얹혔다. 만일 중독되지 않았다면 그는 비명을 질렀을 것이 분명했다. 그토록 두려워하던 철교왕과 어깨동무를 하다니!

철교왕이 목목태에게 말했다.

"내가 충분히 설명해 주지 않음으로써 우리에겐 세 가지 이로움이 돌아오지."

"어머! 세 가지씩이나요? 그게 뭔가요?"

"첫 번째는 배반할 놈이 누구인지 알 수 있고, 두 번째는 배반하지 않을 놈이 누구인지 알 수 있지."

"하면 세 번째 이로움은 뭐죠?"

"후후, 그게 가장 큰 이로움이지. 구구한 말로 내 혀가 번거로워지지 않아도 되거든. 그나저나 이놈은 남녀 관계에 대해선 천치나 다름없군. 당신에게 속마음을 순순히 털어놓은 것을 보면 당신과 아리수가 앙숙이란 점을 염두에 둔 모양이지? 다 큰 남자와 다 큰 여자가 서로 아옹다옹 다투는 게 무슨 의미인지도 모르는 놈이 저 혼자 똑똑한 척하기는."

이 말에 목목태는 숨이 넘어갈 것처럼 웃었다. 그러더니 송간을 향해 교태 넘치는 목소리로 말했다.

"송 선생, 아리수가 말한 것처럼 나는 암캐 같은 년이 맞아요. 그런데 참 묘하죠? 그런 암캐가 다른 여자만 바라보는 목석 같은 사내를 좋아하게 되었으니 말이에요."

송간은 땀을 흘렸다. 모든 살갗에 땀방울이 맺히더니 아래로 뚝뚝 떨어지기 시작했다. 몸 안의 체액이 몽땅 밖으로 흘러나오는 것이 아닌가 싶을 정도였다.

철교왕이 송간의 귓전에 속삭였다.

"마음껏 흘려 두라고. 잠시 후면 흘리고 싶어도 흘리지 못할 테니까."

송간의 눈동자에 절망의 그늘이 깔렸다.

(2)

육건은 뇌문의 현 문주인 민파대릉을 일러 들개 같은 사내라고 했지만 엄밀히 말해 이 비유는 조금 잘못된 것이었다. 민파대릉은 들개보다 늑대에 더 가깝기 때문이다.

들개와 늑대 모두 야성이 골수까지 들어찬 거친 들짐승들이었다. 길들여지지 않는다는 점에서 볼 땐 그 차이가 없다고 봐도 무방했다. 두 종의 가장 큰 차이는 가족관에서 찾을 수 있었다. 들개는 수틀리면 제 새끼도 물어 죽일 만큼 가족관이 희박하지만, 늑대는 암컷과 새끼를 돌보기 위해 목숨을 걸 만큼 가족관이 투철했다.

거칠고 길들여지지 않지만 가족에 대한 애정만큼은 생태계의 어느 종 못지않은 동물, 늑대. 민파대릉은 바로 그 늑대를 닮은 것이다.

민파대릉은 커다란 떡갈나무 아래를 지나다 말고 걸음을 멈췄다. 그의 시선은 좌측으로 칠팔 장 떨어진 곳에 펼쳐진 공터를 향하고 있었다.

민파대릉의 어깨에는 검은 광택이 흐르는 커다란 강궁과 철전 열 대가 담긴 전통이 걸려 있었다. 아침 식사를 마친 뒤 활쏘기 백 번을 수련하는 것은 비가 오나 눈이 오나 거르지 않는 그의 일과였다. 그는, 궁백사弓百射를 마쳐야만 비로소 하루가 시작되는 것 같다는 말을 입버릇처럼 할 정도로 이 시간을 즐겼다. 그렇다고 해서 활 솜씨가 특출한 것은 아니었다. 열 대 중 대여섯 대나 맞으면 다행일까? 하지만 그는 개의치 않았다. 그에게 있어서 활쏘기란 순수한 취미일 뿐이기 때문이다.

그런데 오늘 궁백사에는 작은 차질이 빚어졌다. 활터로 가는 길에 뜻하지 않은 구경거리를 만났기 때문이다.

'흐음! 설욕전인 셈인가? 조금 빠른 감이 있는데…….'

민파대릉은 자못 흥미롭다는 표정으로 떡갈나무 그늘로 몸을 감추었다. 그의 시선이 향한 숲속 자그마한 공터에는 세 명의 소년이 자리하고 있었다.

"자비로우신 뇌신의 이름 아래 이 비무가 정정당당하게 이뤄지기를 기원하노라!"

세 소년 중 덩치가 웬만한 장정 빰치는 곰보 소년이 들고 있던 목검을 콧날까지 치켜세운 뒤, 다시 전방을 똑바로 가리키며 우렁차게 외쳤다. 열 걸음쯤 떨어진 곳에서 서 있던 곱살한 얼굴의 소년도 같은 자세를 취하며 곰보 소년의 말을 받았다.

"승자에겐 영광이! 패자에겐 발전이! 쌍방 모두에겐 전사의 우정이 있으리니!"

민파대릉의 얼굴 위에 흡족한 미소가 떠올랐다. 두 소년의 외침은 그의 부족이 대륙에 살던 시절부터 전해 내려오는 전사의 주문이었다. 삶에 얽매인 어른들에겐 이미 오래전에 잊힌 선대의 가풍佳風을 코흘리개로만 여기던 아이들의 입을 통해 들을 수 있다는 사실이, 부족을 이끌고 있는 그에게 신선한 감흥으로 다가왔다.

"후회 없는 비무가 되기를! 시작!"

몇 발짝 떨어져 있던 세 번째 소년이 근엄한 목소리로 외쳤다. 세모꼴 얼굴에 코밑이 벌써 거뭇거뭇한 그 소년은 아마도 이번 비무의 참관인인 듯했다.

선공은 곱살한 소년으로부터 시작되었다. 곱살한 소년은 다람쥐처럼 빠른 걸음으로 곰보 소년과의 거리를 좁히더니 목검을 곧게 찔러 갔다. 바람을 가르는 소리가 민파대릉이 있는 곳까지 울렸다.

"요 며칠 꽤 늦게까지 수련하는 눈치더니 신법은 제법 봐줄 만하군. 하지만 직지세直指勢의 기백은 아직 부족해."

민파대릉이 입속말로 중얼거렸다. 그래도 입가에 웃음기가 가시지 않는 것을 보면 곱살한 소년의 검이 기대 이하는 아닌 모양이었다.

곱살한 소년의 쾌속한 선공에 대한 곰보 소년의 대응은 단순하면서도 굳건한 것이었다. 곰보 소년은 피하거나 물러서는 대신, "얍!" 하는 우렁찬 기합을 토하며 목검을 횡으로 힘차게 휘둘렀다. 상대의 예봉에 굴하지 않는 당당한 반격이었다.

빡!

일직선으로 들어가던 곱살한 소년의 목검은 곰보 소년의 반격에 가로막혀 엉뚱한 방향으로 튕겨 나갔다. 아무래도 근력 면에선 덩치 큰 곰보 소년에게 미치지 못한 탓이었다.

하지만 곱살한 소년은 그리 실망하지 않는 눈치였다. 소년은 목검이 밀려난 방향으로 한 바퀴 몸을 굴림으로써 상대의 반격에 의한 충격을 효과적으로 완화시킨 뒤, 왼 손바닥으로 땅을 찍으며 곰보 소년을 향해 또 한 번 진격해 들어갔다. 찌르고 구르고 다시 찔러 가는 세 동작이 어찌나 민첩하게 이어지는지, 마치 처음부터 그 방향에서 공격해 들어간 듯했다.

이번엔 곰보 소년도 약간 당황한 기색이었다. 하지만 여전히 두 다리를 버틴 채, 목검을 무겁고 신중하게 움직여 곱살한 소년의 공격에 대응했다. 횡운단산橫雲斷山과 노마심천老馬尋泉에 이은 오봉방풍五峰防風. 여진의 무인들에 의해 오랜 세월 다듬어진 검초들이 곰보 소년의 목검을 통해 패기 있게 구현되고 있었다.

곰보 소년의 검법으로부터 이정제동以靜制動의 묘리를 엿본 민파대릉은 감탄하지 않을 수 없었다.

'지마한의 아들들이 하나같이 물건이라더니, 과한 말이 아니

었어.'

뇌문에서 손꼽히는 용사 지마한은 세 명의 아들을 두었는데, 첫째와 둘째는 이미 오래전부터 부친이 이끄는 광마대狂馬隊에서 두각을 나타내고 있었다. 한데 민파대릉이 지금 지켜보노라니, 삼형제 중 막내 되는 저 곰보 소년은 두 형에 비해 오히려 뛰어난 자질을 소유한 듯했다. 잘난 자식을 두고 싶은 것은 모든 부모의 공통된 심정인지라, 민파대릉은 믿음직한 수하이자 오랜 벗이기도 한 지마한에 대해 부러운 마음이 이는 것을 감추지 못했다.

그러나 민파대릉이 응원하는 쪽은 어디까지나 곱살한 소년이었다. 곱살한 소년은 그에게 있어서 하나뿐인 아들, 무엇과도 바꿀 수 없는 소중한 아들이기 때문이었다.

뚜다닥! 빡! 따닥!

목검 소리가 요란히 울려 퍼지는 가운데 이십여 합의 공방이 숨 가쁘게 지나갔다. 빠르고 섬세한 공격을 퍼붓는 곱살한 소년과 느리고 중후한 방어로 일관하는 곰보 소년의 비무는 용호상박龍虎相搏, 훌륭히 어울리고 있는 듯해 보였다. 하지만 뇌문이 자랑하는 연파십팔검을 절정의 경지까지 수련한 민파대릉은 겉으로 드러난 것이 전부가 아님을 알아볼 수 있었다. 공격은 이기는 것을 목적으로 삼고 방어는 지지 않는 것을 목적으로 삼는다. 그런데도 팽팽히 어울린다면 이는 방어하는 쪽이 국면을 주도해 나간다는 증거였다.

곱살한 소년, 낭란이 어느 순간 훌쩍 물러서며 곰보 소년 부개덕에게 외쳤다.

"봐주는 거야? 왜 막기만 하지?"

어깨를 들썩거리면서도 자존심이 상해 죽겠다는 표정이었다.

부개덕은 나이답지 않게 노련한 웃음을 지으며 고개를 저었다.

"봐주다니요? 소문주님의 검이 어찌나 매서운지, 막는 것만으로도 정신없을 지경인데요."

이 능청스러운 대답이 낭란을 더욱 약 올린 모양이었다.

"흥! 언제나 여유 만만하군. 그러면서도 속으로는 마음만 먹으면 너 정도는 문제없다고 얕보고 있겠지? 하지만 이제부턴 단단히 각오하라고. 아까처럼 얕보다간 큰코다칠 테니까."

"각오야 언제나 하고 있습니다."

그러면서도 계속 싱글거리는 것을 보면, 언제나 하고 있다는 부개덕의 각오란 것이 그리 심각한 수준은 아닌 모양이었다.

십여 걸음 거리를 두고 다시 마주 선 두 소년은 서로를 노려보며 곧이어 벌어질 두 번째 격돌을 준비했다. 낭란은 바람에 흔들리는 버들가지처럼 위치를 쉴 새 없이 이동하며 부개덕의 빈틈을 노렸고, 그럴 때마다 부개덕은 검봉을 조금씩 움직여 가며 낭란의 운신을 제한했다.

"얍!"

낭란이 짤막한 기합을 토하며 화살처럼 달려들었다. 부개덕의 인후를 곧게 찔러 가는 초식은 앞선 격돌에서도 몇 차례 선보인 바 있는 연파십팔검의 기수식, 직지요북直指遼北이었다.

이를 지켜보던 민파대릉은 혀를 찼다. 물론 낭란이 부개덕의 방어를 무너뜨리지 못하는 가장 근본적인 문제는 검에 실린 역도가 부개덕의 것에 비해 뒤처진다는 점이었다. 하지만 그에 버금가는 문제는 초식의 운용에 있었다. 낭란의 검초는 지나치게 정형화되어 있어 한두 번 상대하다 보면 금방 흐름을 간파할 수 있었다. 그러니 코흘리개 시절부터 낭란과 목검을 겨누었던 부개덕에게 먹혀들 리가 없었던 것이다.

그런데 이번만큼은 달랐다.

부개덕이 직지요북을 방어하는 데 가장 적합하다고 알려진 횡운단산으로써 낭란의 검로를 측면으로부터 차단하려 할 때, 낭란의 검초가 깜짝 놀랄 만한 변화를 일으킨 것이다.

일직선으로 진격해 가던 낭란의 목검이 돌연 납덩이라도 매단 듯 지면을 향해 툭 떨어졌다. 아니, 목검만이 아니라 낭란의 자세 전체가 한 자 이상 낮아진 것이다. 이른바 부보仆步. 뒷발을 완전히 구부리고 앞발을 전진 방향으로 뻗은 채 엉덩이가 거의 땅에 닿을 정도로 주저앉는 자세였다.

다음 순간, 낭란은 목검을 빠르게 쳐올려 우측으로부터 날아든 횡운단산의 방어를 걷어 내고는, 그 탄력을 이용해 자연스럽게 몸을 회전시켰다.

"차압!"

회전과, 솟구침과, 득의에 찬 기합이 낭란의 작은 몸을 통해 연달아 뿜어졌다. 그 호방하고 세찬 기세는 도저히 열두 살 소년의 것이라고 믿기 어려웠다.

부개덕은 다급히 목검을 회수해 면문面門을 향해 치고 올라오는 낭란의 공세에 대비하려 했지만, 사태를 수습하기엔 이미 때가 늦었다. 그가 할 수 있는 일이라곤 허리를 급히 틀어 코피가 터지는 꼴만은 면하는 정도였다.

"아이쿠!"

부개덕은 우측 어깨를 감싸 쥐며 한쪽 무릎을 풀썩 꿇었다. 코끝을 스치고 올라간 낭란의 목검이 허공에서 빠르게 선회하며 그의 어깨로 떨어진 것이다. 요란한 격타음으로 미루어 받은 충격이 결코 예사롭지 않은 듯했다.

"내가 뭐랬어? 얕보다간 큰코다칠 거라고 했지?"

낭란은 부개덕 앞에 우뚝 선 채 의기양양하게 말했다. 그 곱
살한 얼굴은 승리감으로 가득 차 있었다.

"어때? 계속할 거야?"

부개덕은 분하다는 듯이 낭란을 올려다보다가 들고 있던 목
검을 땅에 푹 꽂아 넣었다. 진검 승부였다면 이미 죽은 목숨이
라고 생각한 것일까? 깨끗하게 패배를 시인한 것이다.

"소문주님의 승리!"

공터 한구석에서 전황을 주시하던 세모꼴 얼굴의 소년, 액조
가 비무의 결과를 공포했다.

"이야호!"

낭란은 그 자리에서 펄쩍 공중제비를 넘었다. 이제껏 한 번
도 이겨 보지 못한 네 살 연상의 난적, 그것도 부족 내에서 칭
찬이 자자하던 소년 영웅 부개덕을 마침내 이긴 것이다. 어찌
기쁘지 않으리오!

그런데 이제껏 낭란을 응원하던 민파대릉은 이 결과가 조금
도 기쁘지 않았다. 한일자로 꾹 다물린 그의 입술에는 뚜렷한
노기마저 감돌고 있었다. 그는 그런 굳은 표정으로 떡갈나무 그
늘에 서 있었다, 세 소년이 비무에 대한 소감을 나누며 공터를
떠날 때까지도.

그렇게 얼마나 시간이 흘렀을까? 누군가 민파대릉에게 말을
걸어왔다.

"축하하네. 소문주가 훌륭하게 컸어."

민파대릉이 돌아보니, 머리가 완전히 벗겨진 노인 하나가 멀
지 않은 곳에 서 있었다. 풀빛으로 물들인 깨끗한 단삼單衫 차림
의 대머리 노인은 나이답지 않게 장대한 체구를 지니고 있었다.
부리부리한 호목에 밤송이처럼 뻗친 수염이 그 성정의 괄괄함

을 말해 주는 듯했다.

민파대릉은 대머리 노인을 향해 고개를 슬쩍 숙였다.

"언제 오셨습니까?"

"아이들이 모이기 전부터 와 있었지. 뒤늦게 문주가 자리 잡는 것을 보았지만 아이들의 흥을 깨뜨리기 싫어 기척을 드러내지 않았네. 설마 그 일로 이 늙은이를 나무라진 않겠지?"

"별말씀을."

민파대릉이 쓰게 웃으며 말했다.

대머리 노인은 이 금부도에서 민파대릉에게 인사를 받을 수 있는 몇 안 되는 사람 중 하나였다. 뇌족에는 모두 일곱 명의 장로가 있는데, 그중에서 가장 나이가 많은 대장로 음뢰격이 바로 이 노인이었다.

팔십이 넘은 나이에도 장년 못지않은 건장함을 유지하고 있는 음뢰격에겐 열정과 경륜이 있었다. 그것들은 민파대릉의 부친 대부터 부족을 강성하게 만들어 주는 데 큰 도움이 되었다. 그러니 민파대릉으로서도 그를 상대로는 감히 문주의 권위를 뽐내지 못하는 것이다.

음뢰격은 민파대릉의 안색을 살핀 뒤 은근한 목소리로 물었다.

"문주의 얼굴을 보아하니 이 늙은이의 축하가 빨랐던 모양이군. 마음에 걸리는 점이라도 있는 모양이지?"

민파대릉은 대답하지 않았다.

음뢰격이 다시 물었다.

"승풍파랑昇風波浪 때문인가?"

민파대릉은 고개를 들어 음뢰격을 바라보았다. 그의 입술이 몇 차례 달싹거렸다. 하지만 정작 흘러나온 것은 한숨뿐이었다.

"역시 그렇군."

음뢰격의 얼굴에 그늘이 드리웠다.

승풍파랑은 뇌문의 문주 가계로만 내려오는 연파십팔검의 여섯 번째 초식이었다. 부보의 절묘한 회전으로써 상대의 공격을 흘려보낸 뒤, 그 탄력을 이용해 상대를 쓰러뜨리는 승풍파랑. 아까 낭란이 부개덕을 꺾은 수법은 비록 어설픈 면이 있긴 해도 분명히 그 승풍파랑이었다. 아홉 살에 처음으로 검을 쥔 뒤 무려 삼십육 년간이나 연파십팔검을 수련해 온 민파대릉이 그것을 알아보지 못할 리가 없었다.

"소문주가 승풍파랑을 익힌 사실을 모르고 있었나?"

"저는 네 번째 초식인 풍엽망라風葉網羅까지 가르쳤습니다."

잠시 굳은 얼굴로 뭔가를 생각하던 음뢰격이 말했다.

"그제 저녁인가 오례해가 일러 주더군. 소문주와 아리수가 함께 있는 것을 보았다고. 아마 그때 배운 모양이네."

민파대릉의 얼굴에 불쾌감이 떠올랐다.

"장로님께 향한 존경심이야 변함이 없지만, 그렇다고는 해도 아우와 아들의 행동을 일일이 감시하시는 것은 너무 심한 처사 아닙니까?"

음뢰격은 당황하지 않았다. 민파대릉의 저런 모습은 이미 낯선 것이 아니었다. 무리의 연장자를 존중하지만, 가족을 건드릴 경우 결코 좌시하지 않는 늑대의 기질이 또 한 번 드러난 것에 불과했다.

"벌써 잊었나 보군. 며칠 전 자네에게 말하지 않았던가. 자네 부인이 요즘 들어 부쩍 적적해하는 것 같으니, 오례해를 보내 말벗으로 삼도록 하겠노라고 말일세."

잠깐 사이 민파대릉의 표정이 복잡한 변화를 일으켰다. 처음에는 잊고 있던 기억을 떠올린 듯한 표정을 짓더니, 이내 경악한 표정으로, 다음에는 분노한 표정으로 바뀌었다.

"뇌파패가 그 자리에 있었군요."

음뢰격은 대답하지 않았다. 하지만 침묵이 곧 긍정임을 모를 민파대릉이 아니었다.

민파대릉은 두 눈을 질끈 감았다. 알 수 없는 격정이 그의 맥박을 요동치게 만들었다. 손가락 마디가 꼬아 놓은 밧줄처럼 팽팽히 당겨지며, 열 개의 손가락 끝이 장심을 향해 모이기 시작했다. 하지만 그는 주먹을 움켜쥐지 않았다. 손가락 마디를 끌어당기던 힘은 사라지고, 다시 뜬 그의 두 눈은 평소처럼 돌아와 있었다.

"낭란을 만나러 갔을 겁니다."

음뢰격은 아무 대꾸도 하지 않았다.

"참 고약한 놈입니다. 공사다망한 숙부를 귀찮게 하지 말라고 그렇게 여러 번 얘기했건만."

민파대릉은 웃고 있었다. 어딘지 모르게 쓸쓸해 보이는 웃음이었다.

"문주의 도량도 참 대단하이."

음뢰격이 칭찬했다. 그러나 민파대릉은 이 칭찬을 받아들이고 싶지 않았다. 그 칭찬을 받아들인다면 음뢰격의 우려가 현실로 이루어졌음을 인정하는 꼴이 되기 때문이다. 그는 인정하고 싶지 않았다. 절대로 인정할 수 없었다.

"이 늙은이가 우리 부족에 대해, 그리고 문주에 대해 아무런 사심도 없다는 것, 믿어 주겠지?"

"물론입니다."

"하면 이 늙은이가 문주에게 하는 말이 모두 충심에서 비롯되었다는 것도 믿어 주겠는가?"

"믿습니다."

음뢰격은 민파대릉을 똑바로 바라보았다. 그의 두 눈은 팔순 노인의 것이라고는 믿기 어려울 만치 형형한 빛을 뿜고 있었다.

"아리수를 중원으로 보내세."

민파대릉의 얼굴이 껍데기를 덧씌운 것처럼 딱딱해졌다.

"이번에 중원으로부터 화기를 가져갈 배가 도착하면 그 편으로 아리수를 비각으로 보내세. 머리 좋고 침착한 사람이니 비각에서도 박하게 대접하지는 않을 걸세."

음뢰격이 재차 말했다. 강렬한 눈빛, 그러나 간절한 목소리였다.

민파대릉은 음뢰격의 눈을 똑바로 마주 보았다. 그러고는 한자 한자 힘주어 대답했다.

"죄송합니다. 그 분부만큼은 받들 수 없군요."

음뢰격의 주름진 눈까풀이 떨렸다. 그 경련은 곧 얼굴 전체로 번져 나갔다.

"솔직히 말하지. 내가 문주라면 아리수를 중원으로 보내지 않고 이 섬에서 죽이겠네. 중원으로 보내자고 한 것은 아우를 아끼는 문주의 마음을 존중하기 때문이야. 그는 중원에 있든 이 섬에 있든 반드시 한 번은 우리 부족을 위험에 빠뜨릴 걸세. 재앙의 근원을 완전히 제거하려면 그를 죽이든, 아니면 철저히 유폐시켜야 하네."

"장로님께선 여전히 전대 제사장의 죽음이 아리수의 소행이라고 믿고 계시는군요."

반년 전에 벌어진 전대 제사장 오고태의 죽음은 그를 받들던 제관들의 증언에 입각해 자연사로 판명되었다. 하지만 음뢰격은 그의 죽음 이면에 아리수의 손길이 도사리고 있다는 의심을 버리지 않았다.

문주에 버금가는 권위를 지닌 제사장 오고태는 아리수를 위험한 인물로 간주했고, 아리수가 가진 부문주로서의 권한은 그로 인해 상당 부분 제한될 수밖에 없었다. 그런데 그 오고태가 갑자기 죽었다. 자연사라고? 돌덩이도 씹어 삼킬 만큼 정정하던 사람이 하룻밤 사이에 차가운 시체로 변한 것은 절대로 자연스러운 일이 될 수 없었다. 그리고 그로부터 반년이 지난 지금, 아리수의 권한은 당시와 비교할 수 없을 정도로 거대해졌다.

"오랜 벗을 먼저 보내신 장로님의 심정을 이해 못 하는 것은 아닙니다. 그러나 이미 자연사로 판명난 일입니다. 방금 하신 말씀은 못 들은 것으로 하겠습니다."

정중한 가운데에도 위엄이 실린 민파대릉의 말에도 음뢰격은 뜻을 굽히려 들지 않았다.

"아리수의 몸뚱이 속에는 독사의 영혼이 들어 있어! 게다가 그는 오래전부터 문주를 원망하고 있다네! 문주가 자신의 여자를 앗아 갔다고……."

"그만!"

민파대릉이 격렬하게 외쳤다.

"그 일에 관해 더 이상 거론한다면, 아무리 장로님이라도 참지 않겠습니다!"

민파대릉은 다시 한 번 늑대의 기질을 뿜어내고 있었다. 아까보다 훨씬 강렬하게. 그 기질에 익숙해질 대로 익숙해진 음뢰격마저도 입을 다물 수밖에 없을 정도로.

다행히 민파대릉은 곧 이성을 찾았다. 그는 붉게 상기된 얼굴로 음뢰격을 향해 고개를 숙였다.

"무례했다면 용서해 주십시오."

음뢰격은 그런 민파대릉을 착잡한 눈길로 바라보았다. 많은 생각들이 뇌리에 떠올랐다 지워지고, 수많은 말들이 혀에 머물다 사라졌다. 그러나 노인은 떠올랐던 생각들, 머물렀던 말들을 하나도 꺼내지 못했다.

'단지 동생을 아끼는 마음에서 나온 것만은 아니겠지.'

이 외강내유外剛內柔의 주군은 아리수에 대해 커다란 죄책감을 지니고 있었다. 아리수의 얼굴을 횡으로 가르고 지나간 칼자국을 볼 때마다, 혹은 한 이불 속에 누워 있는 아름답고 현숙한 아내의 존재를 느낄 때마다 남몰래 가슴 아파했을 것이 틀림없었다.

비록 음뢰격의 추측, 아리수가 뭔가 위험한 일을 꾸미고 있다는 추측이 확신에 가까울지라도, 누구도 부정할 수 없는 증거를 잡아내기 전까지는 아무 소용 없었다. 그가 늙은 머리를 조아리며 골백번 간언한들 민파대릉은 결코 받아들이지 않을 것이다.

"한 가지만 더 묻겠네. 문주에게 있어서 아리수는 가족인가?"

"그렇습니다."

짧고 단호한 대답이 즉각적으로 돌아왔다. 음뢰격은 고개를 끄덕였다.

"그렇군. 뻔한 질문이었어. 그런데 이상하지? 요즘 들어 뻔한 것이 뻔하지 않게 여겨지고, 뻔하지 않은 것이 오히려 뻔하게 여겨지니 말일세. 내가 너무 늙어서 그런가?"

음뢰격은 천천히 몸을 돌렸다. 당당해 보이던 어깨가 왠지 풀죽은 것처럼 보였다.

"아리수와는 친하지 않아서 직접 묻기 곤란하군. 기회가 닿으면 문주가 한번 물어보게나. 그에게 있어서 문주도 가족이냐고."

민파대룡은 음뢰격의 뒷모습이 수풀 너머로 사라지도록 꼼짝도 하지 않고 그 자리에 서 있었다. 궁백사에 대한 흥은 자취를 감춘 지 오래였고, 메고 있던 활과 전통도 무겁게만 느껴졌다. 흥 없이 활을 쏜다는 것은 수련도 되지 못하거니와, 취미는 더더욱 될 수 없었다.

민파대룡은 긴 숨을 내쉰 뒤 발길을 거처로 돌렸다.

되돌아가는 길, 음뢰격이 마지막으로 던진 한마디는 민파대룡의 마음을 집요하게 찔러 대고 있었다.

'아리수는 과연 나를 가족으로 생각할까?'

그것은 아리수의 얼굴에 칼자국이 새겨진 날, 뇌파패가 자신의 여자가 된 바로 그날 이후 줄곧 그의 머리를 떠나지 않던 의문이기도 했다.

(3)

석대원은 갑판에 누워 하늘을 바라보고 있었다. 분주히 오가는 수부들의 발소리가 갑판 바닥을 타고 어지럽게 울려 왔지만, 그는 관절을 모두 빼놓은 사람처럼 몸을 축 늘어뜨린 채 미동조차 하지 않았다.

한창 바쁠 때 갑판 한복판에 길게 누워 있으니, 그를 향한 주위의 시선이 고울 리 없었다. 그러나 이 배에선 미운털을 달고 다니기로 작정한 것인지, 그는 평화로운 초원에 누운 목동처럼 태평하기만 했다.

하늘은 볼만했다. 폭풍을 지나 보낸 대기는 야무진 여인네가 공들여 닦아 놓은 마룻바닥처럼 먼지 하나 없이 깨끗했다. 군데군데 솜처럼 쌓인 흰 구름과 손에 잡힐 듯 생생한 산들바람은 시리도록 푸른 하늘빛과 좋은 조화를 이루고 있었다.

이 인간 세상도 저렇게 담백할 수만 있다면 얼마나 좋을까? 구름이 구름인 것처럼, 바람이 바람인 것처럼, 또 하늘이 하늘인 것처럼 그저 순리대로 쌓이고, 흐르고, 또 존재한다면 얼마나 좋을까? 그러면 애써 무엇을 이루려는 욕망도, 이루지 못한 슬픔도, 또 그에 따른 분노도 모두 잊을 수 있으련만.

그러나 인간 세상은 그렇지 않았다. 욕망과 슬픔과 분노가 없는 곳은 더 이상 인간 세상이 아니었다. 만일 그런 곳이 있다 한들 인간은 그곳에서 살아갈 수 없었다. 피육과 근골이 없으면 몸을 지탱할 수 없듯이, 공기와 물이 없으면 삶을 지속할 수 없듯이, 욕망과 슬픔과 분노는 인간을 인간이게 해 주는 가장 근원적인 요소들이기 때문이다.

번뇌종煩惱種.

인간은 그래서 번뇌 덩어리일 수밖에 없었다. 번뇌는 인간을 괴롭히기만 하는 것이 아니었다. 인간은 번뇌로부터 삶의 동기를 부여받기도 했다. 그러므로 번뇌에서 완전히 자유로워진 인간은 더 이상 인간이 아니었다. 그런 존재를 일러 혹자는 부처라고 했고, 혹자는 신선이라고 했다. 부러운 일일지도 모른다. 그래서 많은 인간들이 부처가 되기 위해, 혹은 신선이 되기 위해 번뇌를 끊어 보려 애쓰는 것이다.

하지만 과연 그럴까? 그들이 추구하는 고달픈 수도의 정점에서 기다리고 있는 것은 혹시 삶의 냄새를 잃어버린 차갑고 비현실적인 괴물이 아닐까? 인간이 인간이기 위한 요소를 버림으로

써 다른 존재로 탈바꿈한다면, 증조부가 남긴 경구처럼 쟁선계
爭先界가 단지 뜬구름에 불과하다는 것을 깨닫게 된다면, 그것이
과연 행복일까? 그 인간은 과연 행복할 수 있을까?

여기까지 생각하던 석대원은 쓴웃음을 지었다. 지난 새벽의
정사가 충격적이긴 했던 모양이다. 어울리지도 않는 개똥철학
에까지 골몰하는 것을 보면 말이다. 그가 걸어가는 길은, 비록
몇 가지 이유 때문에 흔들리고 있긴 하지만, 순간의 감상으로
인해 교란되기엔 그 목적지가 너무나도 분명했다. 목적지 자체
가 사라지지 않는 한 그는 그 길을 걸어가야만 하는 것이다.

그때 하늘과 석대원 사이에 얼굴 하나가 불쑥 끼어들었다.
하늘이 주는 청량감과는 전혀 어울리지 않는, 속진에 찌든 얼굴
이었다. 석대원은 눈살을 찌푸렸다.

"너무하는 거 아닌가? 뱃일이 아무리 자네 몫이 아니라도 최
소한 방해는 하지 않아야 할 게 아닌가?"

얼굴의 주인, 금청위가 투덜거렸다. 석대원은 금청위의 얼굴
을 올려다보다 빙긋 웃었다.

"하늘이 좋더이다."

금청위는 하늘을 올려다보았다. 하지만 그의 눈엔 별로 좋아
보이지 않았는지 떨떠름한 표정으로 석대원에게 말했다.

"팔자 좋은 소리 그만 하고 어서 일어나게. 안 그래도 자넬
찾아 돌아다니던 참이었어."

"무슨 일이라도 있소?"

"진 비영이 찾는다네."

석대원의 얼굴에 떠올랐던 웃음기가 슬그머니 가셨다.

"진 비영이 나를 왜 찾소?"

"흐흐, 진 비영이 무섭긴 무서운 모양이군. 이제야 귓구멍이

열리는 눈치니 말이야. 금부도에 도착하기 전에 당부하고 싶은
말이 있다더군.”

석대원은 엉덩이를 털며 자리에서 일어섰다.

“금 선배 같은 사람을 심부름꾼으로 부리는 여장분데 어찌
무섭지 않겠소?”

막 돌아서려던 금청위의 몸이 딱 멈췄다.

“어째 삐딱하게 들리는데?”

석대원은 흐흐, 웃었다.

“농담이오, 농담.”

“농담도 좋지만 진지할 땐 진지할 줄도 알아야지. 굳이 내가
자네를 찾은 것은 소문낼 만한 사안이 아니기 때문이라네. 그리
고 진 비영은 이번 작전의 주장이야. 자네는 지금 주장의 호출
을 받은 거라고.”

“그것참, 농담 한마디에 그렇게 정색할 건 또 뭐요?”

“자네를 위해 한 말이니 잘 새겨 두라고.”

금청위는 몸을 돌려 상갑판 쪽으로 걸어가기 시작했다. 석대
원은 어깨를 한 번 으쓱거린 뒤, 그의 뒤를 따랐다.

누각을 올라 진금영의 방으로 들어서던 석대원은 앞선 금청
위의 등 너머로 펼쳐진 실내 전경에 발길을 멈췄다. 방문에서
정면, 잔뜩 찌푸린 얼굴로 앉아 있는 마태상을 발견했기 때문
이다. 진금영과 허봉담은 그런 마태상의 좌우에 앉아 있었다.
두 사람은 마치 골난 아이를 달래는 부모 같은 얼굴을 하고 있
었다. 그렇다면 골난 아이는 누굴까?

석대원은 목을 좌우로 한 차례씩 흔든 뒤, 의자 하나에 털썩
몸을 실었다.

“모두 여기 계셨구려. 한데 작전 회의는 오늘 아침으로 모두

끝난 것으로 압니다만?"

석대원이 느릿하게 운을 떼자 허봉담이 말했다.

"회의야 물론 끝났지. 하지만 아직 찜찜한 문제가 하나 남은 듯하여 이렇게 오라고 청했네."

석대원은 이번 호출의 이유를 대충 짐작할 수 있었다. 그래도 짐짓 모르는 체 허봉담에게 물었다.

"무엇이 허 선배의 마음을 그리 찜찜하게 만들었소?"

이 질문에 대한 답변은 진금영이 맡았다.

"목적지인 금부도가 지척이에요. 마 사주 말씀이 해 지기 전까진 도착할 수 있다더군요. 우리가 금부도에서 수행할 일에 관해선 작전 회의를 통해 충분히 논의했으니 더 이상 언급하지 않겠어요. 하지만 마 사주와 전 비영, 두 분께는 따로 다짐받을 것이 있어요."

담담한 표정에 차분한 말투. 저런 진금영으로부터 새벽의 격정을 연상한다는 것은 불가능한 일처럼 여겨졌다. 석대원으로선 참으로 부러운 능력이 아닐 수 없었다. 역용액과 인조 각막의 도움을 받은 상태로도 흔들리는 심경을 감추기 힘든 판국인데, 맨 얼굴로 저렇게 태연할 수 있다니.

석대원이 약간 잠긴 목소리로 진금영에게 물었다.

"다짐받을 것이 뭡니까?"

진금영은 앞과 여일한 표정과 말투로 대답했다.

"두 분 사이에 해묵은 원한이 있다는 것은 잘 알아요. 하지만 임무를 마치고 중원으로 귀환할 때까지는 모두 잊어버리세요."

석대원은 맞은편에 앉은 마태상을 힐끔 쳐다보았다. 볼이 잔뜩 부어 있는 것으로 미루어 그쪽에선 이미 진금영의 제안을 받아들인 모양이었다.

"명령입니까?"

석대원이 진금영에게 물었다. 하지만 조소를 머금은 눈길은 마태상을 향하고 있었다. 마태상의 두 눈에서 불똥이 튀어 올랐다.

"내가 뭐랬소! 저 막돼먹은 인간에게는 말이 통하지 않는다고 했잖소!"

진금영은 눈살을 찌푸렸다.

"마 사주, 중재는 이미 내가 맡기로 했어요. 이야기가 끝날 때까지는 자중해 주세요."

진금영은 다시 석대원에게로 시선을 돌렸다.

"전 비영도 이미 들었겠지만 본 각의 비영들은 수평적인 관계를 유지하고 있어요. 물론 저를 포함한 상위 열 명에겐 유사시 하위 비영들을 지휘할 수 있는 권한이 주어지긴 하지만, 그 점을 내세워 사사로운 은원 관계까지 강제하고 싶진 않군요."

"아무렴! 일을 좋게 추진하자는 마당에 누군가의 기분을 상하게 할 필요는 없지."

허봉담이 맞장구를 쳐 주었다.

"나도 자중지란은 원치 않네. 큰일을 앞두고 동료끼리 으르렁거리는 것만큼 꼴사나운 일도 드무니까."

문가에 기대선 금청위도 한 소리 거들었다.

석대원은 잠시 아무 말도 하지 않고 탁자에 깍지 껴 올려놓은 자신의 손을 내려다보기만 했다. 모든 사람의 시선이 그에게로 집중되었다.

이윽고 석대원이 시선을 들었다.

"나는 마 사주와 아무런 원한이 없소. 해복방의 친구들을 죽인 것은 마 사주가 아니라 마 사주의 동생이었고, 마 사주의 동생은 이미 내 손에 죽었소. 그러니 이 시점에서 원한을 논해야 하는 것은 내가 아니라 마 사주 쪽이오."

작금의 불화에 대한 책임을 상대에게 떠넘기는 동시에 과거에 벌어진 사건을 거론함으로써 상대의 원한을 또 한 번 도발하고 있으니, 실로 교묘한 언변이 아닐 수 없었다.

아니나 다를까. 마태상의 얼굴이 붉으락푸르락해졌다. 그 낌새를 알아차린 허봉담이 재빨리 끼어들었다.

"그러니까 자네 말은, 마 사주만 원한을 묻어 둘 수 있다면 순순히 따르겠다 이거지?"

"그렇소."

"그렇다면 됐네! 마 사주하고는 자네가 오기 전에 이미 이야기가 끝났거든. 안 그렇소, 마 사주?"

"끄음!"

마태상은 못마땅한 표정으로 입을 꽉 다물어 버렸지만 아니라고 고개를 젓지는 못했다. 한 무리를 이끄는 신분으로 일구이언한다는 소리만큼은 듣고 싶지 않은 모양이었다.

"하하! 내 이럴 줄 알았다니까! 마 사주로 말할 것 같으면 사감에 얽매여 대사를 그르치는 졸장부가 결코 아니지."

허봉담이 마태상을 과장스럽게 추켜세웠다.

그런 허봉담을 바라보며 석대원은 비각이란 단체에 대해 다시 한 번 생각하게 되었다. 진금영으로부터 전해 들은 일비영 이명의 됨됨이도 그렇거니와, 지금 흐뭇한 눈길을 교환하고 있는 허봉담과 금청위만 보더라도 악기惡氣라고는 찾아볼 수 없는 장부요, 호한이었다. 그런데 그런 호한들이 모인 비각을 악의 소굴로 규정할 수 있을까? 아니, 가치관 따위의 고상한 이야기는 접어 두기로 하자. 곧 금부도에 도착하면 그는 그런 호인들과 생사를 건 싸움을 벌여야 할지도 모른다.

그는 과연 저들의 생명을 빼앗을 수 있을까?

이 질문에 대해서는 감히 대답할 수 없었다. 그래서 그는 우울해질 수밖에 없었다.

금부도에서 가장 큰 부두는 귀서포歸西浦라는 조금 이상한 이름을 지니고 있었다. 하지만 금부도 곳곳에 자리 잡은 지명들을 음미해 보면 이상한 이름이 비단 귀서포만은 아니라는 사실을 발견할 수 있을 것이다. 중앙의 수구산, 그 정상에 자리한 초심연, 화왕성 내의 포한림, 서쪽 해안의 해골단 등등. 이 모든 지명들에는 고향을 그리워하다 고도의 넋으로 스러진 청웅부 여진인들의 한과 염원이 담겨 있었다.

그 귀서포 앞바다에 천표선이 모습을 드러낸 것은 오월 초여드레 술시戌時(오후 여덟 시 전후) 초. 수평선에 걸린 태양이 서쪽 하늘을 핏빛으로 물들일 즈음이었다.

"중앙에 붉은 조끼를 입은 자가 민파대릉의 오른팔로 알려진 용소라네. 점잖게 생긴 게 꼭 글방 선생처럼 보이지? 하지만 만만히 보지는 말게. 칼 쓰는 솜씨가 귀신도 울고 갈 정도니까. 그리고 그의 왼편에 서 있는 작달막한 늙은이는 생김새로 보아 장로들 중 하나인……."

금청위가 이번 작전에 발탁된 가장 큰 이유는 뇌문 인사들과 친분이 있기 때문이었다. 그는 가교假橋를 내려오는 동안 부두에 마중 나온 사람들 중 요인이랄 만한 인물들에 관해 석대원에게 간략하게 설명해 주었다.

금청위가 언급한 인물들 중에서 눈여겨볼 만한 이들은 셋 정도였다. 뇌문삼대 중 최강이라는 신응대神鷹隊의 대주 용소, 문주 민파대릉의 사촌인 동시에 뇌문삼대 중 철웅대鐵熊隊의 대주이기도 한 다후격多候格, 그리고 장로 체항이었다. 셋 중에서 체항은 아리수 쪽 사람이라고 하니, 유의할 상대는 용소와 다후격일 터. 물론 석대원에겐 아무 의미 없는 구분이긴 했지만.

"민파대릉은 나오지 않았소?"

마태상이 물었다.

"안 보이는구려. 생김새가 워낙 특이해 나왔다면 금방 눈에 띄었을 텐데."

금청위의 대답에 마태상의 두 눈엔 쌍심지가 돋았다.

"흥! 이번 일이 아니더라도 반드시 손봐 줘야 할 놈이군. 감히 집안에 앉아 우리를 맞이하려 들어? 무릎걸음으로 기어 나와도 모자랄 판국에."

금청위가 털털한 웃음으로 달랬다.

"마 사주가 이해하시구려. 그들은 우리를 단지 화기 운송인 정도로 알고 있을 테니까."

일행이 부두에 내려서자 영접단의 중앙에 서 있던 붉은 조끼의 장년인, 용소가 앞으로 나서며 말했다.

"오랜 뱃길에 고생 많으셨소. 금부도에 온 것을 환영하오."

딱딱한 감이 있지만 그런대로 유창한 한어라고 할 수 있었다.

"반갑소! 날 기억하시겠소?"

여진통女眞通으로 알려진 금청위가 환영사에 응하자 용소는 만면에 미소를 지으며 반가워했다.

"동정호에서 술잔을 나눈 것이 어제 일처럼 생생한데 내가 어찌 금 형을 잊겠소? 직접 오신 줄 알았다면 배라도 띄워 길잡이라도 했을 것을."

"하하! 나 따위가 뭐 그리 대단한 사람이라고요. 이번 행차에서 나는 말구종에 지나지 않소. 정말로 대단한 분들은 따로 있지요. 지금 대주께 소개해 드리리다."

금청위는 우선 주장인 진금영을 소개한 뒤, 이어 마태상과 허봉담 그리고 석대원을 차례차례 소개했다. 사람들과 일일이 인사를 나누는 동안, 용소의 얼굴에 차츰 놀라는 기색이 어렸다. 설마하니 이렇게 쟁쟁한 인사들이 파견될 줄은 몰랐기 때문이다.

용소는 뒷전에 서 있던 키 작은 늙은이, 체항에게 여진말로 몇 마디를 속삭였다. 그러자 체항이 능청스럽게 웃으며 뭐라고 대꾸했다.

—체항이란 늙은이, 둘러대는 솜씨가 여간이 아닌걸.

석대원의 귓전에 모기 소리 같은 전음이 울렸다. 허봉담이었다.

석대원이 전음으로 물었다.

—뭐라고 둘러대던가요?

—요인들이 대거 방문한 것은 비각이 그만큼 자신들의 화기술을 높이 평가하기 때문이라고 하는군.

석대원은 금청위를 일별한 뒤, 다시 허봉담에게 전음을 보냈다.

—허 선배께선 여진 말에 능하신가 보오. 금 선배는 알아듣지 못하는 눈치인데.

—흐흐, 여진 말이라면 금가 놈보다 내가 훨씬 낫지. 젊은 시

절 관외關外에서 몇 년 산 경험이 있거든.

석대원은 고소를 지었다. 그럼에도 불구하고 허봉담 대신 금청위를 내세운 것은 일종의 기만술이었다. 이쪽에는 여진 말을 알아듣는 사람이 없음을 은연중에 내비침으로써 상대로 하여금 방심하도록 만들려는 것이다.

체항과 잠시 얘기를 나누던 용소는 곧 곁에 있던 수하 하나에게 뭐라 지시를 내렸다. 수하가 어디론가 부리나케 달려가자 용소는 미안한 얼굴로 금청위에게 양해를 구했다.

"귀한 손님들이 오신 걸 미처 몰랐소이다. 잠시만 기다리시오."

용소의 지시를 받고 자리를 뜬 수하는 잠시 후 장정 십여 명을 데리고 돌아왔다. 장정들의 어깨에는 대나무를 엮어 만든 기묘한 물건이 얹혀 있었다.

"어서 오르시지요. 성으로 모시겠소이다."

장정들이 메고 온 물건은 일종의 가마였다. 그 형상이 죽간竹間(두 사람이 드는 가마)과 유사했지만, 앞뒤가 아니라 양옆에서 든다는 점에서 차이가 있었다.

"이제야 정신을 좀 차린 것 같군."

마태상이 진금영보다도 앞서 가마에 오르며 거드름을 피웠다. 그 말을 똑똑히 들었을 터인데, 용소는 눈살 한 번 찌푸리지 않았다. 이를 목격한 석대원은 용소를 만만히 여기지 말라는 금청위의 충고를 떠올리지 않을 수 없었다. 모욕을 받고도 화를 낼 줄 모른다면 비겁한 것이다. 하지만 모욕을 받고도 화를 내지 않는다면 인내심이 강한 것이다. 무인에게 있어서 인내심이 얼마나 중요한지를 석대원은 잘 알고 있었다.

"거기 우두커니 서서 뭐 하나?"

가마에 오르던 금청위가 석대원을 돌아보며 물었다. 석대원은 대답 대신 턱짓으로 가마를 가리킨 뒤 고개를 저었다. 금청위가 쓰게 입맛을 다셨다.

"하긴 통발로 고래 잡는 격이겠군. 별수 없네. 자네가 다리품 파는 도리밖에."

이런 경우 난처해지는 것은 접대하는 쪽일 터. 용소는 석대원의 비상식적인 거구와 그에 비해 너무 작아 보이는 대나무 가마를 번갈아 바라본 뒤, 즉시 사과했다.

"여러모로 결례가 크외다. 다른 방편을 마련하겠소."

"걷는 덴 이력이 났으니 신경 쓰지 마시오."

석대원은 용소를 향해 씩 웃어 주었다. 흔들리는 배에서 며칠을 보냈으니 흙이 얼마나 고마운 존재인지를 발바닥으로 직접 느껴 보는 것도 그리 나쁘지 않으리라.

"할아버님!"

오례해는 대답을 기다렸다. 하지만 옻칠이 반질반질한 나무 문 너머에서는 아무 대답도 들려오지 않았다. 그녀는 목소리를 가다듬은 뒤 다시 한 번 불렀다.

"할아버님, 소녀, 오례해이옵니다."

잠시 후 나무 문 너머로부터 대답이 울려 나왔다.

"들어오너라."

일말의 불쾌감이 배인 목소리였다. 오례해는 나무 문을 조심스럽게 열었다. 뜨거운 수증기가 기다렸다는 듯이 그녀의 얼굴로 퍼부어졌다. 그녀는 호흡을 멈춘 채 문가에 다소곳이 서서 잠시 기다렸다.

수증기가 서서히 가라앉으며 실내의 전경이 드러났다. 사방이 옻칠한 벽으로 둘러싸인 열 평 남짓한 실내의 중앙에는 커다랗고 둥근 나무통이 놓여 있었고, 통 아래 설치된 아궁이 안에선 어른 팔뚝 굵기의 장작들이 활활 타오르고 있었다. 실내를 채운 수증기는 그 나무통으로부터 뿜어 나오고 있었다. 벽돌로 짜 맞춘 바닥에 흥건하게 고인 물기가 이 공간의 용도를 더욱 명확히 규정해 주고 있었다. 바로 욕실이었다.

"내가 이 시간을 얼마나 좋아하는지 잘 아는 너일 터이니 필시 그럴 만한 이유가 있으리라 믿는다."

나무통 앞, 실오라기 하나 걸치지 않은 나체로 앉아 있던 대머리 노인이 오례해를 바라보며 말했다. 대머리 노인의 체격은 당당했다. 단단하고 팽팽한 근육과 군살을 거의 찾아보기 힘든 늘씬한 허리, 거기에 가랑이 사이로 묵직하게 늘어진 양물까지……. 새하얀 수염과 피부 군데군데에 피어난 엷은 검버섯만 아니면 한창때의 장한으로 착각할 정도였다.

욕실에 있던 사람은 대머리 노인 혼자만이 아니었다. 그 곁에는 이십 대 후반으로 보이는 여인이 젖가슴과 음부만을 간신히 가린 민망한 차림으로 베수건을 양손에 모아 쥐고 대머리 노인의 전신을 정성껏 문지르고 있었다. 그녀의 이름은 척이隻梨. 대머리 노인의 다섯 번째 부인이자, 오례해에겐 겨우 일곱 살 연상을 할머니로 받들어야 하는 곤란함을 안겨 준 사람이기도 했다. 하지만 이 섬에서 대머리 노인이 누리는 절대적인 권위를 생각하면, 막내딸보다도 어린 여자를 부인으로 삼는 일은 그다지 신기한 일도, 또 곤란한 일도 될 수 없었다. 오례해는 설령 대머리 노인이 자신보다 어린 계집아이를 여섯 번째 아내로 맞아들인다고 해도 놀라지 않을 자신이 있었다.

"용건이 뭐냐?"

대머리 노인, 금부도의 대장로 음뢰격이 엄히 물었다. 다 자란 손녀 앞에서 치부를 활짝 드러내고 있지만 부끄러워하거나 어색해하는 기색은 추호도 찾아볼 수 없었다. 그리고 그런 점은 베수건을 점차 음뢰격의 아랫도리 쪽으로 옮겨 가는 척이도 마찬가지였고, 수망아지 못지않게 우람한 조부의 양물을 소 닭 보듯 덤덤하게 바라보고 있는 오례해도 마찬가지였다.

"방금 중원에서 배가 도착했다는 전갈이 있었습니다."

오례해의 조심스러운 대답에 음뢰격은 미간을 찌푸렸다.

"오늘 중에 도착한다는 얘기는 이미 들어 알고 있다. 단지 그 일로 내 목욕 시간을 방해한 것이냐?"

오례해는 당황하지 않았다.

"배를 타고 온 사람들이 예사롭지 않다고 합니다."

음뢰격의 미간에 파인 골이 더 깊어졌다.

"예사롭지 않다니?"

"비영이 넷이나 포함되어 있고, 더구나 배를 몰고 온 사람이 낭숙의 마태상이라고 합니다."

"마태상? 그렇다면 온 배가 천표선이란 말이냐?"

"그렇습니다."

"천표선이 왔다고? 겨우 화창 일백 정과 팔열호八熱號 팔십 관을 운반하기 위해?"

음뢰격이 벌떡 일어섰다. 그 바람에 척이가 엉덩방아를 찧고 말았지만, "목욕은 끝났다! 의복을 준비해라!"라는 그의 말에 아픈 내색도 하지 못하고 욕실 밖으로 달려 나갈 수밖에 없었다.

"냄새가 나는군, 냄새가 나."

혼잣말을 중얼거리던 음뢰격이 갑자기 전신을 부르르 떨었다. 구릿빛 근육질 육신에 희뿌연 기운이 어리는가 싶더니, 몸뚱이에 붙어 있던 물기가 한 방울도 남김없이 수증기로 화해 사라졌다. 양강하기로는 문주 가계에 전해 오는 천뢰심법에 못지않다는 소양기공少陽氣功이 발휘된 것이다. 욕실은 원래 있던 수증기에 그가 만들어 낸 수증기가 더해지면서 한 치 앞도 내다볼 수 없는 불명한 공간으로 변해 버렸다. 간간이 들려오는 버석거리는 미성微聲은 아마도 척이가 가져다준 의복을 입는 소리리라.

이윽고 뿌연 공간 한가운데서 음뢰격의 우렁우렁한 목소리가 울려 왔다.

"그들은 지금 어디에 있느냐?"

오례해는 즉시 대답했다.

"한 시진쯤 전에 귀서포 포구에 도착했다고 하니, 아마도 지금쯤이면 산을 거의 올랐을 겁니다."

"허!"

의미를 짐작하기 힘든 탄식이 울리고, 의복을 다 차려입은 음뢰격이 수증기를 가르며 건장한 노구를 드러냈다. 그는 나이답지 않은 빠르고 힘 있는 걸음걸이로 욕실 밖으로 나가다가 문득 발길을 멈추고 문가에 서 있는 오례해를 돌아보았다.

"너는 둘째 숙부와 함께 신전으로 달려가 제사장의 안위를 확인하도록 해라."

조부의 나체에도 눈썹 한 올 깜빡하지 않던 오례해가 괴이하게도 이 말에는 얼굴을 살짝 붉혔다.

"제사장께서는 며칠 전 폐관 기도에 들어가셨는데……."

"누가 제사장의 기도를 방해하라고 하더냐? 안위만 확인하라는 얘기다!"

"하지만 신전이 이미 폐쇄되어…….."

오례해가 거듭 어물거리자 음뢰격은 버럭 역정을 냈다.

"멍청한 년! 그러니까 둘째와 함께 가라고 하지 않더냐! 막는 놈이 있거든 힘으로라도 뚫고 들어가란 말이다!"

오례해는 그제야 자신의 실책을 깨닫고 황급히 머리를 조아렸다.

"분부대로 거행하겠습니다!"

음뢰격이 많은 자손들 중에서 그녀를 특별히 어여삐 여긴다곤 하지만, 그것은 어디까지나 외부에 떠도는 헛소문에 불과했다. 음뢰격에게 있어서 자손들이란 나뭇가지에 달린 열매들에 불과했다. 줄기와 가지만 멀쩡하다면 얼마든지 새로 만들 수 있는 게 열매가 아니겠는가. 줄기는 음뢰격 본인, 가지는 지금 수증기 속에서 무릎을 꿇고 조신하게 앉아 있는 젊은 첩이며, 그들이 자신만큼이나 멀쩡하다는 사실을 오례해는 모르지 않았다.

"중대한 일이니만큼 한 치의 빈틈도 없어야 할 것이다."

으르렁거리듯 한마디를 덧붙인 음뢰격은 자신을 향해 머리를 조아리고 있는 손녀딸의 뒤통수를 한차례 노려본 뒤 욕실을 총총히 떠났다.

"태원부 문 선생께서 동해에서 물고기나 잡고 사는 섬 무지렁이를 이렇게 높이 평가하고 계신 줄은 미처 몰랐소. 잘 오셨소. 내가 뇌문을 책임지고 있는 민파대룡이오."

용소의 안내로 화왕성 입구에 당도한 석대원은 성문 앞에 우뚝 서서 자신들을 향해 양손을 활짝 벌려 보이는 다부진 체구의 중년인을 경이감이 담긴 시선으로 바라보았다. 민파대릉의 용모가 특이하다는 점은 무양문을 떠나기 전부터 익히 들은 바였다. 하지만 아무리 그렇기로서니 일족을 이끄는 수장이 저 정도로 추괴할 줄은 미처 예상하지 못했던 것이다.

민파대릉은 한 마리 거대한 곤충을 연상케 하는 얼굴을 지니고 있었다. 좌우를 동시에 볼 수 있을 것 같은 두 눈이 그러했고 턱 끝에 달라붙은 조그만 입이 그러했다. 더구나 약이라도 잘못 쓴 사람처럼 거무튀튀한 얼굴엔 울긋불긋한 점들로 빽빽이 덮여 있었으니, 이야말로 홍역을 앓다 불에 구워진 메뚜기 꼴이라. 이런 민파대릉에게 동해뇌왕東海雷王이란 별호를 붙여 준 작자는 필시 그의 얼굴을 한 번도 못 본 것이 분명했다.

민파대릉의 환영사에 답한 것은 진금영이었다.

"일행을 대표해서 문주의 환대에 감사드립니다. 각에서 여덟 번째 자리를 맡고 있는 진금영이라고 합니다. 문주의 관화官話(북경에서 통용되는 한어)는 참 부드럽게 들리는군요."

민파대릉의 추괴함에만 집중하던 석대원은 이때야 비로소 그자의 한어가 용소의 그것보다 훨씬 유창하다는 점을 깨달았다.

"귀에 거슬리지 않다면 다행이오. 부친께 꾸중을 들어 가며 배울 때에는 미처 몰랐는데, 오늘 이처럼 귀한 손님들을 맞이하고 보니 그때 열심히 배우길 잘했다는 생각이 드는구려."

미녀로부터 칭찬을 들은 민파대릉은 순박한 총각처럼 웃었지만, 석대원은 그가 결코 순박하지만은 않다는 느낌을 받았다. 안정된 눈동자와 차분한 말투, 몸짓 하나하나에 배어 나오는 자연스러운 자신감. 외모만 가지고는 속단하기 힘든 거물의 냄새가 저 민파대릉이라는 남자로부터 풍겨 나오고 있었다.

"보잘것없는 집이지만 들어오시지요."

민파대릉은 손님들을 성문 안으로 인도했다.

화왕성에 대한 석대원의 첫인상은 대체로 평범하다고 할 수 있었다. 건축 양식이 낯설긴 하지만, 그 점을 제외하면 중원 어디서나 흔히 볼 수 있는 일개 보堡(방어를 목적으로 축조된 군용 주둔지)를 그대로 옮겨 놓은 것 같았다.

그렇게 반각쯤 걸어 도착한 곳은 한 채의 아담한 전각이었다.

"누추한 곳에 귀빈을 모시게 되어 송구하외다. 손님이라고는 물새밖에 없는 외딴 섬이다 보니 변변한 빈청賓廳 한 군데 마련해 두지 못했소이다."

민파대릉의 사과에 진금영은 미소로 답했다.

"하늘을 이불 삼고 땅을 요 삼아 살아가는 강호인들입니다. 이만하면 고대광실이나 마찬가지지요."

"그렇게 말씀해 주시니 마음이 한결 편해지는구려."

안심했다는 표정을 짓던 민파대릉이 문득 생각난 듯 진금영에게 물었다.

"일전에 보낸 화창에 대한 평은 어떻소? 쓸 만하더이까?"

진금영은 조금 놀란 표정을 지었다.

"해패 공이 아무 말씀 안 하시던가요?"

"그가 전한 말이야 어디까지나 예의상…… 허허!"

민파대릉은 멋쩍은 웃음으로 말꼬리를 흐렸다. 해패는 금년 초 화창 일백 정을 태원부로 가져간 뇌문의 간부였다. 그러니 그가 받아 온 평을 순수하게 받아들이긴 어렵지 않겠느냐는 의미였다.

"안심하세요. 화창의 위력에 대해선 각 내의 모든 인사들이 감탄했으니까요. 추가분을 운송하기 위해 저희들이 파견된 것만 봐도 알 수 있는 일 아니겠어요?"

진금영이 웃으며 말했다. 활짝 핀 꽃처럼 보는 이의 마음을 뒤흔드는 화사한 웃음이었다. 그러나 그 꽃은 가시를 감추고 있었다. 당시 해패가 가져온 것은 화창만이 아니었다. 그의 품 안엔 뇌문을 송두리째 뒤흔들지도 모르는 무서운 밀서 한 통이 들어 있었던 것이다.

물론 민파대릉은 그러한 사실을 알지 못했다. 때문에 이번 웃음은 보이는 그대로 순박한 즐거움의 발로였을 것이다.

"하하! 그렇다면 정말 다행이오."

이때 한 사람이 전각 안으로 들어왔다. 붉은색 화려한 금포를 걸친 당당한 체격의 대머리 노인이었다. 그는 중인의 시선이 자신에게 집중된 것을 전혀 의식하지 않는 듯, 부리부리한 눈으로 실내를 쓱 둘러보더니 민파대릉이 앉은 상석을 향해 성큼성큼 걸음을 옮겼다.

"어서 오십시오."

민파대릉이 자리에서 일어서며 맞이하자, 대머리 노인은 그를 향해 인사를 올렸다. 왼쪽 무릎은 바닥에 꿇고 오른쪽 무릎은 세웠는데, 팔꿈치에서 직각으로 구부린 왼팔의 주먹 부분을 세운 무릎의 첨부에 갖다 붙이는 예도가 꽤나 절도 있어 보였다.

─저자가 음뢰격인 모양이군. 풍채 하나는 정말 그럴듯한걸.

석대원의 귓속으로 허봉담의 전음이 흘러들어 왔다. 석대원은 작전 회의를 통해 여러 차례 거론되었던 뇌문의 대장로 음뢰격에 관한 사항을 되새겨 보았다.

이 섬에서 민파대릉에 버금가는 권세를 누리는 대장로로서 일신의 공력이 문주인 민파대릉을 오히려 능가한다고 알려진 음뢰격. 비각의 이비영은 그런 점을 십분 감안, 음뢰격을 민파대릉과 함께 반드시 제거해야 할 대상으로 올려놓고 있었다. 그리고 천표선 선상의 작전 회의를 통해 결정된 음뢰격의 상대는…….

석대원은 시선을 슬쩍 돌려 몇 자리 떨어진 곳에 앉아 있는 마태상을 바라보았다. 마태상은 잘 벼린 칼날 같은 눈빛으로 음뢰격의 전신을 샅샅이 탐색하고 있었다. 이 천부적인 살인자는 다른 이의 설명 없이도 저 대머리 노인이 자신의 제물임을 직감한 모양이었다.

"여러분께 본 문의 어른 한 분을 소개해 드리겠소. 수십 년 전부터 우리 부족을 위해 불철주야 노력해 오신 뇌문의 일등 공신, 음뢰격 장로이시오."

민파대릉의 소개가 있자 대머리 노인, 음뢰격은 허리를 꼿꼿이 세운 채 민파대릉 못지않은 유창한 한어로 말했다.

"금부도에 오신 것을 환영하오. 돌아가는 날까지 부디 즐거운 시간을 보내시길 바라오."

"환대에 감사드립니다."

진금영이 대표로 답례하자 민파대릉이 음뢰격에게 뭐라고 속삭였다. 음뢰격의 얼굴에 놀라움의 기색이 어렸다.

"여인의 몸으로 이처럼 위풍당당한 영웅들을 이끌고 오시다니, 견식이 짧은 노부의 눈엔 다만 놀랍게 비칠 따름이오."

"감당하기 힘든 말씀입니다."

진금영이 담담히 받아넘겼다. 하지만 음뢰격의 입장에서는 단지 허례가 아니었던 모양이다.

"용봉지재龍鳳之材에는 남녀 구분이 따로 없다고 하더니만, 노부는 오늘 개안한 기쁨을 이길 수 없소이다. 문주, 진 비영을 만난 기념으로 노부는 지금 이 자리에서 한 가지 좋은 구경거리를 선보일까 하오."

민파대룽은 넓은 미간을 잠시 찌푸렸지만, 금부도를 위해 평생을 바쳐 온 원로대신의 청을 거절할 수 없었는지 고개를 끄덕였다. 음뢰격은 기다렸다는 듯이 문 쪽을 향해 뭐라 외쳤다.

문이 열리고, 둥근 전모戰帽에 소매 없는 남색 조끼를 걸친 여진인 열두 명이 질서 정연하게 실내로 걸어 들어왔다. 그중 여섯은 예닐곱 자 길이의 원통형 죽관竹箺을 들고 있었고 나머지 여섯은 나무토막이며 의복 따위의 자질구레한 물건들을 들고 있었다.

그들의 등장을 지켜보던 민파대룽은 조금 당황한 표정이 되었다. 그가 낮은 여진 말로 몇 마디를 음뢰격에게 묻는데, 음뢰격은 아무 대답 없이 빙긋 웃기만 했다.

─일이 어째 요상하게 돌아가는 것 같군. 앞줄에 선 여섯 놈이 든 죽관 보이지? 내 예상이 틀리지 않다면 저건 아주 고약한 물건일 걸세.

허봉담의 전음에 석대원이 물었다.

─무슨 물건인데 그러시는 겁니까?

─일전에 해패가 '파로이무구'라는 화창에 관해 언급하더니만, 아마도 그 물건인 듯하군.

─파로이무구?

─'파로'는 '쏘다', 혹은 '맞히다'라는 뜻이네. 그리고 '무구'는 '재앙', 혹은 '신의 분노'라는 뜻이고. 그러니 합치면 '신의 분노를 쏘는 물건'이란 뜻이 되겠지. 제작 단계에 접어들었다는 얘기는 들었네만 벌써 완성되었을 줄은 몰랐네.

허봉담의 전음을 들으며 석대원은 적잖은 흥미를 느꼈다. 금부도에 사는 여진인들에게 있어서 신이란 뇌신, 즉 벼락의 신이었다. 분노한 벼락의 신이 쏘는 것이라면 뭔지는 몰라도 그 위력이 예사롭지는 않을 것이다.

"몇 가지 시험을 더 거쳐야 하는 물건이나, 오늘 일세의 여중호걸女中豪傑을 만난 기념으로 한발 앞서 선보이고자 하오."

사전에 지시가 있었던 듯, 음뢰격의 말이 끝나자 앞줄에 선 여섯 명이 들고 있던 죽관을 절도 있는 동작으로 얼굴 앞에 끌어 올렸다.

"저 물건의 이름은 사천주射天誅라고 하오."

사천주라면 파로이무구와 비슷한 뜻이었다. 음뢰격의 설명을 들은 금청위가 가볍게 진저리를 쳤다.

"사천주라…… 어째 으스스한 이름 같소."

음뢰격은 금청위를 돌아보며 말했다.

"실망시켜 드리지나 않으면 좋겠소. 화력 면에서 본다면 기존의 화창보다 오히려 떨어지는 편이니까."

그러나 음뢰격의 표정은 자신감에 차 있어 뭔가 믿는 구석이 있음을 짐작케 했다.

"시작하리다."

음뢰격이 손뼉을 치자 두 줄을 이루고 있던 열두 명의 여진인들이 질서 있는 움직임을 보이기 시작했다. 앞줄의 여섯 명은 칠팔 보 전진한 뒤 뒤로 돌아섰고, 뒷줄의 여섯 명은 칠팔 보 후퇴한 뒤 지니고 있던 자질구레한 물건들을 바닥에 설치한 것이다.

그렇게 설치된 것은 사람과 비슷한 크기의 나무 인형 두 구였다. 사지의 구분이 뚜렷한 데다 그럴듯한 의복까지 걸치고 있어 멀리서 보면 사람과 구분하기 어려울 것 같았다.

나무 인형의 설치가 끝나자 음뢰격이 다시 손뼉을 쳤다. 그러자 여섯 명의 장한이 두 구의 나무 인형을 향해 사천주를 겨눴다. 두 다리를 어깨 넓이로 벌리고 오른쪽 겨드랑이에 사천주를 꽉 끼워 넣은 품이 마치 장창을 들고 진격의 명령을 기다리는 창병의 기세와 흡사했다.

"부디 비웃지 마시길."

음뢰격은 일행을 향해 친근한 미소를 지어 보이곤 세 번째 손뼉을 쳤다.

쉭쉭쉭.

사천주의 발사음은 그리 크지 않았다. 무양문의 별수재들이 시험하던 화창의 그것과 비교하면 강아지 방귀 소리 정도라고 해도 무방할 정도였다. 굳이 발사의 흔적을 찾는다면 사천주의 꽁지 부위로부터 덩어리져 피어오른 황록색 약연藥煙 정도랄까.

게다가 위력도 그리 신통치 않았다. 나무 인형에 고정되었던 중인들의 시선 속으로 실망의 기색이 떠올랐다. 입혀 놓은 의복의 앞자락이 군데군데 그슬렸을 뿐 예상했던 화염도, 그리고 기대했던 폭발도 일어나지 않았다. 그나마 그슬린 것도 좌측의 한 구에 불과했으니, 이는 명중률에도 문제가 있음을 보여 주는 증거일 터였다.

석대원은 궁금했다. 이따위를 보여 주기 위해 그 법석을 떨었단 말인가?

그런데 그게 전부가 아니었다. 중인들의 시선에 경악의 빛이 떠오른 것은 바로 다음 순간의 일이었다.

치이익!

끓는 기름에 물방울이 떨어질 때 울릴 법한 소리가 좌측 나무 인형의 동체 위에서 터져 나왔다. 그슬린 자국에서 새하얀 섬광이 뿜어지는가 싶더니, 이내 무서운 열기를 동반한 불꽃 띠로 변해 동체를 미친 듯 질주하기 시작했다.

사람 크기의 나무 인형 하나가 새까맣게 탄 흉물로 변해 버린 것은 실로 눈 깜짝할 새에 벌어진 일. 하지만 그 후로도 얼마 동안 석대원 일행은 알 수 없는 두려움에 휩싸여 입술을 떼지 못했다. 차라리 천번지복天飜地覆의 폭음과 함께 나무 인형이 산산조각 났더라면 이런 두려움은 느끼지 않았을 것이다. 위장술에 능한 노련한 포식자가 자신의 정체를 감추고 정물처럼 웅크리고 있다가 단 한순간에 먹이를 낚아채듯이, 사천주는 소리 없이 발사되어, 소리 없이 적중되고, 단 한순간에 무서운 불꽃이 빨을 드러내 목표한 대상을 불살라 버린 것이다.

"마분점액魔焚粘液……."

허봉담이 잔뜩 잠긴 목소리로 중얼거렸다. 놀라움이 컸던 탓인지 전음을 쓰는 것조차 잊은 듯했다. 음뢰격은 의외라는 표정으로 고개를 끄덕였다.

"그 이름을 아는 분도 계셨구려. 본 문의 제화사製火師들은 마침내 마분점액 개발에 성공했소이다. 사천주는 그 마분점액을 가장 효과적으로 발사할 수 있게 제작된 화창이오."

석대원은 마분점액이란 물체에 대해 호기심을 느끼지 않을 수 없었다. 다행히 그의 호기심은 음뢰격에 의해 금세 풀렸다.

"마분점액은 일종의 액상 화약이오. 본디 그것은 극히 불안정한 물건인 탓에 상온에서도 스스로 발화, 연소되는 약점이 있었소. 그러니 병기로 사용하기에는 어려움이 클 수밖에. 하지만 본 문의 제화사들은 숫한 시행착오를 거친 끝에 드디어 그 약점을 극복하는 데 성공했소. 마분점액의 불안정함을 해결할 수 있는 안정제의 배합에 성공한 것이오. 그 결과로 탄생한 것이 바로 저 사천주라오. 아, 그리고 한 가지 더……."

음뢰격은 나무 인형들이 서 있는 곳으로 다가가더니, 새카맣게 타 버린 좌측의 것과는 달리 온전한 모습을 유지하고 있는 우측의 나무 인형의 가슴팍을 툭 건드렸다.

"기이한 일 아니오? 같은 마분점액에 적중되고도 이놈은 이렇게 멀쩡하니 말이오."

이 말에 석대원은 미간을 찡그렸다. 하면 저것 또한 사천주에 적중되었단 말인가? 그런데 왜 저건 멀쩡한 거지?

"마분점액의 안정성을 확보하는 실험을 거듭하던 중, 제화사한 사람이 재미있는 사실을 발견했소. 특정한 배합을 통해 만들어진 약물에서는 마분점액의 발화 자체가 이루어지지 않는다는 것이오. 그래서 그 약물의 이름을 식화도액食火塗液이라고 지었소. 불을 잡아먹는 도료. 잘 어울리는 이름 아니오? 이 나무 인형이 입고 있는 의복에는 바로 그 식화도액이 발려 있었소. 덕분에 마분점액에 적중되고도 무사할 수 있었던 것이오."

여기까지 말한 음뢰격은 석대원 일행을 둘러보며 기묘한 미소를 지었다.

"본 문의 수뇌부들이 입고 있는 의복에는 모두 이 식화도액을 덧입혀 놓았소. 혹시 모를 사태에 대비하기 위함이오. 사람의 일이란 한 치 앞을 내다볼 수 없는 게 아니오? 가령 어제는 친구였던 자들이 오늘은 적으로 돌변한다든지, 혹은 양고기인 줄 알고 샀는데 알고 보니 개고기라든지……."

석대원은 등골이 서늘해지는 것을 느꼈다. 그러고 보니 사천주를 지닌 여진인들과 그의 일행이 앉은 좌석 사이의 거리는, 그들과 나무 인형 사이의 거리와 엇비슷했다. 만일 여섯 정의 사천주가 그의 일행 쪽으로 발사되었다면, 마분점액이 무엇인지도 모르고 있던 그의 일행은 결코 무사하지 못했을 것이다.

그들과 한자리에 있던 민파대릉이야 식화도액의 효용으로 무사할 테지만.

"허허, 노부가 괜히 불길한 말을 꺼내 손님들의 기분을 상하게 했나 보구려. 미안하게 됐소이다."

음뢰격은 호탕한 웃음으로 가라앉은 분위기를 일신하려 했다. 민파대릉도 어색한 웃음을 지으며 석대원 일행에게 말했다.

"대장로께서는 단지 본 문이 이룬 성과를 대륙에서 오신 손님들께 보여 드리고자 하신 것이니, 언짢게 생각하지는 마시오."

그런다고 가라앉은 분위기가 되살아날 리 없었다. 석대원 일행의 얼굴에는 약속이나 한 것처럼 찜찜한 표정이 떠올라 있었다.

바로 그때, 문 쪽에서 누군가의 웃음소리가 울려 왔다.

"하하! 분위기를 바꾸는 데에는 미주가효가 최고라는 사실을 문주께서는 어찌 모르십니까?"

사람들의 시선이 일제히 문 쪽으로 향했다. 그곳에는 푸른 절각건折角巾에 같은 색깔 장포를 차려 입은 장년인이 서 있었다. 장년인은 매우 잘생긴 이목구비를 지니고 있었다. 하지만 우반면을 종으로 가른 커다란 칼자국으로 인해 미남이라는 느낌은 들지 않았다.

"오! 아우가 왔군. 준비는 다 마쳤는가?"

민파대릉이 반색을 하며 장년인을 향해 물었다.

"귀빈들을 접대할 만반의 준비를 마쳤지요. 모두 밖으로 나오십시오. 금부도의 여름밤은 공기가 달콤하고 날벌레도 드물어 긴 항해에 지치신 귀빈들의 마음을 위로하기에 더없이 좋을 겁니다."

장년인은 우아한 미소를 지으며 민파대롱과 사람들을 향해 허리를 숙였다. 그를 바라보는 석대원의 눈이 가늘어졌다.

배우 같은 몸짓에 배우 같은 대사를 잘도 주워섬기는 사내.

뇌문의 부문주이자 이번 작전의 또 다른 주역이기도 한 아리수에 대한 석대원의 첫인상은 이러했다.

(4)

장공을 분할하며 대지로 내리꽂히는 벼락.

음양의 격렬한 반응으로 생성되는 본연의 성질만큼은 세상 어디에서건 다를 바 없겠지만, 벼락을 주관하는 신만큼은 중원과 금부도가 매우 다른 모습을 하고 있었다.

한족들이 섬기는 벼락의 신, 즉 뇌공은 시대에 따라 조금씩 차이는 있지만 대체로 반인반수의 형상으로 묘사된다. 이마엔 세 개의 눈이 달렸고, 원숭이의 얼굴에 뾰족한 입을 지녔으며, 등 뒤의 날개와 사나운 발톱은 수리의 그것과 비슷하다. 이것이 신화가 말하는 뇌공인데, 〈봉신연의封神演義〉에 등장하는 뇌진자雷辰子도 바로 이런 형상을 하고 있다.

반면 금부도의 뇌족들이 섬기는 벼락의 신, 즉 뇌신은 사교邪敎에서 숭배하는 귀마鬼魔의 형상을 하고 있었다. 머리카락은 한 덩이 불꽃처럼 하늘을 향해 곤두서 있고, 두 개의 눈은 핏물을 머금은 듯 붉게 칠해져 있으며, 도도히 치켜세운 얼굴은 먹이를 노리는 사나운 매를 닮았고, 쇠갈퀴 같은 네 개의 팔은 벼락을 상징하는 뇌전극雷電戟과 불을 상징하는 상목桑木 가지를 두 개씩 나눠 쥐고 있었다. 허리 아래로는 비늘로 뒤덮인 뱀의 몸통이 달렸는데, 그 끝은 물고기의 꼬리지느러미처럼 넓적하게 퍼져 있었다. 가히 〈산해경山海經〉에서나 봄 직한 기괴한 형상이 아닐 수 없었다.

비각에서 온 손님들을 위한 환영연이 베풀어진 장소는 바로 그 뇌신상이 굽어보고 있는 일천 평가량 되는 광장이었다. 벽돌을 촘촘히 짜 맞춘 바닥은 말끔히 청소되어 있었지만, 무수히 새겨진 칼금들과 군데군데 달라붙은 시커먼 그을음들은 이 광장이 그저 연회나 벌이는 곳이 아님을 짐작케 했다.

금부도의 여름밤은 아리수의 말처럼 정취 있었다. 공기는 꽃가루라도 묻어날 듯 달콤했고, 해풍 덕인지 모기며 하루살이 같은 귀찮은 날벌레도 찾아보기 힘들었다. 광장 곳곳에 타오르는 거대한 화톳불들은 일대를 대낮같이 밝히고 있어 중천에 걸린 상현달이 부끄러울 지경이었다. 거기에 구수한 음식 냄새, 달착지근한 술 향기까지 곁들이니…….

"정말 기가 막히는군! 어떻게 양으로 이런 맛을 낼 수 있지?"

금청위는 김을 모락모락 피워 올리는 양고기를 한입 크게 베어 물고는 몇 번 씹기도 전에 혀부터 내둘렀다. 낙천적인 천성 때문인지 그는 사천주로부터 비롯된 찜찜함을 어느새 털어 버린 듯했다.

금청위의 좌측에 앉아 있던 초로인이 그의 잔에 술을 그득하게 부으며 서툰 한어로 물었다.

"내 말이 맞지요? 우리…… 고기 당신…… 고기보다 맛있지요?"

이마가 유달리 튀어나온 그 초로인은 칭찬을 기대하는 소년처럼 눈을 빛내고 있었다.

"양고기라면 본디 북방에 가까운 산서가 유명한데, 나는 산서에서 가장 잘한다는 음식점에서도 이렇게 기막힌 양고기는 만나 보지 못했소. 이 요리의 이름이 대체 뭐요?”

금청위의 찬사에 짱구 초로인은 입을 귀밑까지 벌리더니, “라파히룽후타이! 라파히룽후타이!”라고 소리쳤다. 본래 목청이 좋은 것인지, 아니면 그만큼 즐거운 것인지, 식탁에 놓인 식기들이 들썩거릴 만큼 우렁찬 외침이었다.

“라, 라파히…… 라파히…….”

이름도 괴이하고 발음도 요상해서 금청위가 쉽게 따라 하지 못하는데, 부근에 자리 잡고 있던 용소가 친절하게 설명해 주었다.

“‘라파히룽후타이’란 풀어서 설명하면 새끼 양을 양념을 발라 가며 통째로 훈제했다는 뜻이오.”

금청위는 그만 감탄해 버렸다.

“오호라, 훈제를! 그것도 통째로!”

용소는 빙긋 웃더니 덧붙여 설명했다.

“우리의 훈제법은 중원의 방식과 조금 차이가 있소이다. 중원에서는 주로 화통火筒 안에서 약한 불로 익히는 것 같던데, 우리는 커다란 석쇠를 이용해 바깥에서 그대로 익히지요. 그러면 노린내가 고기로 스미는 것을 막을 수 있고, 고기가 익는 동안 양념을 원하는 만큼 여러 차례 바를 수 있으며, 또 익은 부분을 즉석에서 썰어 상에 올릴 수 있어서, 결과적으로 껍질과 속을 모두 맛있게 먹게 되지요.”

“특히 요 껍질이 일품이구려. 바삭바삭한 게 아주 그만이오!”

금청위가 이렇게 말하며 노릇노릇하게 익은 껍질 한 점을 손가락으로 집어 입에 넣자, 짱구 초로인은 양을 훈제하는 마당으로 직접 나가 껍질이 두꺼운 부분으로 큼직하게 한 덩이 썰어 오는 것이었다. 세 사람이 호쾌하게 잔을 부딪치고 신나게 고기를 뜨는 품이 마치 불알친구라도 만난 듯했다.

이 광경을 바라보던 석대원은 고소를 금할 수 없었다.

'교활하다고 해야 하나, 아니면 순진하다고 해야 하나.'

만일 석대원이 지난 며칠을 선상에서 함께 지내며 금청위의 사람됨을 알지 못했다면, 분명 교활하다는 쪽으로 결론 내렸을 것이다. 금청위가 지금 어울리고 있는 상대가 다름 아닌 용소와 지마한이기 때문이다.

침착한 용소와 용맹한 지마한은 민파대릉에겐 그야말로 수족과 같은 자들, 비각이 작전을 수행함에 있어서 가장 곤란한 장애물로 작용할 게 분명한 인물들이었다. 얼마 후면 서로의 목숨을 노려야 한다는 걸 뻔히 알면서도 저리 유쾌하게 술잔을 나눌 수 있다는 것은, 교활한 이중인격자이거나 물러 빠진 순둥이가 아니고선 불가능한 일일 텐데, 석대원이 아는 금청위는 최소한 교활한 이중인격자는 아니었다.

'하긴 그가 취할 수 있는 최선의 길일지도 모르겠군.'

설령 내일 아침에 칼을 맞대는 한이 있을지언정 오늘 밤만큼은 모든 것들을 잊고 그저 마음에 맞는 사내들과 다시 만난 회포를 풀고 싶은 게 금청위의 심정이 아닐까?

석대원은 자신의 앞에 놓인 잔을 비웠다. 큼직한 잔에 담긴 향긋한 미주가 깔깔하게만 느껴졌다.

가증스럽게 보일 수도 있는 금청위의 저런 처신을 탓하고 싶진 않았다. 비웃고 싶지도 않았다. 금청위는 정의情誼에 두터운 사람. 그런 사람이 배신과 음모로 얼룩진 강호에서 살아남으려면 저런 식의 방어기제, 혹은 자기최면이라도 있어야 하기 때문이다. 강호인이라면 누구나 스스로를 보호하기 위한 갑옷 한 벌쯤은 갖추고 있다. 다른 이의 갑옷을 손가락질하기엔 자신이 걸친 갑옷이 더욱 가증스러운 것이다.

"전 노제, 오랜만이군. 내가 누군지 알아보겠나?"

굵고 음침한 목소리가 석대원의 상념을 깨뜨렸다. 그는 고개를 들었다. 어느새 다가왔는지, 그의 앞에는 잿빛 마의를 입은 중년인 한 사람이 서 있었다.

중년인의 인상은 차갑다 못해 잔인해 보이기까지 했다. 그런 사람이 허리를 곧게 펴고 서 있으니, 마치 오랜 풍상을 겪으며 단단해질 대로 단단해진 바위를 대하는 듯했다.

석대원은 반갑게 웃었다. 처음 보는 얼굴. 하지만 전비라면 아는 얼굴일 것이다.

"머나먼 타향 땅에서 어떤 눈 좋은 사람이 있어 이 몸을 알은 체하나 했소. 이제 보니 왕 형이었군."

그러나 마음까지 반가울 리는 없었다. 바야흐로 그에게도 갑옷을 꺼내 입어야 할 때가 찾아왔기 때문이다.

"아는 사인가?"

옆자리에 있던 허봉담이 석대원에게 물었다. 석대원은 고개를 끄덕였다.

"선배께서도 철교왕이라는 이름을 들어 보셨을 거요."

"오! 철교왕이라면 남해를 주름잡던 유명한 해왕海王이 아닌가! 들어 보다마다. 반갑소, 난 허봉담이라고 하오."

허봉담은 반색하는 얼굴로 석대원의 앞에 나타난 차가운 인상의 중년인, 왕풍호에게 인사를 건넸다.

"누구신가 했더니 탈명금전 허 선배셨구려. 반갑소이다."

귀신같은 암기술로 사천을 주름잡은 허봉담의 명성은 익히 들어 본 듯, 왕풍호는 허봉담의 인사에 정중하게 응대했다.

"오랜만에 만났으니 오죽이나 반가울까? 오붓이 얘기들 나누시게. 나는 돼지처럼 처먹을 줄만 아는 금가 놈하고나 놀아 줘야겠군."

허봉담은 석대원의 옆자리를 왕풍호에게 양보하고는, 금청위가 노는 곳으로 자리를 옮겼다. 그러면서 석대원에게 눈짓을 보내는데, '자네 차례가 왔으니 잘해 보라고.'라고 말하는 듯했다.

사실 갓 입각한 신출내기 비영 전비가 이번 작전에 투입된 가장 큰 이유가 바로 철교 왕풍호와의 교분에 있었다.

아리수는 해패를 통해 보낸 밀서에서 철교 왕풍호를 반드시 포섭해야 할 인물로 규정하고 있었다. 금부도에 웅크리고 있는 중원 출신 도망자들의 전력이 결코 가볍지 않았고, 그 우두머리 격인 인물이 바로 철교 왕풍호였기 때문이다.

왕풍호로 말할 것 같으면 은원을 매우 중시하는 사람이었다. 그것은 장부로서 칭찬받아 마땅한 장점이었다. 그러나 아리수에겐 왕풍호의 장점을 그저 장점만으로 받아들일 수 없는 커다란 이유가 있었다. 만일 왕풍호가 은혜를 갚는다는 명목으로 중원인 도망자들을 이끌고 민파대릉 편에 서는 날에는, 뇌문의 문주에 오르려는 그의 꿈은 심각한 위기에 직면하게 되는 것이다. 그래서 그는 밀서를 통해 당부했다. 왕풍호의 마음을 돌릴 수 있는 수단을 반드시 강구해 달라고.

비각의 군사 문강은 아리수의 밀서를 읽고 생각에 잠겼다.

왕풍호가 가장 필요로 여기는 것이 무엇일까?

대답은 금방 나왔다. 왕풍호는 관의 추격을 피해 고향을 등져야만 했던 도망자다. 떳떳하게 고향으로 돌아오고픈 마음이 절실할 수밖에 없었다. 그것을 가능케 해 줄 수 있는 것은 권력인데, 비각에는 그만한 권력이 있었다. 그러니 그 점을 미끼로 그를 포섭하면 되지 않을까?

그런데 생각하면 생각할수록 뭔가 부족하다는 느낌이 들었다. 왕풍호는 은원이 분명한 장부라고 했다. 만일 그가 고향을 영영 등질지언정 민파대롱으로부터 입은 은혜를 저버리지 않겠다고 마음먹는다면, 비각에서 기껏 발휘한 권력이 아무짝에도 쓸모없는 것이 돼 버리기 때문이다.

실패할 가능성이 존재하는 한 별도의 보완책이 필요했다. 그래서 문강은 왕풍호의 전력에 관해 조사를 벌이기 시작했다. 그 과정에서 그는 매우 중요한 정보 하나를 얻을 수 있었다. 그 정보란, 바다를 주름잡던 철교왕이 한낱 도망자의 신세로 전락하게 된 데에 한 사람의 배신이 결정적으로 작용했다는 점이었다.

그 배신자를 찾기만 하면 모든 일이 순조롭게 풀린다!

문강은 비각의 정보 조직인 비이목을 풀어 배신자의 행적을 수소문하기에 이르렀다. 비이목은 유능한 추적자였다. 몇 번의 고문과 몇 번의 매수를 거쳐 그들이 찾아낸 최종 실마리가 바로 전비. 배신자의 행적을 알고 있으리라 짐작되는 유일한 사람이었다.

그 전비가 절삼도당의 세 당주를 때려죽인 신진 고수임을 안 문강은 일석이조라는 단어를 떠올릴 수밖에 없었다. 작년 한 해 동안 각은 실로 적지 않은 수의 비영들을 잃었고, 그러한 전력 손실은 향후 사업을 추진함에 있어서 심각한 문제점으로 작용할 것이 분명했다. 그런 만큼 문강이 전비의 입각을 추진하고 나선 것은 당연한 결과라고 볼 수 있었다.

그러므로 전비의 첫 임무는 이번 작전일 수밖에 없었다. 전비는, 아니 석대원은, 비유하자면 왕풍호라는 상어를 낚기 위한 최고의 미끼인 셈이었다.

왕풍호는 허봉담이 내준 자리에 선뜻 앉으려 하지 않고 석대원의 얼굴을 유심히 바라보았다. 석대원이 내심 뜨끔해하는데, 왕풍호가 씁쓸한 웃음을 지으며 중얼거렸다.

"시간이 흐르면 모두 변하는 모양이군. 노제는 해복방에 대한 정이 두터워 다른 처마 밑으로 들어가지 않을 줄 알았는데. 하긴 바다를 내 집처럼 여기며 돌아다니던 나도 이제는 절벽에서 물고기나 낚는 신세가 되어 버렸으니……."

왕풍호가 석대원의 옆자리에 앉았다. 석대원은 들고 있던 술잔을 비운 뒤 왕풍호에게 건넸다.

"왕 형이 이 섬에 있다는 소식을 듣고 솔직히 조금 놀랐소. 상어를 품기엔 연못이 너무 비좁지 않나 하는 생각이 들었기 때문이오. 어쨌거나 이렇게 건강한 모습을 보니 기쁘구려."

왕풍호는 석대원이 내민 술잔을 받으며 고개를 저었다.

"마음이 이미 낙엽처럼 말라 버렸는데 몸만 건강하면 뭐하나?"

냉정하기로 이름난 철교왕도 만리타향에서 옛 인연과 마주치니 어쩔 수 없이 감상적으로 바뀌는 듯했다.

술은 마유주였다. 북방의 유목민족들이 즐긴다는 마유주는 이름 그대로 말 젖을 발효시켜 만든 탓에 색깔이 뿌옇기 마련이다. 그런데 이 마유주는 달랐다. 아마도 특별한 주조법으로 담근 듯 잔의 바닥이 그대로 비칠 만큼 투명했다. 그 투명한 마유주가 자기병의 작은 주둥이를 통해 흘러나오더니 한 뼘쯤 아래 들린 잔 안에 맑게 쌓였다. 술 쌓이는 소리는 귀를 유쾌하게 해 주었지만, 두 사람의 표정은 별로 밝아지지 않았다.

"노제를 보니 그 시절로 돌아간 기분이야. 이 기분이 가시기 전에 우선 한잔해야겠군."

왕풍호는 술잔 속의 마유주를 단숨에 입으로 털어 넣었다.

그러고는 술잔을 석대원에게 돌리며 말했다.

"지인 하나 없이 몇 년을 썩다 보니 이렇게 돼 버렸네. 그리 깊지도 않은 교분 가지고 계집들처럼 호들갑을 떤다고 비웃지는 않았으면 좋겠군."

석대원은 대답 없이 왕풍호가 돌려준 술잔을 받았다.

전비와 왕풍호의 교분이 그저 오가다 몇 번 만난 뜨내기 정에 불과하다는 사실은, 전비 본인의 입을 통해 이미 들은 바 있었다. 그럴 것이다. 그렇기 때문에 전비는 왕풍호를 일종의 '도구'로 삼으려는 육건의 계교를 별다른 죄책감 없이 받아들였을 것이다. 그러나 왕풍호의 입장에서는 그렇지 않을 수도 있었다. 왕풍호의 말처럼 지인 하나 없이 몇 년을 썩는다면 대수롭지 않게 지나보낸 과거의 많은 인연들이 절실해질지도 모르니까.

둥! 둥! 둥!

북소리가 울렸다. 석대원은 입으로 가져가던 술잔을 멈추고 광장 중앙에 넓게 마련된 공터를 바라보았다.

공터 한편, 웃통을 벗은 근육질의 장한 하나가 곤봉처럼 생긴 북채를 휘둘러 커다란 북을 두드리고 있었다. 사방에서 타오르는 화톳불의 불빛이 장한의 벌거벗은 웃통에서 뱀처럼 미끄러지고 있었다.

이윽고 북소리가 멈추고, 한 사람이 공터 중앙으로 걸어 나왔다. 민파대릉의 동생이자 흥겨운 연회 저 밑바닥에서 꿈틀거리는 추악한 음모의 주재자이기도 한 아리수였다.

"환영하오! 환영하오! 환영하오!"

아리수는 하늘을 올려다보며 낭랑한 음성으로 소리친 뒤 왼손을 번쩍 치켜 올렸다.

펑!

우렁찬 포성이 석대원의 자리 바로 뒤쪽에서 터져 나왔다. 향전嚮箭 소리를 닮은 길고 날카로운 소리가 야공을 향해 치솟았다. 그러고는 머리 위 까마득한 허공에서 굉음과 함께 폭발했다.

"오!"

"저런 장관이……!"

오색 형형한 불꽃이 화려하게 퍼지며 야공을 아름답게 물들이기 시작했다. 그것은 어느 부분에서는 뭉치고 어느 부분에서는 흩어지더니 드넓은 야공에 선명한 '영迎' 자를 아로새겼다.

펑! 펑! 펑!

비슷한 시차를 두고 광장 곳곳에서 폭음이 울렸다. 야공에는 처음의 '영' 자가 채 사라지기도 전에 '빈賓', '쾌快', '락樂'의 글자가 연속해 새겨졌다.

영빈쾌락迎賓快樂.

손님을 맞아 흥겨움을 기원한다는 뜻이었다. 마치 온 세상이 손님의 방문을 환영하는 듯했으니, 이처럼 하늘에 원하는 글자를 새기는 것은 실로 보기 드문 광경이라 할 것이다.

땅! 따당! 따다당땅!

이어, 콩 볶는 듯 요란한 소음과 함께 폭죽 수십 발이 야공에서 폭발했다. 불꽃은 형형색색이요, 궤적은 기기묘묘라, 눈앞이 황홀해 똑바로 바라보기가 힘들 지경이었다. 손님의 자격으로 연회에 참석한 사람들은 누가 시키지도 않았건만 일제히 박수를 보내기 시작했다. 뇌문의 화기술은 비단 살상용으로만 발달한 게 아닌 모양이었다.

야공의 불꽃이 점차 사라지고 박수 소리도 잦아들 무렵, 아리수는 미소 띤 얼굴로 주위를 천천히 둘러보았다.

"문주님과 금부도의 모든 주민들을 대신해 중원에서 오신 여러 영웅들을 환영합니다. 소생은 부족한 몸으로 부문주의 자리를 맡고 있는 아리수라고 합니다. 문주님의 명을 받들어 이 환영연을 마련하게 되었으니 여러 영웅들께서는 부디 모든 시름을 잊고 이 밤을 마음껏 즐겨 주시기 바랍니다."

아리수의 말이 끝나기가 무섭게 풍악이 울리기 시작했다.

열두 대의 호금胡琴과 열두 대의 삼현三絃과 열두 대의 나발과 중원의 생황笙簧 비슷하게 생긴 열두 대의 피리가, 듣기만 해도 어깨춤이 나오는 흥겨운 가락을 뽑아내고 있었다.

하늘에는 불꽃의 바다, 땅에는 음악의 물결.

바야흐로 뇌신상이 굽어보는 너른 광장의 분위기는 서서히 고조되고 있었다.

그러나 양지가 있으면 음지가 있듯, 화왕성의 어느 은밀한 장소에서는 연회의 분위기와는 상반된 살벌한 긴장감이 서서히 증폭되고 있었다.

찰칵!

살륭하薩隆河의 가슴팍에 걸린 도집에서 경미한 금속성이 울렸다. 그의 엄지손가락이 도의 호수구護手具를 가볍게 밀어 올린 소리였다. 이 소리는 매우 작았지만 그와 마주 선 완안차는 똑똑히 들을 수 있었다.

완안차는 목덜미에서 솟아난 땀 한 방울이 의복과 등판 사이로 또르륵 굴러 내려가는 것을 느꼈다. 귀인鬼刃이란 별명이 붙은 살륭하가 도의 호수구를 밀어 올리는 광경을 목격했다면 식은땀을 흘릴 만한 충분한 이유가 되었다. 덕분에 그는 살륭하와 어깨를 나란히 하고 서 있던 계집애가 고개를 발딱 세우고 뱉어내는 발칙한 말에도 분노를 내비치지 못했다.

"다시 요구하겠어요. 신전의 문을 당장 여세요."

'당장'이라는 단어에 유달리 힘을 주는 무례한 계집애는 조부 음뢰격의 권세를 믿고 날뛰는 오례해였다. 하지만 지금은 다른 것을 믿고 있는 듯했다. 숙부 살륭하의 칼! 그것은 완안차에게 있어서 음뢰격의 권세 이상 가는 압력으로 작용할 수밖에 없었다. 이 순간만큼은 말이다.

"밑도 끝도 없이 신전의 문을 열라니, 이게 대체 무슨 경우인가? 낭자도 잘 알지 않는가? 제사장께서 일단 폐관 기도에 드시면 신전의 문은 절대 열 수 없다는 것을."

사십 줄에 들어선 완안차의 나이를 감안한다면 매우 곡진하다고 할 수 있는 말투였지만, 오례해는 전혀 알아주지 않았다.

"말이 안 통하는군요."

오례해는 짜증스러운 얼굴로 살륭하에게 눈짓을 보냈다. 유리알처럼 반질거리는 살륭하의 흰자에 희미한 감정의 빛이 떠오른 것 같았다. 하지만 그것이 무슨 종류의 감정인지 미처 생각해 볼 겨를도 없었다. 쾌액, 하는 바람 소리가 그와 완안차 사이에서 터져 나왔기 때문이다.

가슴팍이 선뜻했다. 완안차는 두려움에 떨리는 시선으로 앞섶을 내려다보았다. 애써 옷을 헤치지 않고서도 자신의 가슴팍에 돋은 가늘고 곱슬곱슬한 잔털들을 똑똑히 볼 수 있다는 점이 그의 두려움을 더욱 증폭시켜 주었다. 제관들이 입는 파란 제의 祭衣와 삼베로 짠 속옷을 단번에 베어 버린, 귀인이란 별호에 걸맞은 귀신같은 칼 솜씨였다.

"가, 감히 뇌, 뇌신을 모시는 제관에게 카, 칼질을……"

"세 번째로 요구하겠어요. 장담하건대 네 번째 요구는 없을 거예요."

스스로 생각해도 부질없는 완안차의 항의는 오례해의 의기양양한 목소리에 의해 간단히 묵살되었다.

"신전의 문을 여세요, 지금 당장!"

살륭하가 왼발을 약간 앞으로 내밀었다. 그로 인해 완안차와 그 사이의 거리는 세 치쯤 줄어들었다. 하지만 그 거리를 대신한 것은 완안차로선 도저히 감당할 수 없는 단호한 살의였다. 아까의 상황이 또 한 번 반복된다면 완안차의 가슴엔 세 치 깊이의 치명적인 골짜기가 파이는 것이다.

이러지도 저러지도 못하게 된 완안차. 하지만 그에게는 훌륭한 조력자가 한 사람 있었다.

"허! 신전 일을 본 지 이십 년이 넘었지만 이런 경우는 처음이군. 음뢰격 장로의 성품은 잘 알고 있지만, 아무리 그렇기로서니 이건 너무 심하신 처사가 아닌가?"

완안차의 것과 같은 종류의 청포 제의를 걸친 땅딸막한 초로인이 회랑 모퉁이를 돌아 나오며 언짢은 투로 말했다.

"지급한 일이에요. 관례를 파破하더라도 어쩔 수 없지요."

오례해가 초로인을 노려보며 말했다.

"알다가도 모르겠군. 대체 뭐가 그리 지급한지……."

초로인, 제관 중에서 가장 고참이라 할 수 있는 숙야가 말꼬리를 흐렸다. 그러자 살륭하가 그를 향해 천천히 몸을 돌렸다. 완안차는 그제야 숨 막힐 듯한 압박감으로부터 해방되었음을 느낄 수 있었다.

숙야는 완안차보다 훨씬 노련했다. 그는 살륭하의 살의를 정면으로 상대하지 않았다.

"좋소, 좋아. 어차피 나 따위가 나선다고 해서 막을 수 있는 일이 아닌 것 같소. 그러다가 목이라도 뎅겅 잘리는 날에는 정말 큰일이지. 낭자의 요구대로 신전의 문을 열어 드리리다."

"예엣?"

숙야의 대답에 가장 놀란 사람은 완안차였다. 그는 너무도 놀란 나머지 숙야가 변심한 것이 아닌가 하는 의심마저 들었다. 하지만 숙야는 손을 내밀어 그의 뒷말을 가로막은 뒤, 오례해를 똑바로 바라보며 엄숙히 말했다.

"하지만 한 가지만큼은 약조해 줘야겠소."

"약조? 무슨 약조를 하라는 거죠?"

"제사장께서 폐관 기도에 드시면 누구도 방해해선 안 되는 것이 신전의 율법이고, 이 율법은 신전이 세워진 이래 단 한 차례도 깨진 적이 없었소. 만일 두 분께서 제사장의 기도를 방해하려 한다면 우리 제관들은 낭자의 숙부에게 목이 잘리는 한이 있더라도 율법을 지킬 수밖에 없는 입장이오. 낭자께서는 이 점을 각별히 유념해 주길 바라오."

오례해가 고개를 도도하게 세우며 무슨 대단한 은전이라도 베푸는 양 말했다.

"애당초 제사장님의 기도를 방해할 생각은 없었어요. 그리고 숙부의 칼날이 제관들의 목을 자를 이유도 없고요. 우리는 단지 그분의 안위를 눈으로 확인하기만 하면 돼요."

숙야는 살륭하를 힐끔거리며 물었다.

"그 대답이 두 분 모두의 뜻으로 여겨도 되겠소?"

살륭하는 유리알 같은 눈으로 숙야를 바라보다가 천천히 고개를 끄덕였다. 그는 과묵하기로 소문난 사람이었고, 과묵한 사람 대부분이 그러하듯 약속에 대한 신용이 두터웠다.

"나를 따라오시오."

숙야는 만족스러운 얼굴로 걸음을 옮기기 시작했다. 그 뒤를 오례해와 살륭하가, 그리고 맨 끝을 울상이 되어 버린 완안차가 마치 도살장에 끌려가는 소처럼 뭉그적뭉그적 따라붙었다.

독살 毒殺

(1)

"정말로 그렇게 생각하느냐?"

채찍처럼 매서운 목소리가 침실에 울려 퍼졌다. 침실의 주인은 음뢰격, 목소리의 주인 또한 그였다.

"그렇습니다."

오례해가 대답했다. 조부의 면전에만 서면 까닭 모르게 주눅이 드는 그녀지만 이번만큼은 당당해도 좋을 것 같았다.

"그래? 하면 내가 괜한 걱정을 했단 말인가? 그들이 천표선을 동원한 것도 단지 과시용이다 이거지? 아니야, 그럴 리 없지, 그럴 리 없어."

음뢰격은 잔뜩 찌푸린 얼굴로 혼잣말을 중얼거렸다. 오례해는 그런 조부의 심사를 이해할 수 없었다. 천표선이 비록 크다지만 그래 봤자 구 할의 나무와 일 할의 쇠붙이로 만들어진 일개 선박에 지나지 않았다. 한데 조부는 천표선이 온 것에 대해 왜 저리 과민 반응을 보이는 것일까?

"다시 한 번 묻겠다. 제사장이 신전 안에 있음이 어김없는 사실이라 이거지?"

앞서와 같은 질문, 벌써 세 번째였다. 불필요한 문답을 좋아하지 않는 음뢰격으로선 매우 드문 일이었고, 이는 오례해의 보고를 믿지 못한다는 뜻이기도 했다.

"제사장께서는 분명히 신전에 계셨습니다. 신상 앞에서 기도 드리는 모습을 두 눈으로 똑똑히 확인하고 왔습니다. 그리고……."

오례해는 잠시 말을 멈추고, 이 침실에 들어온 이후 침묵으로만 일관하는 살륭하를 힐끔 돌아보았다.

"그 자리엔 소녀뿐만 아니라 숙부도 있었습니다."

이래도 믿지 못하겠느냐는 뜻이었다. 음뢰격은 살륭하에게 물었다.

"저 아이의 말이 맞느냐?"

살륭하가 마침내 입을 열었다.

"틀립니다."

졸지에 뒤통수를 얻어맞은 오례해는 잠시 어안이 벙벙해 있다가 살륭하에게 따졌다.

"숙부, 그게 무슨 말씀이죠? 분명히 저와 함께 신전에 들어가셨잖아요!"

살륭하가 천천히 오례해를 돌아보았다. 흰자가 유난히 번들거리는 숙부의 눈이 그녀를 비웃고 있었다.

"어리석은 것, 하찮은 눈속임에 넘어가다니."

살륭하가 말했다. 경멸감을 그대로 드러낸 말투였다. 오례해의 얼굴이 분노와 당혹감으로 달아올랐다.

"눈속임이라뇨? 거기에 무슨 눈속임이 있었다는…… 악!"

오례해의 항의는 외마디 비명으로 끝나고 말았다. 음뢰격이 손에 잡히는 대로 집어 던진 목침에 머리를 얻어맞은 것이다.

"버릇없는 년! 닥치고 가만있지 못하겠느냐!"

손녀의 아픔 따위는 아랑곳하지 않는 듯, 음뢰격은 살륭하를 향해 다시 물었다.

"말해 보아라. 신전에서 무슨 일이 있었느냐?"

"신전에서 기도 드리는 자는 곤필이 아니었습니다."

"곤필이 아니면?"

"체형이 비슷한 자에게 제사장의 의관을 입혀 놓은 것에 불과했습니다. 숙야가 농간을 부린 것 같습니다."

터진 이마를 감싸 쥔 채 몸을 웅크리고 있던 오례해가 고개를 발딱 치켜 올렸다.

"숙부께서는 무슨 근거로 그가 제사장이 아니라고 말씀하시는 거죠?"

음뢰격의 눈매가 험상궂게 일그러졌다. 다음에 날아올 물건은 뾰족한 구리 촛대일지도 모르지만, 그래도 오례해는 굴하지 않았다. 그녀는 자신의 눈썰미를 철석같이 믿고 있었다. 신전에 들어가 뇌신상 앞에 엎드린 제사장을 발견했을 때에도 그녀는 최선을 다해 그를 관찰했다. 그리하여 체형과 뒷모습, 심지어는 바닥에 코를 박은 옆모습까지 철저히 살핀 뒤에야 제사장 본인이 확실하다는 결론을 내린 것이다. 그런데 가짜라니?

살륭하는 그저 싸늘하게 웃을 뿐, 오례해의 말에 대꾸하려 들지 않았다.

'혹시……?'

오례해는 가슴이 철렁 내려앉는 것을 느꼈다. 숙부가 이 상황을 고의로 유도했다는 의심이 든 것이다. 질녀를 곤경에 빠뜨리려고? 아니었다. 그가 곤경에 빠뜨리고 싶어 한 사람은 바로……

"나도 꼭 알고 싶군. 너는 무슨 근거로 그자가 곤필이 아니라고 단정하는 거지?"

침실 문가에서 누군가가 말했다. 문가를 돌아보던 오례해의 얼굴에 반색이 떠올랐다. 문가에 기대 선 검은 옷의 중년인을 발견했기 때문이다. 부리부리한 눈과 훤한 정수리가 한창 시절의 음뢰격을 떠올리게 하는 그 중년인은, 살륙하가 가장 곤경에 빠뜨리고 싶어 할 사람이 분명한 음뢰격의 장자 치아눈致亞嫩이었다.

치아눈은 음뢰격의 모든 것을 이어받을 후계자였다. 형제간의 서열을 중시하는 여진의 풍습상 동생은 아무리 잘나도 형이 존재하는 한 상속인이 되지 못하는데, 이런 경우 스스로 형보다 잘났다고 생각하는 동생은 질투의 화신이 될 수밖에 없었다. 살륙하가 바로 그랬다.

"고하지 않고 들어온 점, 용서하십시오."

치아눈이 음뢰격에게 예를 올렸다. 후계자에 대한 예우 때문인지 음뢰격도 치아눈의 무례를 탓하지 않았다.

치아눈의 시선이 살륙하에게로 옮겨졌다. 음뢰격을 닮은, 불똥이 뚝뚝 떨어질 듯한 강렬한 눈빛이었다.

"설명해 보아라, 그자가 곤필이 아니라고 생각하는 이유를."

하지만 살륙하는 코웃음을 칠 뿐, 역시 아무 대꾸도 하지 않았다. 자신이 인정하지 않는 후계자의 권위 따위는 알 바 아니라는 듯이.

실내의 분위기가 갑자기 살벌해졌다. 이를 지켜보던 음뢰격이 눈살을 찌푸렸다.

"둘째는 대답해라. 사안이 결코 가볍지 않은 이상 확실히 짚고 넘어가는 편이 좋겠다."

살륭하의 입술이 비로소 열렸다.

"자초지종을 말씀드리겠습니다. 먼저 만난 사람은 완안차였습니다. 그는 소자가 신전에 드는 것을 결사적으로 막으려고 했지요. 신전 출입을 허락한 사람은 한참 뒤에 나타난 숙야였습니다. 소자는 그때 이미 숙야가 모종의 수작을 부렸으리라 짐작했습니다."

오례해는 당시의 상황을 떠올려 보았다. 살륭하의 설명은 그녀가 기억하는 것과 다르지 않았다. 당시 신전으로 들어가도 좋다는 숙야의 말에 완안차가 크게 당황한 기색을 드러낸 것도 보았다. 하지만 그것만으로는 제관들을 의심할 수 없었다. 무엇보다도 신전에 엎드려 있던 사람은 제사장 본인이 분명했으니까.

살륭하의 설명이 이어졌다.

"제사장의 의관을 갖추고 신전에 엎드려 있던 자는 언뜻 봐선 분간하기 힘들 정도로 곤필을 닮았습니다. 만일 의심하는 마음이 없었다면 소자도 깜빡 넘어갔을지도 모릅니다. 하지만 소자는 그자가 진짜 곤필이 아니라는 결정적인 증거를 발견했습니다."

"그게 뭐냐?"

"딴에는 숨기려고 애쓰고 있었지만 그자의 호흡은 정상인과 다를 바가 없었습니다."

호흡?

오례해는 살륭하의 말뜻을 이해하지 못하고 눈을 끔뻑거렸다. 그러던 어느 순간, 그녀의 입에서 "아!" 하는 탄성이 터져 나왔다. 만일 그가 진짜 제사장이라면 호흡이 정상인과 같아선 안 되기 때문이었다.

음뢰격이 중얼거렸다.

"곤필이 비록 제사장에 오른 지는 얼마 되지 않지만 공양심식의 요체는 이미 터득했을 터. 호흡이 정상인과 같다면 말이 안 되지."

공양심식이란 뇌문의 제사장에게만 전수되는 호흡법이었다. 그 요체는 음유한 들숨과 양강한 날숨 사이를 최대한 길게 늘임으로써 자아의 비실체성을 관조하는 것에 있고, 제사장은 그것을 통해 스스로 종교적 최면에 빠질 수 있었다.

종교적 최면은 실로 많은 불가사의한 일들을 가능케 해 주었다. 사지가 잘리고도 고통을 느끼지 않을 수 있고, 불 위를 걸으면서도 신의 은총을 노래할 수 있으며, 스스로 목을 자른 뒤 그 목을 받들어 제단에 올리는 괴기스러운 일까지도 행할 수 있었다. 이 모든 것들은 지배자의 필요에 의해 기적으로 미화되었고, 피지배자의 무지에 의해 신의 실존으로 칭송되었다. 그런 의미로 볼 때, 공양심식은 종교로써 우민을 다스리려는 통치 수단의 하나라고도 할 수 있었다.

그리고 제사장 개인에게 있어서 공양심식은 외적인 고통으로부터 스스로를 보호해 주는 최선이자 최후의 보루이기도 했다. 그래서 제사장은 장시간 기도에 들 때마다 공양심식을 운용했고, 그것은 뇌족의 역사만큼이나 오래 이어져 온 암묵적인 관행이었다.

현임 제사장 곤필의 공양심식이 비록 일천하다고는 해도, 일단 그 안에 들면 평소와는 비교할 수 없이 긴 호흡을 이끌어 낼 수 있었다. 살륜하는 그 점에 주의를 기울였던 것이다.

"그것을 알았다면 왜 그냥 돌아온 것이냐?"

음뢰격이 매섭게 물었다. 그러나 살륭하의 표정은 여전히 담담했다. 입가에 떠오른 미소는 여유마저 느끼게 해 주었다.

"소자는 어둠 속에서 도법을 수련한 덕분에 청법聽法에 남다른 장점이 있습니다. 곤필을 가장한 자의 호흡을 잡아낼 수 있었던 것도 그 때문이었지요."

"그런데?"

"소자가 잡아낸 것은 단지 그자의 호흡만이 아니었습니다. 신전에는 그자 외에도 세 사람이 더 숨어 있었습니다. 길고 가느다란 호흡으로 미루어 하나같이 고수였습니다."

"숙야, 그 쥐새끼 같은 놈이 감히 신전에 외인들을 들였단 말이냐!"

음뢰격이 노성을 터뜨렸다. 하지만 조금 더 생각해 보면 그리 이상할 것도 없는 일이었다. 제사장을 바꿔치기 하는 대역무도한 자가 무슨 짓인들 못 하겠는가.

음뢰격은 한동안 씨근덕거리다가 살륭하를 노려보았다.

"그래서 그냥 돌아왔단 말이냐? 쥐새끼가 끌어들인 고수들이 그렇게도 두렵더냐?"

"소자가 꺼린 것은 오직 하나뿐이었습니다."

"그게 뭐냐?"

살륭하의 조그만 눈동자가 의미심장하게 빛났다.

"소자가 간파했다는 사실을 숙야가 눈치채는 것입니다."

"놈이 눈치채는 것을 꺼렸다?"

음뢰격은 살륭하의 대답을 한 번 음미해 보더니 갑자기 웃음을 터뜨렸다.

"으하하! 네 뜻이 거기에 이른 것을 미처 몰랐구나. 과연 내

아들이다! 저 어리석은 년에게 너를 딸려 보내길 정말 잘했다는 생각이 든다.”

살륭하의 얼굴엔 득의한 기색이 떠오른 반면, 치아눈과 오례해의 얼굴은 참담히 일그러졌다. 음뢰격은 부족의 풍습 따위는 가볍게 무시할 만큼 독선적인 인물이었다. 후계자를 갈아 치우는 일쯤은 말 한마디만으로도 가능한 것이다.

음뢰격은 침대 가장자리에 걸터앉더니 두 아들의 얼굴의 번갈아 바라보았다. 그는 우선 치아눈에게 물었다.

“내가 왜 갑자기 곤필의 안위에 신경을 쓰는지 아느냐?”

그것은 오례해가 줄곧 궁금하게 여기던 물음이기도 했다.

“그가 아무런 언질도 없이 갑작스럽게 폐관 기도에 든 때문이라고 생각합니다. 거기에 때마침 중원에서 들어온 인물들도 하나같이 보통내기들이 아니고…….”

치아눈의 대답이었다. 말끝을 얼버무리는 것이 친딸인 오례해의 귀에도 왠지 자신 없게 들렸다.

음뢰격은 못마땅한 눈길로 치아눈을 바라보다가 이번에는 살륭하에게 물었다.

“네 생각은 어떠냐?”

“중원에서 온 배가 바로 천표선이기 때문입니다.”

살륭하의 대답은 치아눈의 그것과 달리 자신에 차 있었다. 그러자 음뢰격이 무릎을 치며 기뻐했다.

“바로 맞혔다! 비각이 보낸 배가 다름 아닌 천표선이기 때문이다. 너는 미련한 첫째 부녀와는 달리 세심한 구석이 있구나!”

치아눈의 얼굴이 벌겋게 달아올랐다. 그는 음뢰격에게 물었다.

“소자는 아직도 잘 이해가 가지 않습니다. 천표선과 곤필이 대체 무슨 상관이 있기에…….”

“듣고도 깨우치지 못하다니 참으로 한심한 놈이로다!”

버럭 노성을 지른 음뢰격이 귀찮다는 투로 살륭하에게 말했다.

“네가 저 미련한 놈에게 설명해 주어라.”

“알겠습니다.”

치아눈을 향한 살륭하의 시선에 엷은 조소가 맺히기 시작했다.

“지금으로부터 반년 전, 동쪽 해안 백사장에선 실로 역사적이라고밖에 표현할 수 없는 위대한 실험이 거행되었소.”

“실험이라니? 무슨 실험?”

“흐흐, 형이 잊어버린 것도 무리는 아니지. 그 자리에 배석한 사람은 문주님을 포함한 극소수에 불과했으니까. 하지만 그날 밤 아버지께선 우리 형제들을 은밀히 부르시어 그 실험의 결과에 대해 간략히 말씀해 주셨소. 우리 여진족 사상 가장 위대하고도 가장 무서운 화기의 탄생을 말이오. 기억나오?”

치아눈의 두 눈이 어느 순간 크게 떠졌다.

“천장포千丈砲!”

“그렇소. 바로 그날은 천장포가 세상에 첫선을 보인 날이었소.”

살륭하의 얼굴에 맺힌 조소는 더욱 짙어졌고, 더불어 치아눈의 얼굴에 떠오른 참담한 표정도 농도를 더해 갔다. 이를 지켜보던 오례해는 어리둥절할 수밖에 없었다. 천장포가 대체 무엇이기에?

이때 음뢰격이 무거운 목소리로 말했다.

“천장포는 마물魔物이다.”

잠시 말을 멈춘 음뢰격의 얼굴엔 놀랍게도 은은한 두려움의 빛이 떠올라 있었다.

"과거에 존재했던 그 어떤 병기도 천장포와 비교하면 한낱 작대기, 돌멩이에 지나지 않는다. 개발에 참여했던 모든 이들도 그 위력 앞에는 입을 다물지 못했지. 그래서 나와 문주는 천장포의 존재를 당분간 비밀에 붙이기로 결정했다. 만에 하나 그 존재가 바다 건너에 알려지는 날엔, 온 천하가 가만히 있지 않을 것이기 때문이다."

천하를 움직일 만큼 위력적인 무기를 개발했다면, 그것은 순수하게 기뻐할 일만이 아니었다. 사람이든 조직이든 그릇과 비슷한 성질이 있어서, 그 안에 담을 수 있는 한도가 정해져 있었다. 한도를 초과한 물은 그릇을 넘치듯, 감당할 수 없는 귀물은 그것을 소유한 사람이나 조직을 파멸로 몰고 갈 수도 있는 것이다.

"그러나 그 자리엔 나와 문주만 있던 것이 아니었지. 당시 제사장이던 오고태도 있었고, 천장포를 개발한 제화사들, 그것을 백사장까지 운반한 인부들, 심지어…… 으음! 심지어는 부문주 아리수도 있었다."

아리수의 이름을 입에 담는 음뢰격의 얼굴은 길을 가다 뱀이나 전갈과 마주친 사람처럼 일그러져 있었다. 이것만 보아도 그가 아리수를 얼마나 위험한 존재로 여기는지 능히 짐작할 수 있었다.

"중구난방이라고, 문주의 명이 아무리 지엄한들 살아 있는 입들을 완전히 틀어막는 것은 불가능한 일이겠지. 그래서 나는 또 하나의 안전장치를 마련할 수밖에 없었다. 그 안전장치란 바로 축융을 천장포로부터 분리해 내는 것이었다."

"축융이 뭡니까?"

치아눈이 조심스럽게 물었다. 음뢰격은 살륭하의 얼굴을 슬쩍 쳐다보았다. 그 표정이 마치 '너는 아느냐?'라고 묻는 듯했다.

"소자도 축융이 무엇인지 궁금합니다."

살륭하마저 이렇게 말하자, 음뢰격은 만족스러운 표정으로 고개를 끄덕거렸다.

"모르는 것이 당연할 테지. 극비에 붙여진 일이니까. 축융은 천장포의 핵심이라고 할 수 있는 약실藥室을 구성하는 부품의 이름이다. 너희들도 알겠지만 화력이 강하다고 좋은 화기가 되는 것은 아니다. 그 화력을 안전하게 사용할 수 있어야만 좋은 화기라 할 수 있지. 천장포의 가공할 화력은 비전秘傳을 통해 농축된 특수 화약의 폭발력에서 비롯되는데, 기존의 재료, 기존의 제련술로는 그 폭발력을 감당할 수 없었다. 더 좋은 재료, 더 수준 높은 제련술이 필요했지. 비각과 손을 잡고 우리의 소중한 화기들을 헐값에 넘긴 것도 바로 그것들을 얻기 위해서였다. 그렇게 만들어진 것이 바로 축융……. 축융이 없는 천장포는 무게만 엄청나게 나가는 고철 덩어리에 지나지 않는다."

살륭하가 눈을 빛내며 물었다.

"그렇다면 축융은 현재 화기고가 아닌 다른 곳에……?"

"바로 보았다. 그리고 그 위치를 아는 사람은 나와 문주 그리고 오고태뿐이다. 오고태가 세상을 떠난 뒤에는 그 비밀이 곤필에게 전해졌으니, 이제는 나와 문주 그리고 곤필만이 축융의 행방을 알고 있는 것이다."

그러자 치아눈이 무엇인가를 깨달은 듯, 탄성을 내질렀다.

"아! 아버지께서 천표선에 유달리 신경을 쓰신 것이 바로 천장포의 무게 때문이었군요."

음뢰격이 그를 돌아보며 눈살을 찌푸렸다.

"둔한 놈, 이제야 눈치채다니. 비각의 문강이 어떤 위인인데, 단지 화창 몇 정과 팔열호 몇 근을 운반하려고 천표선과 같은 거선을 동원했겠느냐! 그는 우리가 그토록 감추려 애썼던 천장포의 존재를 알아차린 것이 분명하다."

"하지만 누가 천장포의 존재를 그자에게 누설했단 말씀입니까?"

"그것을 바다 건너 문강에게 흘릴 작자는 이 섬에서 오직 한 놈뿐이다. 놈이 마침내 마각을 드러낸 것이지. 곤필은 분명히 놈의 수중에 들어 있을 것이다. 놈은 곤필의 입을 통해 축융의 행방을 캐낼 작정인 게야. 그놈은 바로……."

음뢰격은 잠시 말을 멈췄다가, 적개심이 번뜩이는 눈빛으로 한 사람의 이름을 내뱉었다.

"아리수!"

"정말로 그렇게 생각하나?"

아리수가 고개를 갸웃거리며 물었다.

숙야는 아리수가 왜 저렇게 묻는지 이해할 수 없었다. 음뢰격이 보낸 정탐꾼들이 갑자기 신전에 들이닥쳤다. 그러나 숙야는 미리 준비해 둔 가짜를 이용해 정탐꾼들의 눈을 감쪽같이 속일 수 있었다. 이 보고가 뭐가 어떻기에 아리수는 저렇듯 반복하여 묻는 것일까?

"저는 놈들이 결코 눈치채지 못했다고 생각합니다. 그리고 설령 발각되었다 하더라도 큰 문제는 일어나지 않았을 겁니다. 저는 이미 신전 안에 부문주님께서 보내 주신 세 사람을 배치해 두었습니다. 만에 하나 놈들이 눈치챘다 한들 그 자리에서 충분히 처리할 수 있었을 겁니다.”

숙야가 자신 있게 대답했다.

아리수가 신전으로 파견한 세 사람은 과거 종남산 일대를 횡행하던 녹림의 대도 남산쌍흉南山雙兇과 아리수가 공들여 키운 충복 포리기하包吏其河였다. 살인을 하면서도 눈썹 한 번 찡그리지 않는다는 포리기하 하나만으로도 살륙하를 상대하는 데 모자라지 않을진대, 거기에 중원에서 방귀깨나 뀌고 살았다는 서웅각의 고수 둘이 보태졌으니 숙야가 저렇게 장담하는 것도 무리는 아니었다.

그러나 아리수는 숙야와 약간 다른 생각을 하고 있었다.

“과연 그럴까?”

아리수는 의자 등받이에 몸을 깊숙이 묻으며 말했다.

“물론 오례해야 나댈 줄 만 아는 철부지 계집애에 불과하지. 하지만 살륙하는 만만하지 않아. 자네는 그를 너무 과소평가한 것 같군.”

“예?”

“음뢰격이 단지 칼솜씨 하나만 믿고 살륙하를 보냈다고 생각하는가?”

숙야는 대답하지 못했다.

아리수가 말을 이었다.

“나는 음뢰격의 자손들 중 살륙하를 가장 높이 평가한다네. 그는 최소한 형보다 잘난 동생이거든.”

아리수는 빙긋 웃었다. 형보다 잘난 동생이란 그에게 있어서 결코 남의 얘기일 수 없는 것이다.

“살륙하에겐 진짜와 가짜를 구분하는 눈 정도는 있다네. 가짜로써 철없는 계집애의 눈은 속일 수 있겠지만, 살륭하의 눈까지 속였다고는 믿기 어려워."

숙야가 당황한 얼굴로 소리쳤다.

"그럴 리가 없습니다! 만일 그가 눈치챘다면 왜 순순히 신전을 떠났겠습니까?"

아리수는 대답 대신 가슴 앞에 깍지 낀 자신의 손을 무심히 내려다보았다. 잠시 후, 그의 입술 사이로 시선만큼이나 무심한 목소리가 흘러나왔다.

"연회 때문에 피곤하군. 그만 나가 보게나."

숙야는 실망했다. 상은 아니더라도 칭찬 한마디쯤은 기대하고 올린 보고인데 엉뚱한 소리만, 그것도 질책에 가까운 소리만 들은 것이다. 하지만 그는 안색을 고치며 허리를 굽혔다.

"이만 물러가겠습니다. 편히 쉬십시오."

아리수는 숙야가 방을 나간 뒤에도 한참 동안 자신의 손가락만 내려다보았다. 가슴에 파묻듯 숙인 고개와 축 늘어진 어깨는 정말로 피곤해 보였다. 그러나 그의 길쭉한 두 눈 속에선 어떠한 피로감도 발견할 수 없었다. 그것은 마치 유곽에 처음 발을 들여놓은 소년의 것처럼 기묘한 활력으로 빛나고 있었다.

그렇게 제법 오랜 시간이 흐른 뒤, 아리수는 천천히 고개를 들었다. 흉터가 종단하고 지나간 입술 위로 엷은 미소가 떠올랐다.

"그 노인네가 본격적으로 나설 모양이군. 다행이야. 시시한 싸움은 되지 않을 것 같으니."

새로운 투지가 일어난 것일까? 아리수의 깍지 낀 손가락 마디에서 뿌드득거리는 소리가 울려 나왔다.

(2)

독하다 하여 모두 장부는 아니겠지만, 모름지기 장부라면 독하지 않으면 안 된다. 그런 의미로 볼 때 지금 화왕성 내의 어떤 방 안에 홀로 앉아 있는 석대원은 세간에서 말하는 장부는 못 될지도 모른다.

석대원은 한 개의 목갑을 바라보고 있었다. 표면에 붉은 칠을 입힌 그 목갑은 매우 작았다. 남들보다 갑절 이상 큰 그의 손바닥에 올라 있는 탓에 더욱 작아 보일는지도 모른다.

목갑에 고정된 석대원의 눈동자는 끊임없이 흔들리고 있었다. 그것은 뚜렷한 갈등의 기미였다. 하지만 그의 갈등은 오래갈 수 없었다. 그에겐 한 남자가 측간에 다녀올 정도의 시간밖에는 주어지지 않았기 때문이다.

"이미 시작한 일, 무엇을 망설이겠는가."

석대원은 작은 혼잣말로 자신의 우유부단함을 일축한 뒤, 목갑의 뚜껑을 열었다. 이미 시작한 일이었다. 죄책감을 이유로 멈추기엔 이미 저질러 버린 일들이 너무 많았다.

목갑 안에서 나온 것은 환약丸藥 두 알이었다. 자두 씨만 한 크기라든지, 밀랍을 입힌 모양이 똑같아 일견 동일한 환약 같았다. 하지만 세심한 눈으로 찬찬히 살핀다면 한 가지 차이점을 발견할 수 있을 것이다. 붉은 금. 실처럼 가느다란 붉은 금이 오직 한 알의 환약에만 둘러져 있었던 것이다.

대수롭지 않아 보이는 붉은 금. 그러나 그것은 삶과 죽음을 경계 짓는 무서운 금이었다.

석대원은 빠른 손길로 두 알의 환약에 감싸인 밀랍을 벗긴 뒤, 그 안에 있던 황갈색 알갱이를 탁자에 놓인 두 개의 술잔에 집어넣었다. 자신의 술잔엔 붉은 금이 없는 환약의 알갱이를, 그리고 맞은편에 놓인 술잔엔 붉은 금이 있는 환약의 알갱이를.

각각의 알갱이들은 술에 들어가기가 무섭게 쉬익, 소리를 내며 녹았다. 흰 거품이 술 표면에 조금 떠올랐지만 그것도 금방 사라져 버렸다.

석대원은 술잔 주변에 무슨 흔적이 남았는가를 주의 깊게 살핀 뒤, 목갑을 올려놓은 왼손을 가볍게 말아 쥐었다. 그의 왼손 위로 은은한 홍광이 어리는가 싶더니 목갑은 형체도 없이 스러졌다. 이어 탁자 가장자리에 놔둔 밀랍 껍질을 궁촉宮燭에 올려 녹이니, 방 안에서 그가 행한 은밀한 공작의 자취를 찾기란 이제 불가능한 일이 되어 버렸다.

잠시 후, 문이 열리고 한 사내가 들어왔다. 이 방의 주인인 철교 왕풍호였다. 이때 석대원은 제법 큼직한 고깃점 하나를 집어 입으로 가져가고 있었다.

"무슨 놈의 소피를 그리 오래 보시오? 그냥 갈까 생각하던 중이었소."

석대원이 투덜거렸다.

"미안하네. 측간이 제법 떨어져 있어서 말이지."

왕풍호는 방을 가로질러 자신의 자리에 앉았다. 석대원은 씹던 고깃점을 삼킨 뒤 젓가락을 다시 놀리며 말했다.

"하기야 매에는 장사 없다지만, 그 매보다 참기 어려운 게 오줌 아니겠소?"

"흐흐, 천하제일 고수도, 천하제일 미녀도 아랫배 뻐근해지는 것만큼은 참지 못할걸."

이렇게 대꾸한 왕풍호는 고개를 양어깨 위로 두어 차례 흔들었다. 그러고는 머리를 꼿꼿이 세워 석대원을 바라보는데, 조금 전까지만 해도 내비치던 얼근덜근한 취기는 그의 몸 어디서도 찾아볼 수 없었다.

"노제에게 묻고 싶은 것이 있네."

석대원은 젓가락질을 멈추고 왕풍호를 바라보았다. 어쩌면 측간에 다녀오겠노라며 자리를 비운 것도 이 순간을 위해 정신을 가다듬고자 함이었는지도 모른다.

왕풍호는 지루할 만큼 느릿한 목소리로 물었다.

"신도표는 어디로 숨었나?"

석대원은 대답 대신 한 가지를 물었다.

"왕 형은 신도표의 행방을 알고자 아리수와 손을 잡은 것이오?"

대답을 듣지 못한 것에 기분이 상한 듯, 왕풍호의 눈가가 실룩거렸다. 하지만 그는 곧 석대원의 질문에 대답했다.

"솔직히 말하지. 아리수는 내게 몇 가지 조건을 제시했네. 하지만 만일 신도표의 행방을 아는 자네가 이 섬에 오지 않았다면, 나는 결코 아리수와 손을 잡지 않았을 걸세. 이제 되었는가?"

석대원은 왕풍호의 얼굴을 잠시 바라보다가 고개를 끄덕였다.

왕풍호가 다시 물었다.

"신도표는 지금 어디에 있나?"

"신도표는 왕 형을 팔아넘긴 대가로 복건성 안찰사按察使(성의 형옥을 관장하는 정삼품 벼슬 이름)의 직인이 찍힌 사면장을 받았소. 그 후 그가 숨어든 곳은 진회하秦淮河가 내려다보이는 화가촌花家村이란 작은 마을이오."

여기까지 말한 석대원은 왕풍호의 눈치를 살피며 넌지시 물었다.

"화花 자를 성으로 쓰는 씨족은 매우 희귀하오. 왕 형이라면 뭔가 짚이는 것이 있을 텐데?"

무언가를 골똘히 생각하던 왕풍호가 갑자기 큰 소리로 외쳤다.

"그 계집의 성이 화가였구나!"

석대원은 고개를 끄덕였다.

"음탕한 계집의 교태 뒤엔 추악한 배신이 그림자처럼 따라붙는다고 했소. 신도표는 오래전부터 왕 형의 애첩인 화접낭花蝶娘과 통정하고 있었소. 그가 왕 형을 밀고한 가장 큰 이유도 왕 형의 재산과 화접낭을 차지하려는 욕심에서였을 거요. 왕 형이 추포령을 피해 모습을 감추자, 연놈은 왕 형의 재산을 몽땅 정리하여 이 바닥엔 전혀 알려지지 않은 화접낭의 고향 화가촌으로 숨어들었소. 그러니 이런 사정을 모르는 왕 형의 친구들이 아무리 눈에 불을 켜고 돌아다녀도 신도표의 종적을 찾아낼 수 없었던 것이오."

석대원은 잠시 뜸을 들였다가 말을 이었다.

"내 짐작으로는 왕 형의 철교단이 황족이 탄 배를 건드린 것부터가 왕 형을 제거하려는 신도표의 계략이었던 것 같소."

"신도표, 이놈⋯⋯."

왕풍호의 두 눈이 새파랗게 빛났다.

쌍각귀雙角鬼 신도표는 과거 왕풍호가 이끌던 철교단 내에서 꾀주머니로 통하던 사내였다. 물길에 능하고 이해타산이 밝은 덕에 왕풍호는 그를 각별히 신임하였고, 그것을 바탕으로 자신의 입지를 꾸준히 굳혀 나간 그는 마침내 부단주라는 높은 자리에까지 오를 수 있었다.

그러던 어느 날 왕풍호는 강남의 거상 하나가 장강구長江口

앞바다에 놀잇배를 띄운다는 정보를 입수하게 되었다. 정보를 가져온 신도표는, 그 거상을 사로잡기만 하면 한두 해 장사는 공쳐도 될 만큼 많은 몸값을 받아 낼 수 있다며 철교단의 출행을 부추겼다. 왕풍호는 물론 주저하지 않았다. 신도표는 정보를 수집함에 있어서 매우 신중한 사람이었고, 그가 가져온 정보는 십중팔구 철교단에게 큰 이익을 안겨 주었기 때문이다.

그런데 하필이면 그 출행이 십중일이十中一二의 실패로 이어질 줄이야…….

놀잇배에 탄 사람은 일개 장사치가 아닌 당금 황제의 친척이었다. 철교단이 비록 거칠 것 없는 바다 사나이들의 집단이라고 하지만, 상대가 황족이라면 얘기가 달라질 수밖에 없었다. 황족을 인질로 몸값을 흥정한다는 것은 호랑이 간을 통째로 삶아 먹었다고 해도 꿈꿀 수 없는 일. 아니, 황족의 배를 습격했다는 이유만으로도 삼족이 박살 날 게 분명했다. 그래서 왕풍호는 살인멸구를 결심했다. 황족이고 나발이고 모조리 죽여 버린 뒤 배까지 불살라 버리면, 누구의 소행인 줄 어찌 알겠느냐 기대한 것이다.

하지만 왕풍호의 기대는 무참히 빗나갔다. 일을 벌인 뒤 닷새가 채 지나기 전, 그는 복건성 관아에 심어 둔 끄나풀로부터 자신의 용모파기가 만들어지고 있다는 전갈을 받은 것이다. 누가 밀고했는지 따질 겨를도 없었다. 그는 남부 삼 성省의 연합 수군이 수채로 진격해 오고 있다는 청천벽력 같은 소식에 모든 것을 팽개친 채 달아나야만 했다.

밀고자의 정체가 그토록 신임하던 부단주 신도표란 사실을 알게 된 것은, 왕풍호가 몇 번의 죽을 고비를 넘기며 이 금부도에 도착한 뒤로도 다시 두 해가 지난 다음의 일이었다. 뒤늦게 금부도로 도망쳐 온 철교단의 간부 축씨 형제로부터 복건성 안찰사가 신도표를 사면해 주었다는 소식을 전해 들은 것이다.

왕풍호는 미친 듯이 분노했다. 자신을 수렁에 빠뜨린 비열한 배신자를 갈기갈기 찢어 죽이고 싶었다. 그러나 중원으로 돌아가는 길은 너무 멀고, 그를 노리는 포쾌들의 눈빛은 너무 매서우며, 배신자 신도표의 종적은 너무 묘연하기만 했다.

결국 왕풍호는 모든 한을 가슴에 묻은 채 하루하루를 속절없이 흘려보낼 수밖에 없었다. 마치 혼을 잃어버린 사람처럼.

"놈이 배신한 이유를 오랫동안 궁금하게 생각해 왔지. 놈은 안찰사의 직인이 찍힌 종이 쪼가리 한 장을 바라고 철교단의 이인자 자리를 차 버릴 만큼 양심적인 놈이 못 되거든. 이제 노제의 말을 들으니 머릿속에 낀 안개가 일시에 걷히는 기분이군. 놈은 그 음탕한 화가 년과 짜고 내 재산을 손에 넣기 위해 치밀하게 함정을 파 놓았던 거야. 어리석게도 나는 그런 줄도 모르고 놈의 계획에 따라 꼭두각시처럼 움직였던 거고."

왕풍호는 이를 뿌드득 갈았다.

"너무 자책하지 마시오. 우리 같은 거친 남자들에겐 날 선 보검보다 무서운 게 간사한 음모가 아니겠소?"

석대원은 이렇게 위로하며 술잔을 들었다. 왕풍호도 쓰게 웃으며 술잔을 잡아 갔다.

두 알의 환약을 흔적 없이 삼킨 마유주는 두 개의 술잔에 담긴 채 탁자 위에서 가볍게 부딪친 뒤, 두 사람의 식도를 타고 부드럽게 흘러 들어갔다. 석대원의 눈빛이 아주 잠깐 흔들렸지만, 술잔을 꺾느라고 고개를 젖힌 왕풍호의 눈에 들어온 것은 물결무늬가 어지러운 별실의 천장뿐이었을 것이다.

술맛은 그대로였다. 혀끝으로 되돌아오는 시금털털한 향기

또한 그대로였다. 그 환약은 호교십군의 육군장 칠낭선생 천용이 장담한 대로 무미무취했던 것이다.

술잔을 말끔히 비운 왕풍호는 소매로 입가를 훔친 뒤 석대원에게 물었다.

"한데 그 더러운 놈이 화가촌에 숨어 있다는 사실은 어떻게 알았나?"

석대원은 주저하지 않고 대답했다.

"화가촌에서 얼마 떨어지지 않은 곳에 철심간鐵深澗이라는 계곡이 있소. 거기에 화리火鯉가 산다는 소문을 듣고 보신이나 할까 하는 마음에 낚싯대를 들고 며칠 머문 적이 있었소."

"그 소문이야 제법 오래된 것이지. 하지만 화리는커녕 붕어 한 마리 낚은 이도 드물다던데……."

"붕어 한 마리 못 낚긴 나도 마찬가지였소. 그런데 낚시를 포기하고 짐을 챙길 무렵 부근을 지나는 꽃놀이 행차와 마주치지 않았겠소. 별생각 없이 바라보던 나는 깜짝 놀랐소. 비단옷을 입고 가마에 앉아 졸부 냄새를 풀풀 풍기는 사내의 얼굴이, 특히 모자 아래로 튀어나온 두 짝의 귀가 매우 눈에 익었기 때문이오."

"귀? 맞아! 이름을 고치고 의복을 바꿔도 숨길 수 없는 것이 하나 있었군! 으하하하!"

왕풍호가 갑자기 통쾌한 웃음을 터뜨렸다. 신도표의 귀는 쌍각귀란 별호가 말해 주듯 매우 유별났다. 고양이 귀처럼 뾰족하게 생긴 탓에 언뜻 보면 마치 옆머리에 뿔이 달린 귀신처럼 보였던 것이다.

"나는 놈이 눈치채지 못하게 행차를 추격했소. 짐꾼 하나를 잡아 닦달한 결과, 놈이 퇴직한 관리 행세를 하며 화가촌 일대에서 떵떵거리고 살아간다는 사실을 알아낼 수 있었소."

이는 곧 전비의 말이기도 했다. 만일 전비와 왕풍호의 관계가 조금만 더 가까웠다면, 신도표는 벌써 오래전 전비의 손에 죽었을 것이다.

왕풍호가 잔인한 미소를 지으며 말했다.

"일전에 노제와 만난 자리에 그놈을 대동하고 있었던 것이 천행인가 보군."

"하늘은 신의를 배반한 자를 결코 어여삐 여기지 않소. 내가 아니더라도 그 탕남탕부蕩男蕩婦의 은신은 결코 오래가지 못했을 것이오."

이렇게 말하던 석대원은 순간적으로 미미한 현기증이 목덜미를 따라 내려가는 것을 느꼈다. 취기와 비슷했지만, 진기의 흐름이 불순해지는 느낌에서 차이가 있었다. 환약의 효과가 나타나기 시작한 것이다.

"더러운 연놈들! 조금만 기다려라! 갈가리 찢어 상어 밥을 만들어 줄 테니까."

왕풍호는 원수의 행방을 알아냈다는 기쁨에 사로잡힌 나머지 체내의 미묘한 변화를 눈치채지 못한 듯했다. 그는 마유주가 담긴 병을 덥석 움켜잡더니 병째로 들이켜기 시작했다. 석대원은 그런 그를 착잡한 시선으로 지켜보았다. 저렇게 병나발까지 불어 대니 약효가 온몸에 퍼지는 것은 시간문제였다.

석대원의 예상은 곧 현실이 되었다.

"오늘따라 조, 조금 빨리 취하는 것 같은데……?"

병 주둥이에서 입을 뗀 왕풍호는 자신도 모르게 말을 더듬고 있었다. 한 손으로 목덜미를 주무르는 까닭은 뒷골에서 시작된 묵직한 불쾌감 때문이겠지만, 정작 자신이 목덜미를 주무르고 있다는 사실조차 의식하지 못했을 것이다. 하기야 그가 모르는 것이 어디 그뿐이겠는가. 그는 자신의 낯빛이 분칠을 한 것처럼 회백색으로 물들어 간다는 사실도, 그리고 그 얼굴 가득 찐득한 땀방울이 배어 나온다는 사실도 알아차리지 못했을 것이다.

이 시점에 이르러서는 석대원 또한 손바닥에 땀이 고이는 것을 느꼈다. 초여름이긴 하지만 그리 덥지 않은 한밤중에 손바닥에 땀이 고인다는 것은 체온을 유지하는 기관이 제 기능을 상실했다는 증거였다.

석대원은 잠시 망설였다. 왕풍호에게 그 이야기를 해 줄 것인가, 말 것인가? 망설임은 짧았고, 그는 뻣뻣한 느낌이 번져 오는 오른손을 움직여 허리춤에 차고 있던 주머니 하나를 꺼냈다. 다행히도 그의 혀는 아직 경직이 시작되지 않았다. 그는 낮고 무거운 목소리로 왕풍호를 불렀다.

"왕 형, 보여 주고 싶은 것이 있소."

고개를 들어 석대원에게 초점을 맞추려 애쓰는 왕풍호의 눈동자는 퇴색하기 시작한 나뭇잎처럼 생기를 잃어 가고 있었다.

석대원은 주머니를 열어 그 안에 담긴 내용물을 탁자에 쏟았다. 허연 가루가 엉겨 붙은 불그스름한 육편 두 쪽이 탁자에 툭 떨어졌다. 육편들의 크기는 갓난아이 손바닥만 했다. 한쪽 끝은 둥그스름하고 반대쪽 끝은 뾰족해 전체적인 형태가 마치 떨어지는 물방울 같았다.

왕풍호의 눈가에 잔 경련이 이는 것은 비단 약효 때문만은 아니리라.

"이, 이것은…… 이, 이……."

왕풍호의 입술은 그 뒤로도 몇 차례 달싹거렸지만 목소리를 만들어 내는 데는 실패했다. 자두 씨만 한 환약이 품은 무서운 독성은 이토록 짧은 시간 사이에 철교왕이라는 건장한 사내를 목소리조차 제대로 내지 못하는 반송장으로 만들어 버린 것이다.

석대원은 우울한 목소리로 말했다.

"이게 뭔지 알아보는 모양이구려."

그가 탁자에 꺼낸 육편들의 정체는 사람의 귀, 그것도 쌍각귀 신도표의 귀를 소금에 절인 것이다.

전비의 모습으로 변장해 무양문을 출발한 석대원은 천표선에 합류하기 위해 사해포로 가는 도중 화가촌에 들러 왕풍호를 배신한 신도표와 화접낭의 목을 베었다. 자신과 직접적인 원한 관계가 없는 사람을 둘씩이나 죽였지만, 꺼리는 마음은 일어나지 않았다. 그 연놈들로 말하자면 죽어 마땅한 자들. 그가 오히려 부담스럽게 여긴 것은 왕풍호를 죽이는 일이다.

"왕 형의 술잔에 독을 넣은 것은 나요. 원수를 갚아 준 대가라고 말하진 않겠소. 단지 우리가 가는 길은 처음부터 달랐고…… 서로의 길이…… 지금 엇갈렸을…… 뿐이오."

석대원의 혓바닥도 서서히 굳어 가고 있었다. 몸 주위를 둘러싼 공기도 점점 무거워지는 느낌이었다. 왕풍호의 증상은 그보다 훨씬 심각해, 땀으로 범벅이 된 창백한 얼굴에 거뭇거뭇한 반점이 피어나고 있었다.

"대, 대체…… 왜……?"

경련이 멈추지 않는 왕풍호의 입술 사이로 힘겹게 새어 나온 물음이었다. 하기야 그로서는 궁금할 수밖에 없었을 것이다. 전비는 비각의 비영이고, 그는 아리수의 협력자였다. 비각과 아리수가 한패가 된 마당에, 전비가 그에게 독을 쓴다는 것은 도저히 납득할 수 없는 일이었을 것이다.

"나는…… 전비가 아니오."

석대원이 대답했다. 짧은 대답이지만 상황을 설명하기엔 충분했다.

왕풍호는 눈을 부릅떴다. 그러나 눈동자는 바늘 끝처럼 오그라들어 있었다. 그 눈동자의 긴축이 풀린 순간, 경련이 멈춘 입술 사이로 허연 거품이 뿜어 나왔다. 그와 함께 왕풍호의 머리가 탁자에 떨어졌다. 배신자에 대한 복수를 다짐하며 새로운 삶의 의욕을 불태우던 남해의 난폭자는 이렇듯 허무하게 생을 마감하고 만 것이다.

"미안하오."

석대원은 진심으로 그렇게 생각했다. 강호에 출도한 이후 적지 않은 사람들의 목숨을 앗은 그였지만, 목적을 달성하기 위한 수단으로써의 살인은 이번이 처음이었다.

몸이 더욱 무거워졌다. 강철같이 단련된 팔뚝까지 푸들푸들 떨리고 있었다. 왕풍호가 먹은 것보다야 못하겠지만 그래도 지독한 독이었다. 자신에게 허락된 시간이 그리 많지 않음을 깨달은 석대원은 최후의 내공을 끌어 올려 신도표의 귀를 육즙으로 짓이겼다.

'이제 남은 것은 어떻게 쓰러지느냐뿐인데…….'

석대원은 탁자에 엎어진 왕풍호의 상태를 살폈다. 의복 밖으로 드러난 왕풍호의 피부는 크고 작은 반점으로 뒤덮여 있었다. 그런 반점은 어느새 석대원의 오른손 손등에도 자리 잡고 있었다.

'고약하게 됐군.'

역용액이 굳어 이루어진 가짜 얼굴에까지 반점이 생길 리는 없을 터. 반점의 흔적을 감추려면 한 가지 방법밖에 없었다. 그는 탁자에 널린 음식 접시들 중에서 국물이 가장 걸쭉한 것을 골라 그 위에 얼굴을 처박았다.

와장창!

탁자가 그의 몸무게를 견디지 못하고 요란하게 뒤집어졌다. 그릇과 술병의 파편이 음식들과 함께 바닥에 널려, 실내는 삽시간에 난장판이 되고 말았다.

'그녀가 이 꼴을 보고 웃지나 않으면 좋겠군.'

의식이 끊어지기 직전, 그가 떠올린 생각이었다.

(3)

석대원이 음식 국물을 얼굴에 처바른 채 방바닥에 엎어진 그 시각, 금부도의 북쪽 해안에선 또 다른 사내가 광활한 백사장에 엎드려 환호를 지르고 있었다.

"오! 오! 오!"

반질반질한 대머리에 좌우 균형이 맞지 않은 이목구비 그리고 황소처럼 튼튼한 몸뚱이를 지닌 사내. 지옥 같은 뱃멀미를 마치고 드디어 육지에 발 디딘 무양문의 무쇠소 마석산이다. 그는 난생처음 자신의 땅을 얻은 가난한 농부처럼 모래를 움켜쥐고 냄새를 맡는다, 맛을 본다, 온갖 법석을 떨었다.

보다 못한 좌웅이 핀잔을 던졌다.

"어린애처럼 이게 무슨 짓인가? 어서 일어나게."

마석산은 좌웅을 올려다보며 눈물을 쏟을 듯한 얼굴로 말했다.

"형님, 단단한 땅을 딛는다는 게 이렇게 황홀한 일인 줄 몰랐수. 앞으로는 배때기에 칼이 들어오는 한이 있더라도 배 같은 건 타지 않을 거유."

좌응은 실소를 삼켰다. 이 섬에 눌러살 작정이 아닌 다음에야 돌아가는 길에 배를 한 번 더 타야 하는 것은 당연한 일인데, 저 멍청한 놈은 그 간단한 생각도 못 하고 저런 소리를 지껄이는 것이다. 그렇지만 지금 일깨워 줘 봤자 좋은 꼴 보기란 힘든 노릇이라서 좌응은 마석산의 생각 짧은 흥취를 그냥 방치하기로 했다.

더위가 시작되는 오월이라지만 바닷가의 새벽 공기는 젖은 몸을 충분히 떨리게 만들 만큼 차가웠다. 상현의 부푼 달은 산 그림자에 절반쯤 몸을 가린 채 서쪽으로 기울었고, 백사장을 간단없이 두드리는 파도 소리는 몹시도 을씨년스러웠다. 절해고도의 새벽.

좌응은 주위를 둘러보았다. 어둠이 짙게 깔린 백사장 여기저기엔 많은 수의 그림자들이 흩어져 있었다. 그 수는 물경 일백. 풍백쾌주에서 하선하여 항해의 최종 목적지인 금부도에 무사히 상륙한 무양문도들이었다.

그들의 의복은 흠뻑 젖어 있었다. 적의 이목을 꺼린 선주 이자심은 풍백쾌주를 해안에서 제법 떨어진 암초 뒤에 정박시켰고, 그로 인해 무양문도들은 백 장에 달하는 물길을 헤엄치다시피 건너야만 했다. 하지만 어둠 속에서 번뜩이는 그들의 눈은 고양이의 그것처럼 싱싱하게 살아 있었다. 그 소리 없는 기세가 이군과 십군에서 추리고 추린 정예다웠다.

그러던 중 사람들로부터 조금 떨어진 곳에 우두커니 서 있는 노인 하나가 좌응의 시선에 들어왔다. 구부정한 허리에 한 손에는 지팡이, 다른 손으론 삼베 천으로 친친 감은 막대기 닮은 물건을 소중히 감싸 안은 왜소한 노인. 이 섬에 침투한 별동대 가운데 유일하게 무양문도가 아닌 이방인, 한로였다.

달빛에 비친 한로의 얼굴엔 수심이 가득 차 있었다. 좌응은 물론 그 수심이 어디서 연유되었는지 잘 알고 있었다. 그는 나직한 헛기침으로 말문을 열었다.

"흠, 새벽 공기가 찬데 어서 의복을 말리시구려."

한로는 다만 땅이 꺼져라 한숨을 내쉴 따름이었다. 좌응은 혀를 찬 뒤 한로의 소매를 슬쩍 거머쥐었다. 잠시 후 두 사람의 의복이 공처럼 부풀더니 허연 수증기가 뭉클뭉클 피어오르기 시작했다. 좌응의 내공은 호교십군의 이 인자답게 심후했다. 두 사람의 의복이 빠닥빠닥하게 마르는 데엔 그리 오랜 시간이 필요치 않았다.

좌응이 소매를 놓고 물러서자 한로가 근심 어린 목소리로 말했다.

"나는 열두 해 전부터 단 하루도 소주의 곁을 떠나 본 적이 없었소. 심산유곡에서 소주가 수련하던 시절에도 마을에 혼자 내려갈 일이 생기면 미친놈처럼 뛰어서 산을 오르내렸소. 소주 혼자 밤을 보내지 않게 하기 위함이었소. 그런데…….."

더 이상 말을 잇지 못하고 또 한 번 한숨을 내쉬는 한로에게 백 마디 위로가 무슨 소용이 있으랴. 좌응은 안쓰러운 가운데에도 일말의 노파심이 일었다. 만에 하나 믿었던 석대원의 신상에 티끌만 한 해라도 생긴다면, 제 주인 귀한 줄만 아는 저 충직하고도 고지식한 노인네는 이 작전을 입안한 육건을 산 채로 절구질하려 들지도 모른다.

"군장님!"

멀끔한 인상의 중년인 하나가 좌응에게 다가왔다. 그는 팔꿈치까지 올라오는 시커먼 토시를 차고 있었는데, 어둠 속에서도 은은한 묵광이 번들거리는 게 예사로운 물건은 아닌 듯했다.

"이곳은 눈에 띄기 쉬울 것 같습니다. 어서 적당한 은신처를 확보해야 하지 않을까요?"

십전박十全膊 황사년黃思年.

좌응이 지휘하는 이군의 부군장이자, 팔꿈치에서 손가락 끝까지의 한 자 반 남짓한 하박을 사용하는 데에는 무양문은 물론이거니와 강남을 통틀어도 따를 자가 없다는 육박전의 달인이었다. 그의 팔뚝에 채워진 토시는 오금사烏金絲로 촘촘히 짠 얇은 철망을 아홉 겹 덧댄 것으로, 단봉과 방패의 효용을 동시에 얻을 수 있는 기문병기였다.

좌응은 아직도 백사장에 엎드려 있는 십군장 마석산을 힐끔 쳐다본 뒤 황사년에게 말했다.

"십군의 다른 간부들과 의논하여 척후대를 파견하도록 하게. 풍백쾌주와 연락을 취할 일이 생길지도 모르니 거점은 가급적 해안에서 가까운 곳으로 알아보도록 하고."

"알겠습니다."

황사년은 눈치가 빨랐다. 그는 좌응의 의중을 파악하고는 마석산을 멀찍이 돌아 십군의 부군장 추임에게로 갔다.

잠시 후, 두 명이 한 조로 구성된 다섯 무리의 척후대가 어둠 속으로 빠르게 사라졌다. 그들이 출발한 직후, 좌응은 마석산에게 다가갔다.

"할 일이 태산인데 여기서 날 샐 작정인가?"

마석산은 눈을 끔뻑이다가 돌연 움켜쥔 모래를 팽개치며 벌떡 일어섰다.

"형님 말이 맞수. 할 일이 태산이지."

그러나 두 사람의 '할 일'이 얼마나 다른 것인지는, 좌응이 근처의 천연 방풍림 너머로 일행을 이동시킨 뒤 곧바로 판명되었다. 마석산은 방풍림의 마른땅에 엉덩이를 붙이기가 무섭게 자신의 할 일을 수행하기 시작했다.

"야! 호연육!"

조금 떨어진 곳에 앉아 있던 호연육은 마석산의 호명에 엉거주춤 엉덩이를 들었다.

"저…… 말인가요?"

"호연육이 너 말고 또 있니? 빨리 못 뛰어와!"

마석산이 콧김을 뿜어내며 소리치자 호연육은 부리나케 달려왔다. 정확한 이유야 알지 못했지만 직속상관의 심기가 현재 매우 불편하다는 사실을 눈치챈 것이다.

호연육이 앞에 당도하기가 무섭게 마석산은 오른손 인지를 아래로 까딱거렸다. 이것은 십군 내에서 모르는 사람이 없을 만큼 유명한 수신호였다. 호연육은 두말하지 않고 마석산 앞에 무릎을 꿇었다.

마석산은 높이가 적당해진 호연육의 어깨에 손을 척 얹었다.

"넌 내가 칵 뒈져 버려야 속이 시원하겠지?"

백이면 백 그렇겠지만 그대로 털어놓을 순 없었을 것이다.

"무슨 그런 황공한 말씀을……."

"그게 아니면 배에서 내가 불렀을 때 왜 도망갔니?"

호연육은 몸을 부르르 떨었다.

"그, 그게 아니고…… 그때에는 너무 일손이 부족해서……."

호연육은 변명을 늘어놓다 말고 벌렁 자빠졌다. 마석산이 그의 가슴팍을 걷어찬 것이다. 책상다리로 앉은 자세에서 저런 퇴법腿法이 나올 수 있다는 것은 매우 신기한 일이지만, 십군의 문도들에겐 익히 보고 겪은 일이었다.

호연육이 재빨리 일어서 본래의 무릎 꿇은 자세를 회복했다.

"배에 있던 손이 몇인데 네 원숭이 발바닥 같은 손까지 필요해! 난 누워서도 구만 리를 보는 사람이야, 이 거짓말쟁이 새끼야! 내가 너 도망치는 걸 못 봤을 줄 아니?"

당시 달아난 사람은 호연육 혼자가 아니었던 관계로, 그리 멀지 않은 곳에서 있던 추임과 강평은 낯빛이 핼쑥해지지 않을 수 없었다. 하지만 마석산은 그들에게 눈길조차 주지 않았으니, 누워서도 구만 리를 본다는 말은 허풍임에 분명했다. 그러니 호연육은 참 재수도 없다. 뱃멀미로 다 죽어 가던 놈의 눈조차 피하지 못했으니 말이다.

이 경우 호연육이 할 일은 오직 하나뿐이었다.

"죽을죄를 졌습니다!"

마석산은 씩 웃으며 호연육의 어깨를 두드렸다.

"알긴 아는구나. 어떻게 죽여 줄까?"

"죽을죄를 졌습니다!"

죽는 방법까지 말했다가는 구제받을 길이 영영 사라진다고 믿었는지, 호연육은 오직 그 말만을 반복했다.

"험! 호연육의 죄가 작지는 않지만 그래도……."

"당 노인도 잘한 거 없으니까 찍소리 말고 쭈그러져 있어."

점잖은 목소리로 호연육을 변호하던 당 노인이 찔끔 고개를 움츠렸다. 이때 강풍이 쭈뼛거리며 마석산에게 다가갔다.

"군장님, 죄인의 처벌은 제게 맡겨 주시는 것이……."

마석산은 눈을 부라렸다.

"네가 뭔데?"

"십군의 지, 집법기주執法旗主입니다."

"뭔 기주?"

강풍은 품에서 집법執法이라고 쓰인 삼각형의 소기小旗를 꺼
내더니 상관의 눈에 거슬리지 않을 정도로 살랑살랑 흔들어 보
이며 대답했다.

　"집법기주요."

　마석산은 대머리를 손가락으로 문지르며 뭔가를 골똘히 생각
하다가 무릎을 탁, 내리쳤다.

　"맞아, 내가 널 집법기주로 임명했지."

　강풍은 안도의 한숨을 쉬며 말했다.

　"지난 연말에 임명하셨습니다."

　자신의 권세가 누구를 무슨 자리에 임명할 수 있다는 사실에
새삼 우쭐해진 듯 마석산은 한동안 흡족해하다가, 돌연 얼굴을
굳히며 시비조로 물었다.

　"네가 집법기주면 집법기주지, 왜 저 새끼를 처벌하겠다는
거니?"

　강풍은 침착하게 대답했다.

　"집법기주는 군 내의 죄형사罪刑事를 총괄하는 임무를 맡고
있습니다. 다시 말해 군장님의 위엄을 손상시킨 죄인들을 처벌
하는 직책이지요."

　이 말이 상당히 주효했던 모양이다. 마석산은 호연육을 힐끔
거리며 못내 아쉬운 듯 입맛을 다셨다.

　"집법기주가 그런 일을 하는 자리였나? 누구 한 놈 제대로 말
해 주는 새끼가 있었어야지."

　"형규에 의하면, 작전 중 죄를 지은 자는 그 죄를 소상히 기
록해 두었다가 작전이 종결된 뒤 처벌한다고 나와 있습니다."

　"형규란 게 원래 그렇게 미지근한가? 지금 확 조져 버리면 안
되는 거야?"

강풍은 대답 대신 재빨리 물었다.

"그러면 죄인을 압송해 형규대로 조치해도 좋겠습니까?"

마석산은 강풍이 쥔 집법기와 호연육의 얼굴을 번갈아 바라보다가 마지못한 얼굴로 고개를 끄덕였다.

"집법기주 강풍, 군령을 받들겠습니다!"

대체 군령을 받든다는 것이 뭘까? 압송이란 게 발끝으로 엉덩이를 툭 차 일으킨 뒤 마석산의 눈에 띄지 않도록 멀찍이 데려가는 것이요, 조치란 게 "욕봤소."라고 위로하는 것이며, 죄인의 첫 진술이란 게 "사는 게 뭔지⋯⋯."라는 신세 한탄이니 말이다.

"나 배고프다!"

벼르던 일을 얼추 마무리 지은 마석산이 누구에게랄 것 없이 소리쳤다. 하루 다섯 끼 꼬박꼬박 챙겨 먹던 놈이 지난 며칠 한 끼도 먹지 못했으니 그 배가 어찌 아니 고프겠는가. 이 사정을 잘 아는 부군장 추임이 달려왔다.

"시장하시죠?"

추임은 기름종이로 감싼 큼직한 꾸러미 하나를 두 손으로 받쳐 올렸다.

"물론이지!"

마석산은 추임이 내민 꾸러미를 두 손으로 덥석 움켜쥐더니 멀쩡한 매듭은 본체만체 두 손으로 쫙 찢어 버렸다.

"이게 뭐야, 떡이잖아? 이따위 밀가루 덩어리밖에 없어?"

마석산의 얼굴이 흉악하게 일그러졌다. 추임은 우물쭈물하다가 품에서 다른 꾸러미 하나를 꺼냈다.

"거, 건포도 있습니다만 오랜 공복에 육류는 좋을 것 같지 않아서⋯⋯."

마석산은 코웃음을 치며 자신의 배를 탕탕 두드렸다.

"내 배는 나한테 달렸는데 네가 뭘 안다고 참견이니? 어서 안 내놔?"

추임은 두말없이 건포 꾸러미를 제미齊眉, 마석산에게 올렸다. 마석산은 앞서와 같은 방법으로 꾸러미를 개봉한 뒤, 그 안의 건포를 정신없이 먹기 시작했다. 암소 뱃살을 두툼히 저며 응달에 꾸둑꾸둑 말려 놓은 먹음직스러운 건포가 채 벗겨지지 않은 기름종이와 뒤섞여 그의 배 속으로 넘어갔다.

추임 이하 십군의 전 간부들이 부활한 마석산으로 인해 곤욕을 치르고 있는 동안, 척후로 파견된 문도들이 속속 귀환했다. 그들이 수집해 온 정보는 한 사람에게 모아졌다. 그 사람의 이름은 오계악吳桂樂. 이군에 소속되어 있으며, 관자놀이까지 뻗은 눈썹과 깔끔하게 다듬은 수염이 강호인이라기보다는 관리에 더 어울리는 노인이었다. 무공 방면으로 그리 뚜렷한 성취를 이루지 못한 그가 노구를 이끌고 이번 작전에 참가하게 된 것은, 여타 강호인이 갖추지 못한 야전 지휘력을 인정받았기 때문이다. 그런 능력은 그가 무양문에 투신하기 전까지 쌓아 올린 혁혁한 군문軍門의 이력에서 비롯된 것이었다.

수집된 정보를 정리 분석한 오계악이 좌응에게 건의했다.

"해안을 따라 동쪽으로 두어 리 가면 협곡이 한 군데 나오는데, 숲이 우거지고 지세도 험해 은신하기에 용이할 듯합니다."

"협곡이라면 식수를 확보하는 데에도 어렵지 않겠군. 오 천호의 의견대로 합시다."

오계악은 무양문 내에서 오 천호로 통했다. 그가 한때 요동도지휘사사都指揮使司에서 부천호副千戶 자리에 있었기 때문이다. 부천호란 천호를 보필하는 참모로서 휘하 군대의 병참을 관장

하는 자리인데, 그 역할을 얼마나 능란하게 수행했는지 현세소
하現世蕭何라는 별명까지 얻었다고 한다. 그의 능력이 전한 시대
의 유명한 병참관인 소하에 비견된다는 뜻이었다.

좌웅은 그곳에서 반 각쯤 더 휴식을 취한 뒤, 인원을 정비하
여 동쪽으로 이동하기 시작했다. 그들이 해안을 따라 이동하는
동안 동녘 하늘은 여명으로 물들어 가고 있었다.

(4)

─문령門令을 받는 모든 간부들을 뇌화각으로 소집하라!

민파대릉이 그날 밤 순찰 책임자인 철웅대주 다후격에게 소집
령을 하달한 것은 아직 동창이 밝기 전인 인시寅時(오전 네 시 전후)
말이었다.

소집령을 접한 뇌문의 모든 간부들은 뇌화각 일 층 회의실에
집결했다. 지난밤 환영연의 여파 탓인지 하나같이 부스스한 기
색이었다. 그 수는 무려 팔십여. 넓은 회의실은 금방 포화 상태
가 되었고, 직위가 낮은 사람들은 자리를 차지하지 못해 서 있
어야만 했다.

잠시 후, 민파대릉이 회의실 안으로 들어왔다. 앉아 있던 사
람들이 일제히 일어섰다.

"인원을 보고하라."

민파대릉이 지시하자, 소집령을 하달한 다후격이 점고해 둔
내용을 보고했다.

"신전을 제외한 전 부서의 간부 팔십칠 명이 집결했습니다."

제사장이 관할하는 신전은 뇌문 내에서 문주의 명령권이 미

치지 않는 유일한 조직이었다. 민파대릉은 고개를 끄덕이고는 단에 마련된 상석에 자리 잡았다. 그가 앉기를 기다려 일어섰던 사람들이 저마다 자리에 앉았다.

민파대릉은 사람들의 얼굴을 둘러보았다. 곤충을 닮은 그의 우스꽝스러운 얼굴이 지금은 보는 이로 하여금 두려움을 느끼게 할 만큼 경직되어 있었다. 꿀꺽. 누군가 침을 삼키는 소리가 사람들의 귓전에 또렷이 울렸다.

이윽고 민파대릉 입술 사이로 무거운 목소리가 흘러나왔다.

"지난밤 변고가 발생했다."

소리 없는 동요가 잔물결처럼 회의실 안으로 번져 나갔다.

"오랫동안 우리 섬에 몸을 의탁했던 철교왕과 어제 도착한 비영 중 한 사람이 누군가의 암수에 당한 것이다."

사람들의 얼굴에 경악의 빛이 떠올랐다. 몇몇의 경우는 더욱 그러했는데, 앞줄에 앉아 있던 체항이 그 대표적인 예였다. 그는 새파랗게 질린 얼굴로 옆자리에 앉은 아리수를 돌아보았다. 그의 눈빛은 대체 어찌 된 영문이냐고 묻고 있었다.

그러나 아리수는 체항에게 눈길조차 주지 않았다. 다만 민파대릉의 입술만을 뚫어지게 응시할 따름이었다.

사람들 틈에서 우렁우렁한 목소리가 터져 나왔다.

"조금 더 상세히 설명해 주시오! 대체 그들이 어떤 암수에 당했다는 말씀이오?"

그 목소리의 주인은 치아눈과 살륭하를 좌우에 거느린 대장로 음뢰격이었다.

"극독에 당했습니다. 철교왕은 그 자리에서 절명했고, 비영은 중태에 빠졌습니다."

민파대릉의 대답에 사람들이 웅성거리기 시작했다. "독이라고요?", "누가 그들에게 독을 썼단 말입니까?" 등의 질문들이 동시다발적으로 터져 나왔다. 그러나 이러한 웅성거림은 "조용히!"라는 민파대릉의 한마디에 거짓말처럼 자취를 감췄다.

민파대릉은 문 쪽을 향해 외쳤다.

"끌고 와라!"

그 말이 끝나기가 무섭게 세 사람이 회의실로 들어왔다. 가운데 선 사람은 살집이 피둥피둥한 중늙은이였는데, 굵은 밧줄에 단단히 결박당한 상태로 양쪽 팔꿈치 관절을 좌우의 장한들에게 틀어잡혀 있었다. 그의 좌우에 나눠 선 장한들은 벼락 문양이 수놓인 붉은 두건을 이마에 두르고 있었다.

저 붉은 두건이 민파대릉의 직속 친위대, 호뢰단護雷團을 상징한다는 사실을 모르는 사람은 적어도 이 회의실 안에는 없었다.

도검불침의 외문기공을 자랑하는 예마霓摩를 단주로 하여 총 스물여덟 명으로 구성된 호뢰단은, 단원 개개인의 능력이 뇌문삼대의 조장급과 맞먹는다고 알려져 있었다. 규모는 비록 작지만, 문주의 명이라면 물불을 가리지 않는 맹목적인 충성심과 지위 고하를 고려하지 않는 친위대 특유의 단호함으로 금부도 내의 모든 주민들에게 공포의 대상으로 인식되어 온 호뢰단. 그런 호뢰단에 잡혀 온 저 중늙은이는 대체 무슨 중죄를 저지른 것일까?

민파대릉은 차가운 눈으로 중늙은이를 노려보다가 물었다.

"네가 두 사람이 먹은 음식을 만든 요리사가 맞느냐?"

중늙은이는 감히 소리 내어 대답하지도 못하고 온몸을 와들와들 떨기만 했다. 어찌나 심하게 떨어 대는지 그를 틀어잡고 있는 호뢰단원들의 몸까지 흔들리는 듯했다.

"말을 하지 않아도 좋다. 그러나 살고 싶다면 스스로를 변론해야 한다."

민파대릉의 이 말이 중늙은이의 막힌 목청을 트이게 만들었다.

"소인은 아무 짓도 하지 않았습니다! 소인은 그저……!"

"조용히!"

민파대릉은 손을 들어 중늙은이의 말을 막았다.

"판단은 내가 한다. 너는 묻는 말에만 대답해라."

중늙은이는 창백해진 얼굴로 어깨를 움츠렸다. 민파대릉이 다시 물었다.

"네가 그 방으로 들어간 음식을 만든 요리사가 맞느냐?"

"그, 그렇습니다."

"두 사람은 그 방에서 중독되었다. 너는 그 일에 대해 어떻게 설명하겠느냐?"

중늙은이는 절규하듯 외쳤다.

"소인은 모르는 일입니다! 주방에서나 일하는 천한 놈이 독 같은 흉측한 물건과 무슨 상관이 있겠습니까?"

"그래?"

민파대릉은 중늙은이에게 주었던 시선을 거두더니 문가를 향해 다시 외쳤다.

"옮겨 오너라!"

이번에는 네 명의 호뢰단원이 커다란 목관 하나를 어깨에 떠메고 회의실로 들어왔다. 그들이 들어오자 독한 칠 냄새가 사람들의 코를 찔렀다. 이는 목관에 발린 칠이 완전히 마르지 않았음을 의미했다.

그들은 민파대릉 앞에 목관을 내려놓은 뒤 몇 걸음 물러섰다.

"약선당주."

민파대릉의 호명이 있자 한 여인이 앞으로 나왔다. 뇌문 내의 약리 업무를 통괄하는 약선당주 목목태였다. 평소 요염한 미소가 떠나지 않던 그녀의 얼굴은 지금 이 순간 긴장으로 인해 딱딱하게 굳어 있었다.

"관 안에는 철교왕의 시신이 있다. 어떤 독에 당했는지 파악하도록."

시체, 그것도 불과 하루 전만 해도 음모를 함께 도모하던 동지의 시체를 검시檢屍한다는 것은 결코 유쾌한 일이 아니었다. 그러나 문주의 명은 지엄했다. 목목태는 좋건 싫건 왕풍호의 시신에 얼굴을 박고 그를 죽음에 이르게 만든 독이 무엇인지 살필 도리밖에 없었다.

그녀가 독의 종류를 파악하는 데엔 긴 시간이 필요하지 않았다. 다시 치켜진 그녀의 얼굴은 백지장처럼 하얗게 질려 있었다. 그런 그녀에게 민파대릉이 물었다.

"알아냈나?"

목목태가 머뭇거리자 민파대릉이 재촉했다.

"말하라!"

목목태의 목에서 바위에 짓눌린 듯한 목소리가 흘러나왔다.

"반와합궁액입니다."

이 대답은 회의실에 모인 사람들을 또 한 번 웅성거리게 만들었다. 민파대릉은 손을 들어 사람들의 동요를 진정시킨 뒤 목목태에게 다시 물었다.

"확실한가?"

"반와합궁액에 중독되면 혈압이 급속히 떨어지게 됩니다. 그래서 혈관 내부의 혈액이 더 이상 흐르지 못하고 곳곳에서 응고하게 되지요. 시신의 표피에서 찾아볼 수 있는 크고 둥근 검은 반점들이 바로 그 응고된 혈액의 흔적입니다."

민파대릉은 고개를 끄덕였다. 반와합궁액으로 말할 것 같으면, 최소한 금부도 주민들에게 있어선 너무나도 잘 알려진 독이었다. 그는 왕풍호의 시신을 처음 대한 순간 흉수가 쓴 독이 반와합궁액이란 사실을 파악할 수 있었다. 목목태의 검시는 확인 절차에 불과했다.

민파대릉은 결박된 중늙은이를 바라보았다.

"너도 이 섬 주민이니 반와합궁액이 무엇인지는 알고 있을 터. 두 사람이 먹은 음식에 바로 그 반와합궁액이 들어 있었다. 그런데도 네 소행이 아니라고 잡아뗄 셈이냐?"

중늙은이는 눈물을 흘리며 애절하게 부르짖었다.

"믿어 주십시오! 소인과는 무관한 일입니다!"

이때, 아리수가 자리에서 일어서며 민파대릉에게 말했다.

"문주님, 반와합궁액은 한낱 주방에서 일하는 일꾼 따위가 손에 넣을 수 있는 물건이 아닙니다."

민파대릉은 아리수를 돌아보며 눈살을 찌푸렸다.

"이자의 소행이 아니라는 뜻인가?"

"그런 뜻이 아닙니다."

"아니면?"

"이 섬에서 반와합궁액을 자유로이 취급할 수 있는 사람은 극소수에 불과합니다. 만약 이자가 독을 썼다면, 그 배후에는 반드시 다른 흉수가 존재할 것입니다."

민파대릉은 고개를 끄덕였다.

"동감이다."

아리수는 빙긋 웃으며 말했다.

"해서, 문주께서 허락해 주신다면 제가 이자를 문초해 볼까 합니다만……."

"자네가?"

"제 휘하에는 죄인으로 하여금 스스로 입을 열게끔 만드는 재주를 지닌 사람이 있습니다. 그 사람을 써 볼까 합니다."

이 말은 지극히 담담했지만, 그 안에 담긴 의미는 중늙은이로 하여금 눈을 까뒤집게 만들 만큼 무서운 것이었다.

그런데 아리수의 뜻은 다른 이에 의해 제지당했다.

"불가不可! 불가하오!"

회의장을 쩌렁 울리는 목소리로 '불가'를 외치고 나선 사람은 다름 아닌 음뢰격이었다. 그를 돌아본 아리수는 미간을 찌푸렸다. 하지만 그 미간은 금방 편편해졌다.

아리수는 부드러운 미소를 지으며 음뢰격에게 물었다.

"반대하시는 이유를 들을 수 있겠습니까?"

그러나 음뢰격의 대꾸는 냉랭하기만 했다.

"부문주의 입으로 말하지 않았던가. 이 섬에서 반와합궁액을 취급할 수 있는 사람은 극소수에 불과하다고. 자네 또한 그 극소수에 포함되는 줄 아는데…… 안 그런가?"

아리수의 입가에서 미소가 사라졌다. 음뢰격의 말인즉슨, 자신에게도 흉수의 혐의가 있다는 뜻이었다. 하기야 그랬다. 그가 소매 속에 감추고 있는 회심의 암기, 쌍령수리전에 발린 독액도 바로 반와합궁액이었으니까.

"말씀대로입니다."

아리수가 선선히 시인하자 음뢰격은 코웃음을 치며 말했다.

"그런 자네가 신문을 맡겠다니, 이야말로 고양이가 생선을 맡겠다는 격이 아닌가!"

심중의 적개심이 그대로 드러난 발언이지만 아리수는 흔들리지 않았다.

"대장로께서 그렇게 생각하시는 줄은 몰랐습니다. 고양이가 생선을 맡아선 안 되겠지요. 그 제안은 없었던 것으로 하겠습니다."

아쉽다는 듯이 말하며 자리에 앉는 아리수의 얼굴은 태연하기만 했다. 음뢰격은 안광을 형형히 빛내며 그를 노려보았지만, 그는 이미 노인의 시선을 외면한 뒤였다.

그때, 호뢰단 차림의 장한 한 명이 회의실 안으로 급히 들어왔다. 민파대릉이 눈살을 찌푸리며 물었다.

"무슨 일이냐?"

그 장한은 민파대릉의 귓가에 몇 마디를 속삭였다. 민파대릉의 얼굴에 한 줄기 그늘이 드리웠다.

"그들로서는 당연한 일이겠지. 들여보내라."

민파대릉이 침중하게 말하자 장한이 회의실 밖으로 달려 나갔다.

잠시 후, 일단의 사람들이 회의장 안으로 들이닥쳤다. 진금영을 선두로 한 비각의 인사들이었다. 지난밤 흥겨워하던 얼굴들이 지금은 강철 가면을 뒤집어쓴 듯 딱딱해 보였다. 가뜩이나 냉랭하던 회의장의 분위기가 그들의 등장으로 인해 더욱 얼어붙었다.

"어서 오시오. 청하는 것이 마땅한 도리인 줄 알지만, 시간이 너무 일러 전갈을 드리지 않았소이다."

민파대릉이 의자에서 일어서며 그들을 맞이했다. 진금영으로부터 칭찬받은 바 있는 유창한 한어가 그의 투박한 입술을 통해 다시 한 번 발휘되었다. 그러나 이번에 돌아온 것은 차디찬 눈빛뿐이었다.

"지난밤 발생한 변고에 대해선 입이 열 개라도 드릴 말씀이 없소이다. 주인 된 몸으로 오직 송구할 따름이오."

민파대릉은 솔직히 말하며 손님들을 향해 머리를 숙였다. 환영연의 여운이 가시기도 전에 자신의 집 한복판에서 손님 하나가 죽을 고비를 넘겼으니 그럴 만도 했다.

"그 일에 관해 드릴 말씀이 있어서 이렇게 찾아왔어요."

진금영이 말했다. 그녀의 목소리는 얼음 가루가 풀풀 떨어질 만큼 차가웠다.

"말씀하시오."

"전 비영은 지금 중태에 빠져 있어요. 들리는 말에 의하면 그를 그렇게 만든 독이 이곳 금부도에서만 볼 수 있는 희귀한 것이라고 하는데, 그것이 사실인가요?"

"사실이오."

민파대릉이 침울한 목소리로 시인하자 진금영은 냉소를 쳤다.

"그렇다면 흉수는 이 섬 주민 중에 있겠군요."

한마디 한마디가 민파대릉의 폐부를 찌르는 것들뿐이다. 민파대릉은 참괴한 표정으로 또 한 번 시인하지 않을 수 없었다.

"그럴 가능성이 크다는 것을 부정하지는 않겠소."

진금영은 회의실에 모인 사람들을 쭉 둘러보았다.

"이처럼 이른 시각부터 분주하신 것으로 미루어 귀 문에서도 흉수를 잡는 데 최선을 다해 주시리라 믿고 싶군요."

"그 점만큼은 뇌신의 이름을 걸고라도 분명히 약속드리겠소. 흉수는 반드시 내 손으로 잡을 것이오."

민파대릉이 강개한 목소리로 장담했다. 진금영은 그를 똑바로 바라보며 말했다.

"지금 우리에게 가장 시급한 것은 해약이에요. 전 비영이 먹은 독은 철교왕이 먹은 것에 비해 상대적으로 소량이었고, 또 때를 놓치지 않고 조치를 취한 덕분에 상태가 악화되는 것만큼은 막을 수 있었어요. 하지만 독성이 너무 괴이한지라 그 이상의 치료는 어려울 것 같군요."

"반와합궁액은 해약 없이는 일 각을 버틸 수 없는 극독이오. 그 정도 선에서 끝난 것만으로도 천운이라 할 것이오."

진금영은 고개를 갸웃거렸다.

"반와합궁액? 독의 이름이 그것인가요?"

"그렇소."

"좋아요. 이름 따위는 무엇이라도 상관없겠지요. 그것이 금부도에서만 찾을 수 있는 독이라면 그 해약도 마땅히 금부도에 있으리라고 믿어요."

"그 점은 염려하지 마시오. 약선당주를 보내어 즉시 치료하도록 하겠소."

그때 아리수가 자리에서 일어서며 말했다.

"약선당주는 현장에 남겨진 독의 흔적을 조사하는 편이 좋을 것 같습니다. 반와합궁액의 해약은 제게도 있으니, 전 비영은 제가 치료해 드리겠습니다."

"부문주가 직접 수고해 준다면 그보다 더 확실할 수는 없겠지."

민파대릉이 달가운 얼굴로 허락했다. 아리수는 음뢰격을 돌아보며 싱긋 웃었다.

"이번에는 반대하시지 않겠지요?"

음뢰격은 잔뜩 붉어진 얼굴로 끙, 신음을 토했지만 사람을 치료한다는 데에 반대할 명분은 없었다.

진금영이 민파대릉에게 다시 말했다.

"부탁드리고 싶은 것이 한 가지 더 있어요."

"말씀하시오."

"성문을 열어 주세요. 전 비영을 천표선에서 치료하고 싶군요."

민파대릉은 난색을 띠었다.

"성문을 열어 드리는 것은 어렵지 않소이다. 하지만 중태에 빠진 환자를 배까지 이송하는 건 아무래도 좋을 것 같지 않구려. 만약 환자의 신변에 불안을 느끼신다면, 내가 책임지고……."

진금영은 고개를 흔들어 민파대릉의 말허리를 잘랐다.

"그렇게까지 신세지고 싶은 생각은 없어요. 치료는 우리가 알아서 하겠어요."

말투는 완곡했지만 어의만큼은 '더 이상 너희들을 믿지 못하겠다.'는 말과 크게 다르지 않았다. 민파대릉은 크게 자존심이 상했지만 어쩔 도리가 없었다. 전과가 있는 이상 강요할 수는 없었던 것이다. 그는 아리수에게 지시했다.

"자네가 앞장서서 성문을 열게. 치료에 필요한 물건이 있다면 무엇이든 아끼지 말고."

"알겠습니다. 제게 맡겨 주십시오."

아리수는 자신 있게 대답한 뒤, 손님 일행을 인도하여 회의실을 빠져나갔다. 회의실을 나가기 직전, 진금영은 민파대릉을 돌아보며 살짝 고개를 숙였다.

"문주의 호의에는 감사드려요. 하지만 이런 흉사가 벌어진 데에 대해선 매우 유감스럽다는 말씀밖에 드릴 수 없군요. 성으로 올라오는 것은 추후 전 비영의 차도를 보아 통보해 드리도록 하겠어요."

"드릴 말씀이 없소. 전 비영께 미안할 뿐이오."

진금영이 떠나고도 오랫동안, 민파대릉은 심중의 울화를 이기지 못한 듯 아랫입술을 짓씹었다. 이윽고 그는 숙이고 있던 고개를 치켜들었다. 그의 두 눈 속에는 분노의 불길이 이글거리고 있었다.

"용소. 지마한."

"예!"

민파대릉이 가장 신임하는 두 고굉지신股肱之臣이 힘찬 대답과 함께 자리에서 일어섰다.

"이번 사건을 그대들에게 맡기겠다. 뇌문의 전력을 쏟아붓는 한이 있더라도 흉수를 반드시 밝혀내도록."

"알겠습니다!"

민파대릉은 회의실 안에 모인 사람들을 둘러보았다. 그 눈에서 뿜어 나오는 기세가 어찌나 무시무시했는지 사람들은 지위 고하를 막론하고 숨을 죽여야만 했다.

"흉수가 누구라도…… 그 누구라도 용서치 않겠다!"

민파대릉, 그 우스꽝스러운 외모 뒤에 도사린 야수의 흉성이 금부도의 새벽을 숨죽이게 만들고 있었다.

고육계 苦肉計

(1)

소집을 끝낸 민파대릉이 내실로 돌아왔을 때, 뇌파패는 초조한 표정으로 침대 주위를 서성이고 있었다. 한밤중에 날아든 급보에 민파대릉이 이부자리를 떠난 뒤, 그녀는 눈 한번 붙이지 못한 채 남편을 기다리고 있었던 것이다.

민파대릉의 얼굴엔 분노의 앙금이 남아 있었다. 뇌파패가 기억하기로 이것은 매우 드문 일이었다. 민파대릉은 보기 드물게 자상한 남편이다. 바깥에서 얻은 안 좋은 감정을 내실까지 달고 들어오는 사람이 아니었던 것이다.

"무슨 안 좋은 일이라도 있었나요?"

뇌파패가 근심스러운 목소리로 물었다. 민파대릉은 침대 쪽으로 성큼성큼 걸어가더니 그녀의 가녀린 교구를 힘껏 끌어안았다.

"여, 여보?"

민파대릉은 뇌파패의 귓전에 대고 우울하게 속삭였다.

"왕풍호가 살해됐소."

뇌파패의 어깨가 부르르 떨렸다. 민파대릉은 그녀를 안은 팔에 더욱 힘을 주며 다시 속삭였다.

"두려워 마시오. 나는 당신이 두려워할까 봐 두렵소."

뇌파패는 조신한 여자였다. 그녀는 민파대릉과 결혼한 뒤에도 다만 한 남자의 아내로 충실하길 희망했고, 또 그렇게 살아왔다. 그녀의 조신함은 문주 부인의 위세로써 온갖 전횡을 일삼았던 그녀의 시어머니와 극단적으로 비교되었고, 그래서 금부도의 모든 주민들은 그녀의 부덕婦德을 칭송하기에 입을 아끼지 않았다. 아내의 그런 점을 고맙게 여겨 온 민파대릉이기에 흉한 소식을 전함에 있어서 더욱 신중할 수밖에 없었을 것이다.

뇌파패의 떨림은 곧 가라앉았다. 그녀는 오른손을 들어 마맛자국으로 울퉁불퉁한 민파대릉의 뺨을 쓰다듬었다.

"상심이 크시겠어요, 당신이 그토록 좋아하던 분이었는데."

"그는 훌륭한 장부였소. 나는 반드시 그를 그렇게 만든 자를 찾아낼 것이오."

이렇게 다짐하는 민파대릉의 눈가엔 분노와 슬픔이 번져 나왔다.

뇌파패는 남편의 뺨을 어루만지던 오른손을 아래로 내려 그의 왼손을 잡더니, 자신의 가슴 쪽으로 살며시 끌어당겼다. 민파대릉은 아내의 손길을 거부하지 않았다. 그의 손은 그녀의 상의 옷자락을 지나 탐스럽게 부푼 살덩이에 얹혔다.

이것은 뇌파패가 남편을 위로하는 방법이었다. 민파대릉은 그녀의 가슴에 손을 얹은 채, 한없이 부드러운 감촉의 도움으로 격앙된 감정을 추스를 수 있었다.

잠시 후, 민파대릉은 뇌파패의 상의에서 손을 빼며 한 걸음 물러섰다.

"당신은 언제나 내가 굳건해지도록 도와주는구려."

뇌파패는 상기된 얼굴을 살짝 숙이며 흐트러진 옷매무새를 조심히 가다듬었다.

"당신이 저로 인해 작은 위안을 얻으실 수 있다면, 저는 그것으로 만족해요."

"나는 당신으로 인해 위안을 얻고 당신은 그것으로 만족한다면, 우리 부부는 정말 아무것도 바랄 게 없구려. 하하!"

한바탕 웃던 민파대릉은 돌연 심각한 얼굴로 배를 문질렀다.

"이런, 꼭두새벽부터 분주히 돌아다녔더니 배가 쑥 꺼져 버렸소."

"아침을 준비시킬까요?"

"음, 그런데 이걸 어쩐다? 오늘따라 당신이 직접 만든 야계살손野鷄撒孫을 먹고 싶은데…… 아침부터 하늘같으신 마나님을 주방에 들여보낼 수도 없는 노릇이고……."

야계살손은 야계野鷄, 즉 꿩이나 메추리의 가슴살을 푹 삶아 잘게 찢은 뒤, 두장豆醬(콩을 삶아 만든 장), 겨자와 소금 등으로 간을 하여 여뀌 잎과 함께 버무려 먹는 여진족 고유의 무침 요리였다. 두장의 독특한 향미와 겨자의 톡 쏘는 느낌, 여뀌 잎의 얼얼하도록 매운 맛이 얼마나 잘 조화를 이루느냐가 요리의 핵심이라고 할 수 있는데, 뇌파패는 뛰어난 미감으로 그 요체를 터득하고 있었다. 하기야 야계살손뿐이 아니었다. 그녀의 손을 거치면 아무리 보잘것없는 재료라도 천하일품의 요리로 둔갑하는 것이다.

"주방에 들어가는 것 따위가 뭐 대수겠어요? 당신이 드시고 싶다면 주방이 아니라 더한 곳이라도 들어가 만들어 드려야죠."

뇌파패는 즐거운 얼굴로 대답했다. 주방에 야계가 떨어졌다면 활이라도 메고 나가 직접 잡아 올 용의도 있었다. 그것으로 남편의 울적한 마음을 달래 줄 수만 있다면 말이다.

"하하, 그만두구려. 야계살손 생각이 아무리 간절하기로서니 아침부터 당신을 주방에 들여보내는 짓은 차마 못하겠소. 어제 큰 잔치를 치렀으니 남은 음식만 해도 주방이 꽉 찼겠지. 아무나 시켜 그걸로 대충 차려 오게 합시다."

뇌파패를 향한 민파대릉의 눈빛은 새털구름처럼 부드러웠다. 그것은 마치 엄마를 대하는 아기의 눈빛처럼 절대적인 사랑, 절대적인 신뢰로 충만해 있었다.

그 눈빛을 대할 때마다 뇌파패는 심장이 아려 오는 것을 느꼈다. 온 마음으로 자신을 사랑해 주고 신뢰해 주는 남편, 그 고마운 남편에 대한 죄책감이 한 자루 잘 벼린 비수가 되어 그녀의 심장을 후벼 왔기 때문이다.

그러나 말할 수 없었다. 설령 그 죄책감의 칼날 아래 심장이 갈가리 찢어지는 한이 있더라도, 그래서 고통으로 몸부림치며 지옥 밑바닥으로 떨어지는 한이 있더라도, 그 죄책감의 실체가 무엇인지는 남편에게 절대로 말할 수 없었다. 절대로!

'만일 어떤 자비로도 구원받지 못할 절대적인 죄가 존재한다면, 그것은 바로 내가 저지른 죄겠지.'

뇌파패는 이렇게 생각하며 민파대릉 몰래 한숨을 지었다.

그때 문밖에서 인기척이 울렸다.

"소인 예마이옵니다!"

민파대릉은 눈을 동그랗게 뜨더니 뇌파패를 향해 속삭였다.

"우리의 호뢰단주는 과연 충성스럽지 않소? 시킬 사람이 필요하다고 하기가 무섭게 이렇게 달려와 주니 말이오."

뇌파패는 눈썹을 살짝 찡그렸다.

"너무하세요. 예마 단주처럼 지체 높은 분에게 그런 하찮은 일을 시키시게요?"

민파대릉은 짐짓 엄숙한 얼굴로 말했다.

"호뢰단주의 임무는 문주를 보호하는 것에 있소. 문주를 보호하는 것에는 문주의 주린 위장을 채워 주는 일도 당연히 포함되오. 당신도 생각해 보시오. 문주가 굶어 죽기라도 한다면 큰일 날 일 아니겠소?"

뇌파패는 피식 웃고 말았고, 민파대릉은 그런 그녀에게 한쪽 눈을 찡긋해 보인 뒤 문을 향해 들어오라고 소리쳤다.

문이 열리고 차돌멩이처럼 단단한 체구를 지닌 탑삭부리 중년인이 들어왔다. 이마엔 호뢰단을 상징하는 벼락 문양의 붉은 두건을 둘렀는데, 호피 조끼의 앞섶을 활짝 열어 놓은 탓에 우람한 가슴 근육이 그대로 드러나 있었다. 민파대릉의 신변을 호위하는 호뢰단의 단주이자 외문기공의 견강함으로는 뇌문에서 따라올 자가 없다는 인간 방패, 예마가 바로 이 사람이었다.

"안 그래도 부르려던 참이었네. 오늘 아침은 여기서 먹고 싶으니 지금 준비해 주게."

한데 예마는 선뜻 대답하지 않고 우물쭈물하는 것이었다.

"왜 그러는가? 무슨 일이라도 있는가?"

"지금 밖에 대장로께서 와 계십니다. 문주님께 상의 드릴 것이 있다고 하십니다."

민파대릉은 고개를 갸웃거렸다. 음뢰격을 회의실에서 만난 것이 불과 반 시진 전의 일인데, 그사이 무슨 중요한 일이 생겼다고 내실까지 찾아온 것일까?

어쨌거나 연로한 장로를 오래 세워 둘 순 없는 노릇이었다. 민파대릉은 뇌파패를 돌아보며 쓰게 웃었다.

"식사는 대장로를 만난 뒤로 미뤄야겠소."

"공무보다 중요한 일은 없겠지요. 어서 청하도록 하세요."

뇌파패가 담담히 웃으며 대답했다.

예마가 나가고 잠시 후, 음뢰격이 내실로 들어왔다. 회의실에서 보았던 것과 같은 차림. 딱딱하게 굳은 표정은 불편한 심사까지도 그대로임을 말해 주고 있었다.

"단란한 시간을 방해하지나 않았는지 모르겠군."

"아닙니다. 어서 앉으시지요."

민파대릉은 음뢰격에게 자리를 권한 뒤 그가 앉기를 기다려 맞은편 자리에 앉았다.

두 사람이 자리를 잡자 뇌파패가 여지荔枝 열매를 끓인 차를 내왔다. 민파대릉은 여지 차를 한 모금 마신 뒤, 느긋한 표정으로 물었다.

"제게 하실 말씀이 있다고요?"

"그렇다네. 흠, 지난밤 벌어진 변고에 관해 할 말이 있기에······ 으흠, 이렇게 실례를 범하게 되었군."

음뢰격은 말 중간중간에 헛기침을 끼워 넣으며 뇌파패를 연신 힐끔거렸다. 뇌파패는 물론 눈치 없는 여자가 아니었다.

"저는 잠시 나가 있겠습니다. 두 분께선 말씀을 나누십시오."

하지만 그녀는 나갈 수 없었다. 민파대릉의 억센 손이 그녀의 팔목을 꽉 움켜잡았기 때문이다.

"이 방의 주인은 이 사람입니다. 저도 여기서만큼은 이 사람

에게 얹혀사는 셈이지요. 어떤 이유에서든 객이 주인을 내쫓을
수는 없는 일 아니겠습니까?"

민파대릉의 말에 음뢰격은 조금 당황한 듯했다.

"그야 그렇지만……."

"독대를 원하신다면 장소를 옮기도록 하지요."

예의를 잃지 않은 말이었지만 그 안에 담긴 의도만큼은 확고
했다. 민파대릉은 뇌파패를 신뢰하지 않는 사람과는 이 내실에
서 결코 마주하고 싶지 않은 것이다.

"허허, 굳이 장소를 옮기면서까지 독대할 이유야 있겠나? 늙
은이가 잠시 망령이 들어 두 분의 원앙 같은 금슬에 흠집을 남
기려 했나 보군. 이래서 늙으면 죽어야 한다니까."

음뢰격은 능청스럽게 웃으며 얼버무렸다.

"별말씀을 다 하십니다. 그런데 하실 말씀이란 게……?"

이야기가 본론으로 들어가자 음뢰격의 표정은 다시 굳어
졌다.

"나는 철교왕과 전비의 음식에 독을 푼 흉수가 누구인지 능
히 짐작할 수 있네."

확고한 자신감이 배인 말이었다. 민파대릉은 한숨을 쉬었다.

"저는 대장로께서 짐작하신 흉수가 누구인지 짐작할 수 있습
니다."

음뢰격의 두 눈에서 섬전 같은 안광이 뿜어 나왔다.

"하면, 문주도 동의하시는가?"

민파대릉은 고개를 천천히 저었다.

"하면, 내 짐작이 틀렸단 말씀이신가?"

민파대릉은 이번에도 고개를 저을 뿐이었다. 음뢰격은 답답
한 듯 의자의 팔걸이를 탕탕, 내리쳤다.

"허어! 동의하지도 않는다, 그렇다고 틀린 것도 아니다, 문주는 대체 무슨 생각을 하고 계시는 건가?"

하지만 음뢰격이 흥분할수록 민파대릉은 차분해졌다.

"대장로께서 흉수로 짐작한 사람은 아마도 부문주겠지요."

이 말이 민파대릉의 입에서 나온 순간, 뇌파패의 안색은 백지장처럼 창백해졌다.

"아리수가 저지른 짓이 분명하네. 나는 확신할 수 있어."

"물론 증거는 있겠지요?"

"있다마다. 첫째, 아리수에겐 요리사를 윽박질러 음식에 독을 넣게 할 만한 권력이 있다네. 둘째, 그에겐 반와합궁액을 능란하게 다룰 수 있는 재주가 있어. 그리고 무엇보다도 그는 문주 자리를 찬탈하려는 흉심을 품고 있지. 이만하면 증거로 충분한 것 아닌가?"

민파대릉의 턱 끝에 달라붙은 조그만 입술이 슬쩍 비틀렸다.

"대장로의 말씀엔 이치에 맞지 않는 점이 몇 가지 있습니다."

음뢰격의 미간에 불복하는 기운이 어렸다.

"무엇이 이치에 맞지 않는다는 건가?"

"첫째, 아리수에겐 요리사 하나를 부릴 만한 권력이 있습니다. 하지만 제가 보고받은바, 지난밤 왕풍호의 방에서 벌어진 술자리는 계획에 없던 즉흥적인 것이었다고 합니다. 그 요리사는 어제 숙직인 관계로 주방 옆의 임시 숙소에서 밤 시간을 보내다가 주문이 들어와 음식을 만든 것이지요. 만일 아리수가 이번 사건을 계획했다면, 비단 그 요리사뿐만 아니라 이 섬에 있는 모든 요리사들을 포섭해 놨어야만 했다는 얘기입니다. 아리수에게 그럴 만한 권력이 있다고 보십니까?"

음뢰격은 말문이 턱 막혔다. 모든 요리사를 포섭, 혹은 협박한다는 것은 아리수는 물론이거니와 대장로인 그에게 있어서도 불가능에 가까운 일이었다. 민파대릉의 반박은 계속 이어졌다.

"둘째, 아리수에겐 반와합궁액을 능란하게 다룰 수 있는 재주가 있습니다. 아마 약선당의 목목태를 제외하면 이 섬에서 그보다 독에 정통한 사람은 없겠지요. 하지만 그것은 어디까지나 그가 직접 하독했을 경우의 얘기입니다. 변고가 발생했다는 보고를 받은 즉시 저는 호뢰단을 풀어 문의 수뇌라고 할 만한 몇 사람들의 행적을 탐문했습니다. 그 결과, 아리수는 어제 환영연이 파한 직후부터 오늘 새벽 소집령이 떨어질 때까지 자신의 거처를 떠나지 않았음이 확인되었습니다. 아리수가 거처를 떠나지 않은 이상, 용독술을 이유로 그에게 혐의를 두는 것은 옳지 않을 겁니다."

음뢰격의 얼굴이 더욱 붉어졌다. 그게 아니라고 외치고 싶은 마음이야 굴뚝같지만, 그러기엔 민파대릉의 설명이 너무 논리적이었던 것이다.

"마지막으로, 저는 제 동생 아리수에게 흉심이 있다고는 믿지 않습니다."

반박은 모두 끝났다. 내실 안에는 한동안 적막만이 흘렀다. 형용하기 힘든 어색한 분위기가 서로 다른 감상에 잠긴 세 사람의 어깨를 짓누르고 있었다.

그 어색한 분위기를 민파대릉이 깨뜨렸다.

"어쨌거나 이번 일은 쉽게 단정 내릴 사안이 아닙니다. 한 사람이 죽고 한 사람이 중태에 빠졌지요. 게다가 그중 하나는 비각에서 온 귀빈입니다. 우리는 신중하게 대처해야 할 필요가 있습니다."

음뢰격은 찌푸린 얼굴로 민파대릉의 말을 묵묵히 듣다가, 결국 표정을 풀며 길게 숨을 내쉬었다.

"내가 괜히 온 모양이군."

민파대릉은 미안하다는 표정으로 말했다.

"대장로께서 문의 앞날을 위해 얼마나 노심초사하시는지는 저도 잘 알고 있습니다. 그 점은 항상 감사히 생각하고 있습니다."

이 말에 음뢰격은 눈을 빛내며 민파대릉을 바라보았다.

"하면, 부탁 하나 들어주겠는가?"

"말씀하십시오."

"섬 전체에 일급 경계령을 내려 주게."

민파대릉의 얼굴에 난색이 떠올랐다. 일급 경계령이면 문도 전원이 전시에 준하는 경계 태세에 돌입하게 된다. 모든 연회와 행사가 취소되며, 밭농사와 고기잡이에 종사하는 일반 주민들까지도 하루 이교대의 팽팽한 경계 임무에 동원되는 것이다.

"단지 흉수를 밝혀내는 일 때문이라면 용소와 지마한에게 맡겨 두어도 무방하다고 봅니다만."

음뢰격의 얼굴이 일그러졌다.

"그마저도 안 된다는 건가?"

"아시다시피 지금은 한창 일손이 달릴 때입니다. 각종 작물의 수확이 코앞인 데다 바닷물의 온도가 바뀌는 시기라 이때를 놓치면 어획량이 크게 줄어들게 되지요. 이런 시기에 일급 경계령을 내린다는 것은……."

음뢰격은 끝까지 들으려 하지 않고 자리를 박차고 일어났다.

"문주는 나를 허수아비로밖에 여기지 않는 모양이군! 이것도 안 된다, 저것도 안 된다, 도대체 내가 할 수 있는 일이 뭔가? 그럴 바에는 차라리 대장로 자리를 그만두겠네!"

일찍이 음뢰격이 민파대릉의 면전에서 이렇게 화를 낸 적은 없었다.

"송구한 말씀입니다. 진노를 거두시지요."

"흥! 나 같은 늙은이가 화를 낸다고 문주가 눈 하나 깜짝하는 사람이었던가? 신경 쓰지 마시게!"

민파대릉은 당황할 수밖에 없었다. 궁지에 몰린 남편을 구해 준 것은 부덕을 갖춘 아내였다.

"아녀자가 끼어들 일이 아닌 줄 압니다만, 이렇게 하는 것이 어떨까요?"

두 사람의 시선이 그녀에게 집중되었다. 그녀는 눈을 내리깔고 조용히 말했다.

"사안이 심각하기는 하나, 생업을 외면하면서까지 주민들을 동원한다면 훗날 돌아오는 경제적인 피해가 작지 않을 것입니다. 그러니 경계령의 범위를 무공을 익힌 문도들에게만 국한시키면 어떨까요?"

음뢰격이 손뼉을 쳤다.

"옳거니, 이를테면 중용지도中庸之道를 택하자 이 말이군."

"그렇습니다."

음뢰격은 민파대릉을 돌아보았다.

"어떤가? 나는 주모의 의견이 아주 마음에 드는데."

민파대릉은 희한한 일이라고 생각했다. 따지고 보면 그리 묘책이라 할 만한 의견도 아닌데, 음뢰격은 조울증이 있는 게 아닌가 의심스러울 정도로 즐거워하고 있었다. 어찌 되었건 노인네의 진노가 누그러진 것은 다행한 일이었다.

"저도 같은 생각입니다. 오늘 정오를 기해 경계령을 내리도록 하지요."

"좋아! 그럼 그렇게 알고 가겠네."

음뢰격은 밝게 말하며 몸을 돌렸다. 문을 향해 걸어가는 그의 얼굴에는 흡족한 표정이 떠올라 있었다.

사실 음뢰격이 이 방을 찾은 목적은 민파대릉으로 하여금 아리수에 대한 경계심을 품게 하기 위함이었다. 쉽게 인정하지 않으리라는 것은 이미 짐작했던 일. 민파대릉의 머릿속에 경계심의 씨앗을 뿌려 놓았으면 절반은 성공한 셈이었다. 그것만으로도 소기의 목적은 달성한 셈인데 역정 한 번 부린 값으로 경계령까지 얻어 냈으니 어찌 흡족하지 않겠는가.

음뢰격이 방을 나간 뒤, 민파대릉이 뇌파패를 보며 투덜거렸다.

"저 어른도 조금 변하신 것 같소. 감정 기복이 저렇게 심한 분은 아니었는데."

"만일에 대비하자는 말씀이니 그냥 따르시는 편이 좋을 것 같아요."

"그나저나 솔직히 조금 놀랐소. 당신이 문파의 일에 참견할 때도 있다니."

뇌파패는 얼굴을 살짝 붉혔다.

"제가 주제넘었나요?"

"아니, 절대로 아니오. 하하!"

민파대릉은 껄껄 웃으며 뇌파패의 허리를 힘차게 끌어안았다.

"당신이 내 일에 적극적으로 관심을 보여 주는 것이 기쁠 따름이오. 뇌파패, 고맙소!"

뇌파패는 민파대릉의 가슴에 얼굴을 묻은 채 생각에 잠겼다.

그게 단지 난처해하는 남편을 도우려는 순수한 마음에서였을까? 아니었다. 단지 그 이유에서 비롯된 것이 아니었다. 민파대릉에게 지난밤의 변고를 전해 들은 그 시점부터, 그녀는 막연한 두려움에 사로잡혀 있었다. 그리고 그 두려움의 실체가 무엇인지를 음뢰격이 깨우쳐 주었다.

아리수!

과거의 정랑이자 현재의 시동생인 그가 기억하기도 싫은 해묵은 악연을 짊어진 채 사랑을 배신한 그녀를 향해 돌진해 오고 있었다. 남편에 대한 죄책감에 남몰래 괴로워하면서도 그녀가 필사적으로 지키려 애쓴 그 비밀의 봉인을 깨뜨리기 위해.

그녀는 어떻게 해서든 비밀의 봉인을 지키고 싶었다. 그래서 그녀는 음뢰격을 거들었다. 결코 남편을 도운 것이 아니었다.

뇌파패는 민파대릉의 품에 안긴 채 속삭였다.

"당신…… 정말로 아리수를 믿나요?"

순간, 그녀는 민파대릉의 전신이 팽팽히 긴장되는 것을 느낄 수 있었다. 이것은 그녀의 물음에 대한 그의 솔직한 대답이었다. 그러나 그의 입은 몸뚱이와 정반대의 대답을 꺼내고 있었다.

"나는 그를 믿소."

'아아! 당신은 그를 믿지 않아요! 아니, 믿어선 안 돼요!'

뇌파패는 이렇게 외치고 싶었다. 하지만 그녀는 입술을 떼지 못했다. 아리수를 믿고자 하는 것은 민파대릉의 의지였고, 그 의지는 뇌파패에 대한 사랑의 다른 모습이었다. 민파대릉은 그녀를 위해 아리수를 믿으려 하는데, 그녀가 어떻게 그 의지에 상처를 입힐 수 있단 말인가!

지독한 현기증이 뇌파패를 엄습했다. 그녀는 눈을 감았다. 딛고 있던 단단한 바닥이 땅속으로 한없이 꺼져 들어가고 있었다.

(2)

생업에 종사하는 주민을 제외한 전투 가능한 모든 문도들에게 일급 경계령이 떨어진 것은 관 속에 든 왕풍호의 시신이 본격적으로 부패하기 시작할 무렵인 오월 구일 정오였다.

그보다 조금 앞선 사시巳時(오전 열 시 전후) 말, 신전을 제외한 전 부서에 문주 직인이 선명하게 찍힌 명령서가 하달되었고, 오시 정각 화왕성의 정문 망루에 세워진 거대한 무쇠 종이 아홉 차례 울리는 것을 시작으로, 금부도는 그 위로 쏟아지는 여름 햇살보다 더욱 삼엄한 험지險地로 탈바꿈하게 되었다. 화왕성을 중심으로 하여 수구산의 칠 부 능선 위로는 오십 보 단위로 임시 초소가 설치되었고, 화왕성으로 통하는 다섯 개의 길목은 열 명 이상이 상주하는 관문에 의해 통제되었다.

이 소식을 아리수가 접한 곳은 귀서포에 정박해 있던 천표선의 한 선실이었다. 소식을 가져온 사람은 귓바퀴까지 새빨갛게 달아오른 체항이었는데, 허파라도 토해 낼 것처럼 헐떡거리며 "다 틀렸네! 다 틀렸어!"를 반복하는 그를 보고 있노라니 나이와 경륜이 항상 비례하는 것은 아니라는 생각이 절로 떠올랐다.

"뭐가 틀렸다는 말씀입니까?"

아리수가 체항에게 물었다.

"이 시기에 경계령이 떨어졌다는 것은 우리의 계획이 들통났다는 뜻이 아닌가! 다 틀렸네! 우린 끝장이라고!"

절규에 가까운 체항의 탄식을 들으며 아리수는 내심 혀를 찼다. 여러 장로들 중 유독 체항에게만 인색하게 굴던 음뢰격의 심정을 이해할 수 있을 것 같았다. 체항은 외모만 원숭이를 닮은 게 아니었다. 모든 면에 걸쳐 원숭이보다 그리 나을 것이 없는, 그래서 작은 동요에도 쉽게 통제력을 잃어버리는 소인배였다.

하기야 그 덕분에 손가락 하나 까딱하지 않고도 장로들의 동향을 손금 보듯 환히 알 수 있게 되었으니, 아리수로선 체항의 작은 그릇이 오히려 도움이 되었다고도 볼 수 있을 것이다.

"뭐라고 말 좀 해 보게! 자네가 시작한 일 아닌가!"

체항이 머리카락을 쥐어뜯으며 외쳤다. 조금만 더 놔두면 거품이라도 물 것 같았다.

"진정하시지요."

"왕풍호가 죽고 경계령이 떨어졌는데 어떻게 진정한단 말인가? 몽땅 끝난 거라고! 몽땅!"

"체항 장로."

아리수는 체항을 똑바로 바라보았다. 그의 눈동자 깊숙한 곳에서 으스스한 광채가 번뜩였다. 아주 가끔 드러나는 것에 불과하지만, 금부도에 사는 어느 누구도 아리수를 경시하지 못하도록 만들어 준 바로 그 비정한 광채였다.

체항의 부산하던 손놀림이 거짓말처럼 멈췄다.

아리수는 체항을 향해 천천히 걸어갔다. 체항은 점차 창백해지며 주춤주춤 뒷걸음질 쳤다. 그렇게 물러서는 체항의 어깨를 아리수의 오른손이 덥석 움켜잡았다. 체항의 동공이 놀랄 만큼 빠른 속도로 확대되었다. 아리수는 그 동공을 빤히 바라보며 조용히 말했다.

"진정하시지요."

아리수의 두 눈에 떠오른 으스스한 광채는 어느덧 사라진 뒤였다.

"상황은 장로께서 생각하시는 것만큼 나쁘지 않습니다."

"나, 나쁘지 않다고?"

"그렇습니다. 저는 곧 문주가 되고, 장로께서는 대장로가 됩니다. 왕풍호가 죽었어도, 또 경계령이 내렸어도 그러한 사실은 절대 변하지 않습니다."

하얗게 질렸던 체항의 얼굴에 조금씩 혈색이 돌아오고 있었다. 아리수는 움켜잡았던 체항의 어깨를 놔주었다.

"이제 마음이 놓이십니까?"

체항은 고개를 끄덕였다.

"하, 한결 낫군. 내가 조금 흥분했나 보네."

아리수는 빙긋 웃었다. 그는 원숭이를 조련하는 방법을 제대로 알고 있었다.

"하지만 나는…… 나는 아직도 마음이 놓이지 않는군. 자네도 생각해 보라고. 경계령을 내렸다는 것은 문주가 자네의 계획을 눈치챘다는 뜻이 아니겠는가?"

체항으로선 힘겹게 꺼낸 물음이었을 것이다. 아리수는 이 원숭이의 기분을 조금 풀어 줄 필요가 있다고 생각했다.

"오히려 그 반대라고 생각합니다."

"바, 반대?"

"만일 문주가 정말로 제 계획을 눈치챘다면, 경계령 따위의 요란한 조치는 취하지 않았을 겁니다."

체항의 두 눈썹이 달라붙을 것처럼 가까워졌다. 아리수의 말에 담긴 속뜻을 알아내려고 고심하는 눈치였다.

"솜씨 좋은 낚시꾼은 고기를 낚기 전까지 파문을 일으키지 않습니다. 노련한 땅꾼은 뱀을 잡기 전까지 수풀을 흔들지 않습니다. 만일 문주가 눈치챘다면 경계령 따위는 내리지 않았을 겁니다. 은밀히 저 한 사람을 제거하려 했겠지요. 그편이 훨씬 효과적이니까요."

"자네의 말은 이번 경계령이 단지 왕풍호를 독살한 흉수를 잡기 위한 조치에 불과하다 이건가?"

아리수는 고개를 작게 저었다.

"그건 아닐 겁니다."

"그럼 뭔가? 답답해 죽겠으니 속 시원하게 설명 좀 해 보게."

체항은 발을 동동 굴렸다.

아리수는 얼굴의 칼자국을 어루만지며 뜸을 들이다가 천천히 입술을 뗐다.

"제가 보기엔 이번 경계령의 배후엔 대장로의 입김이 작용한 것 같습니다."

"음뢰격? 그 노귀老鬼가?"

체항은 우선 놀랐고, 그다음엔 이를 갈았다. 자신을 권력의 단맛으로부터 철저히 소외시킨 인색한 선배에 대한 증오심이 되살아난 듯했다. 그 심정을 십분 헤아린 아리수는 묘한 웃음을 지으며 말을 이어 갔다.

"그뿐이 아닙니다. 왕풍호를 독살한 흉수도 아마 그일 겁니다."

체항은 벼락이라도 맞은 사람처럼 그 자리에서 펄쩍 뛰었다.

"뭐라고! 그게 정말인가?"

"분명히 '아마'라고 말씀드렸습니다만?"

"어쨌든 자네는 그렇게 생각한다는 말 아닌가!"

아리수는 할 수 없다는 듯 한숨을 내쉰 뒤, 손가락을 세 개 펴 보였다.

"현재 이 섬의 세력 구도는 일견 어지러운 듯하지만, 사실은 매우 단순합니다. 세 무리로 뚜렷이 나뉘어 있지요. 각각의 세력에 정점에는 저와 문주 그리고 음뢰격이 있습니다."

체항이 납득하기 어렵다는 표정으로 물었다.

"문주와 음뢰격은 한패가 아닌가?"

"외형상으로는 분명히 그렇지요. 하지만 우리 입장에서는 두 사람을 구분하는 편이 올바를 것입니다. 왜냐하면 저를 바라보는 두 사람의 시각이 서로 다르기 때문입니다."

잠시 머리를 굴리던 체항은 귀찮다는 듯이 고개를 흔들었다.

"다 좋은데 그것과 음뢰격이 왕풍호를 죽였다는 것이 무슨 상관이지?"

"상관이 있습니다. 이 시점에서 한 가지 가설을 세워 볼까요?"

아리수는 세 개의 손가락 중에서 음뢰격으로 꼽았던 손가락을 까닥거렸다.

"가령 대장로가 우리의 거사에 대해 뭔가 냄새를 맡았다…… 아! 이것은 어느 정도 신빙성이 있는 가설입니다. 다음, 그래서 문주에게 그 사실을 주의시켰다. 그런데 문주는 그의 말을 믿으려 하지 않았다, 그런 상황에서 때마침 대장로는 왕풍호의 거동이 수상하다는 사실을 발견했다……."

아리수는 체항을 향해 의미심장한 미소를 지었다.

"바로 이 대목에서 대장로는 한 가지 묘책을 떠올렸을 겁니다. 이미 위험인물이 된 왕풍호를 제거함과 동시에, 문주에게 자신의 말이 사실임을 입증시키는 일석이조의 묘책을."

뭔지도 모르고 아리수가 말하는 대로 고개만 끄덕이던 체항이 갑자기 깨달음을 얻은 선승처럼 눈을 빛냈다.

"그렇군. 하고많은 수법 중에서 하필이면 자네가 장기로 삼는 반와합궁액을 살인에 이용한 까닭이 바로 거기에 있었군. 자네가 왕풍호를 독살한 것처럼 꾸미기 위해!"

"아마도 그는 이렇게 생각했겠지요. 문주는 왕풍호의 변심을 미처 모를 테니, 왕풍호를 제거하면 문주는 저절로 내 말을 믿어 줄 것이다……. 더구나 살인에 쓰인 독이 제가 즐겨 쓰는 반와합궁액이라면 이야말로 화룡점정이 아닐까요?"

"교묘하군! 정말 교묘해!"

체항은 혀를 내두르며 감탄했다.

"저는 왕풍호가 당한 독이 반와합궁액이란 말을 들은 순간, 이미 대장로의 소행임을 간파했습니다."

"더러운 늙은이가 끝내 말썽이군!"

체항은 허공에 음뢰격의 얼굴이 있기라도 한 듯, 불끈 쥔 주먹을 흔들어 댔다. 실제로 있다면 눈길조차 마주치지 못하는 주제에 말이다.

"대장로는 만만히 봐 넘길 상대가 아닙니다. 그는 전임 제사장 오고태의 죽음에 제가 관련되어 있음을 오래전부터 눈치채고 있었습니다. 그토록 흔적 없이 처리했는데도 말입니다. 이번 경우도 그렇습니다. 지난밤엔 왕풍호를 독살하고 오늘 낮엔 경계령을 얻어 냈으니, 이만하면 참으로 신속한 공격이 아니겠습니까?"

체항의 얼굴에 한 가닥 불안의 기색이 떠올랐다.

"그렇다면 문주가 음뢰격의 말에 귀 기울이는 것도 시간문제가 아닐까?"

아리수는 태연하기만 했다.

"상관없습니다. 어차피 결과는 달라지지 않을 테니까요."

체항은 마경魔鏡을 처음 대한 어린아이처럼 눈을 끔뻑였다. 아리수란 사내를 조급하게 만들려면 대체 얼마나 큰 사건이 필요한지 궁금했던 모양이다.

　아리수는 체항의 어깨에 손을 얹으며 말했다.

　"그래도 시간은 아낄수록 좋겠죠? 제 대신 해 주셔야 할 일이 있습니다."

　"그, 그게 뭔가?"

　"북쪽 해안 동굴에 가둬 둔 곤필을 기억하시죠? 그에게서 축융의 위치를 알아내십시오. 필요하다면 신전에 나가 있는 포리기하와 동행하셔도 좋습니다."

　체항의 어깨가 부르르 떨렸다. 포리기하로 말할 것 같으면 그 이름을 듣는 것만으로도 콧구멍이 비릿해지는, 한마디로 말해 도살자였다. 포리기하와 동행해도 좋다는 아리수의 말은 이제 곤필에게는 편안한 죽음이 결코 허락되지 않을 거라는 말과 같았다.

　"하지만 이 한 가지는 반드시 마음에 새겨 두십시오. 축융은 저 외에 다른 사람이 넘볼 물건이 아닙니다."

　아리수는 체항의 어깨를 부드럽게 두드리며 덧붙였다. 하지만 그 부드러움의 이면에는 체항 같은 원숭이가 감당할 수 없는 무시무시한 경고의 의미가 숨겨져 있었다. 체항은 고개를 정신없이 끄덕였다.

　"난 축융이 뭔지도 모르네! 알고 싶지도 않고!"

　"그러시리라 믿었습니다."

　아리수는 체항의 어깨에서 손을 떼었다.

　"손님을 치료하는 일이 급하지만 않다면 장로님께 수고를 끼쳐 드리지 않았을 겁니다. 양해해 주시길."

"무슨 말을 그렇게 하는가! 우리가 그런 허례로 내외할 사이이던가? 맡겨 준 일은 오늘 중에 반드시 끝낼 테니 자네는 손님을 치료하는 데에나 열중하게."

체항은 손을 과장스럽게 내젓더니 문 쪽으로 걸어갔다. 들어올 때와 마찬가지로 종종걸음. 그러나 어딘지 모르게 기운을 되찾은 기색이었다. 대개의 경우, 줏대 없는 종범은 확신을 가진 주범의 몇 마디에 쉽게 고무되는 것이다.

아리수는 그런 체항의 등에 대고 말했다.

"경계령이 떨어진 이상 통행이 순조롭지는 않을 것입니다. 부디 조심하십시오."

체항은 문고리를 막 잡으려다 말고 고개를 돌리더니 위엄 있는 표정을 지어 보였다.

"맡겨 두라고. 내가 이래 봬도 장로야, 장로."

아리수는 빙긋 웃었다. 체항에게 있어서 위엄 있는 표정이란 원숭이에 입혀 놓은 비단옷 같았다.

(3)

그날 밤 화왕성 내의 어떤 방에서 두 사람이 쓰러졌다. 한 사람은 사망, 다른 한 사람은 중태. 미주가효에 취해 잠들었던 금부도는 다음 날 아침 발칵 뒤집혔다. 경악과 분노, 그리고 의혹…….

사망자는 왕풍호였다. 그는 금부도에 몸을 의탁한 중원 출신 강호인들의 우두머리였다. 아리수가 태원부로 띄운 밀서에 그 이름을 직접 거론했을 정도로 중요시되던 인물이기도 했다.

중태에 빠진 자는 전비였다. 그는 왕풍호를 포섭할 미끼로 이번 작전에 합류한 햇병아리 비영이었다. 자연 뇌문 내의 그 누구도 주목하지 않는 비중 없는 인물일 수밖에 없었다.

이런 조건하에서, 사건에 쓰인 독의 정체가 반와합궁액으로 판명되었다. 반와합궁액은 오직 금부도에서만 찾아볼 수 있는 희귀한 독이었다. 사건은 자연히 왕풍호 한 사람을 노린 목적범의 소행으로 여겨졌고, 전비는 그저 모진 놈 곁에 있다가 벼락을 맞은 재수 없는 사내 정도로만 취급되었다.

사람들의 다음 관심은 흉수가 누구인가에 집중되었다.

음뢰격은 흉수를 아리수로 단정했고, 아리수는 흉수를 음뢰격으로 단정했다. 그럴 수밖에 없었다. 그들의 머릿속에는 오직 상대의 존재밖에 들어 있지 않을 테니까.

흉수는 대체 왜 왕풍호를 죽인 것일까?

음뢰격은 왕풍호가 민파대릉의 사람이기 때문에 아리수가 손을 썼다고 믿었고, 아리수는 왕풍호가 자신의 사람이기 때문에 음뢰격이 손을 썼다고 믿었다. 이 또한 당연한 귀결이었다. 그들은 애당초 대답이 준비된 상태에서 문제를 바라봤기 때문이다.

물론 그들의 추리는 시작부터 빗나가 있었다. 그들은 제삼의 적이 존재하리라는 가능성을 전혀 고려하지 않았던 것이다.

손해를 가급적 피하려는 것이 인지상정인 탓에, 손해를 자청함으로써 적에게 타격을 입히는 고육계는 고래로 많은 병가兵家에 주목받아 온 고도의 기만술이다.

제삼의 적은 그러한 고육계를 바탕으로 한 편의 잘 짜인 연극을 계획했다. 대본은 무양문의 꾀주머니 육건, 분장은 역용의 귀재 백변귀서생 모금, 소품은 해박한 약리의 소유자 칠낭선생 천용, 마지막으로 주연은 공밥 반년 먹은 죄로 졸지에 등 떠밀린 석대원이 맡게 되었다.

연극의 효과는 기대 이상이었다.

그래서…… 서두를…… 있습니다…….
위험하지는…… 상대의…… 이런 상황에서…….
조각난 음절들이 고막을 두드리고 있었다. 어떤 음절은 메아리처럼 윙윙거리기만 했고, 어떤 음절은 놀랄 만큼 또렷이 귀에 들어왔다. 청각의 표피 위를 미끄러지는 음절들은 아무리 정신을 집중하려 해도 제대로 조합되지 않았다. 무슨 말들이 오가는지, 아니 몇 사람이 말하는지조차도 파악할 수 없었다. 머리가 아팠다. 두개골 속에 벌집이라도 한 통 들어찬 것 같았다.

그러다가 어느 순간, 거짓말처럼 의식이 돌아왔다.

"쉿! 그가 깨어나는 것 같소!"

처음으로 해석한 온전한 말이었다. 석대원은 천천히 눈을 떴다. 시계는 예상했던 것보다는 선명했다.

"이봐, 내가 누군지 알아보겠는가?"

석대원은 자신의 얼굴 바로 위에 들이밀어진 금청위의 얼굴을 올려다보다가 갈라진 목소리로 말했다.

"침 떨어지겠소. 얼굴 좀 치우시오."

금청위는 두꺼비처럼 눈을 끔뻑거리다가 함박웃음을 지었다.

"살아났군! 정말 살아났어!"

기어이 침방울을 떨어뜨리며 죽은 아들놈 되살아난 양 기뻐하는 금청위를 보노라니 일말의 죄책감이 들지 않을 수 없었다. 순박한 사람을 기만하는 것은 용서받기 힘든 죄악이었다.

순박한 사람은 또 한 명 있었다.

"내가 뭐라고 하던가! 천하의 전비가 그깟 독 나부랭이에 맥없이 죽을 리 없다고 하지 않았는가!"

허봉담이었다. 그의 얼굴에 떠오른 것도 금청위의 그것과 비슷한 반가움과 안도감이었다.

석대원은 누운 채로 주위를 둘러보았다. 유운문流雲文이 양각된 높은 천장이며 고아한 빛깔의 들보 단청이 생경했다.

"여기가 어디요?"

석대원의 물음에 새로운 사람이 그의 시야 안으로 고개를 들이밀었다.

"내 선실이에요."

진금영이었다. 그녀의 얼굴에 짙게 드린 그늘은 단지 역광 때문만은 아닌 듯했다.

"선실? 그렇다면……?"

"천표선이지요. 우리는 중독된 당신을 들것에 싣고 이 배로 왔어요."

"중독? 내가?"

석대원이 시치미를 떼자 금청위가 혀를 찼다.

"이 한심한 친구야, 큰일 날 뻔한 줄 알라고. 자네와 함께 있던 왕풍호는 이미 염라국 백성이 되었으니까."

석대원은 눈을 지그시 감았다.

'……결국 그리되었는가.'

목적을 달성했다는 안도감과 왕풍호를 죽였다는 죄책감이 현기증에 실려 밀려왔다.

금청위가 걱정스레 물었다.

"자네 괜찮나? 아직 어지러운 건가?"

"나는 괜찮소."

석대원은 눈을 감은 채 대답했다.

"아무리 강한 척해 봐야 자넨 지금 환자야. 허세를 부리려면 그 오른손 손등이나 보고 부리라고."

금청위의 핀잔 섞인 말에 석대원은 눈을 뜨고 오른손을 들어 바라보았다. 그의 오른손 손등에는 동전 크기의 반점 하나가 붓으로 그린 것처럼 선명하게 달라붙어 있었다. 의식을 잃기 직전에 본 바로 그 반점이었다. 이는 여독餘毒이 완전히 제거되지 않았다는 증거. 석대원은 자신도 모르게 오른손을 그대로 올려 얼굴을 더듬었다.

"계집애처럼 얼굴 걱정하는 건가? 염려 말게. 그 잘나신 얼굴은 티끌 하나 없이 멀쩡하니까."

멀쩡한 얼굴이 염려되어 음식 국물까지 뒤집어썼다는 사실을 알 턱이 없는 금청위가 껄껄 웃으며 말했다.

이때, 한 사내가 진금영의 뒤에서 모습을 드러냈다. 낯익지는 않은, 하지만 기억에는 분명한 사내. 바로 아리수였다.

아리수는 석대원을 향해 우아하게 웃었다.

"전 비영의 체력은 과연 감탄할 정도입니다. 소생은 아무리 빨라도 한밤중은 되어야 깨어나실 줄 알았습니다."

낭랑한 목소리에 배우 같은 말투는 여전했다. 허봉담이 아리수를 눈짓으로 가리키며 말했다.

"자네에겐 생명의 은인이나 마찬가지네. 부문주가 지닌 해약이 아니었다면 영영 깨어나지 못했을지도 모르니까."

"해약……."

석대원은 환약을 조제한 칠낭선생 천용이 존경스러워졌다. 그는 불확실한 몇 가지 정보만으로 반와합궁액이라는 희귀한 독을 완벽하게 복제해 내는 데 성공한 것이다. 독성과 증상, 심지어는 해독에 필요한 약제까지도.

"해약까지 먹어 놓고 이렇게 남의 침대에 누워 있을 수는 없지."

석대원은 몸을 일으키려 했다. 그러자 아리수가 그의 가슴을 슬며시 누르며 말했다.

"아직 움직이시면 안 되지요. 여독이 완전히 가시려면 아무리 튼튼한 전 비영이라도 사흘은 쉬어야 합니다."

아리수의 진단은 정확했다. 누워 있을 때에는 미처 몰랐는데, 몸을 일으키려 하니 팔꿈치와 손목 관절에 당최 힘이 들어가지 않았다. 석대원은 결국 아리수의 누르는 힘을 이기지 못하고 다시 눕고 말았다.

그 모습을 지켜보던 진금영이 말했다.

"환자의 손까지 빌릴 만큼 사람이 없지는 않아요. 전 비영은 부문주의 말씀을 따르도록 하세요."

그녀의 두 눈은 오히려 잘된 일이라고 말하는 듯했다. 석대원은 그녀를 올려다보며 물었다.

"거사는 언제 시작합니까?"

그의 물음에 답한 사람은 아리수였다.

"현재 이 섬 전역에는 삼엄한 경계령이 내려 있습니다. 하지만 저는 문주 쪽의 전력이 분산된 지금이 오히려 적기라고 생각합니다. 한 가지 해결하지 못한 문제가 있어서 당장 움직이지는 않지만, 그 문제가 해결되는 즉시 거사를 시작할 예정입니다."

석대원은 다시금 눈을 감았다.

'정말 대단한 노인네야.'

무양문의 군사 육건을 두고 한 말이었다.

이번 고육계의 목적은 뇌문을 둘러싸고 암중 쟁패를 벌이는 문주파와 부문주파, 두 세력을 수면 위로 끌어 올려 양패구상兩敗俱傷으로 몰고 가는 데에 있었다.

육건이 우려한 것은 비각의 지지를 등에 업은 부문주파가 일방적으로 승리하는 경우였다. 비영들의 능력과 기습의 효과를 감안하면 그럴 가능성이 매우 컸고, 그렇게 된다면 금부도에 들어간 무양문도들은 수적으로 버거운 싸움을 치를 수밖에 없었다.

　육건이 우려한 또 한 가지는 두 파의 신경전이 지루하게 이어지는 것이었다. 금부도는 작은 섬이었다. 백여 명의 별동대가 장기간 은신하기엔 적합하지 않은 것이다. 만일 거사가 시작되기도 전에 별동대가 발각되는 날에는 만사휴의. 그래서 육건은 이 고육계를 계획했다.

　사실 고육계 자체는 그리 커다란 사건이라 하기 어려웠다. 전리품으로 얻은 것은 왕풍호 한 사람의 목숨에 불과했으니, 비유하자면 어둠 속에 울린 한 번의 북소리와 같았다.

　그러나 그 어둠은 평화로운 어둠이 아니었다. 의심과 질시, 반목과 음모가 날뛰는 위태로운 어둠이었다. 그 어둠 속으로 인간의 투쟁심을 들끓게 만드는 북소리가 울려 퍼진 것이다.

　금부도의 변란이 바야흐로 태동하고 있었다.

전야前夜

(1)

포구와 화왕성을 잇는 길목에 설치된 관문은 현재 금부도에
떨어진 경계령이 얼마나 삼엄한 것인가를 보여 주고 있었다.

우선 지형부터가 절험했다. 이제까지 완만히 이어지던 경사
가 관문 앞에 이르러 급작스럽게 가팔라지는 탓에 아래로부터
의 침입을 방비하는 데 큰 이점이 있을 것 같았다. 또한 길 양
쪽에는 인위로 조성한 듯한 둔덕이 담벼락처럼 이어졌고 그 위
에는 봉화를 올릴 수 있는 거대한 돌화로가 여러 군데 마련되어
있어, 포구로부터 올라오는 병력이 있다면 관문 앞에 이르기도
전에 그 움직임이 화왕성의 뇌문 수뇌부에게 샅샅이 보고될 터
였다.

그뿐이랴? 급경사를 이용해 아래로 굴리게끔 마련된 통나무

들이며 바위들. 그리고 지금은 비록 한편에 가지런히 쌓아 놓았지만 유사시 관문의 전방 십여 장을 창칼의 밭으로 만들 수 있는 숱한 거마창拒馬槍(짧은 창들을 서로 엇갈려 엮어 인마의 통행을 막는 방어용 무기)들은 관문을 깨뜨리는 데 커다란 장애로 작용할 것이 분명했다.

이 살벌한 풍경을 살피던 허봉담은 곁에 있는 금청위의 옆구리를 쿡 찔렀다.

"소감이 어떤가? 내가 보기엔 고생 좀 하겠는걸."

금청위는 아무런 대답 없이 발치에 튀어나온 돌부리만 툭툭 걷어차는데, 그 표정이 찌푸린 하늘을 바라보는 노파처럼 의기소침해 보였다. 허봉담이 픽 웃으며 금청위의 어깨에 손을 얹었다.

"이 사람, 시시하게 이까짓 관문에 주눅 든 건가?"

금청위는 어깨에 얹힌 허봉담의 손을 밀어내며 투덜거렸다.

"내가 주눅 들어 이런 줄 아시오?"

"아니면?"

"저기 아리수가 상대하는 사람이 누구 같소?"

허봉담은 전방을 바라보았다. 관문의 입구에 서서 아리수와 이야기를 나누고 있는 사람은 각진 얼굴에 왕방울 같은 눈을 지닌 이십 대 중반의 청년이었다. 온화한 낮의 아리수와 상반되게 청년의 표정은 지극히 사무적이었다.

"어제 환영연에서 본 것 같기도 하군. 누군가?"

허봉담이 묻자 금청위가 대답했다.

"고파古波, 지마한의 큰아들이자 광마대의 부대주이기도 하오."

"그래? 그러고 보니 눈매가 지마한과 많이 닮았군."

고개를 끄덕이던 허봉담이 다시 물었다.

"그런데 그게 어쨌다고 이렇게 죽을상인가?"

"젠장, 그러니까 여기는 지마한의 광마대가 담당하는 관문이라 이거요. 가급적 그와는 부딪치고 싶지 않았는데."

금청위는 말꼬리를 흐리며 무거운 한숨을 토해 냈다. 허봉담도 한숨을 쉬었다. 그 심정을 충분히 이해할 수 있었기 때문이다.

"살다 보면 하기 싫은 일과 마주치기도 하지. 지마한을 아끼는 자네 심정이야 이해하고도 남네. 나라고 안 그런 줄 아는가? 하지만 어쩌겠나? 태원부를 출발할 때부터 정해진 일인 것을. 부딪치지 않는다면 다행이고, 만일 부딪친다면 그저 두 사람의 인연이 기구한 탓이거니 생각해야지."

금청위는 별다른 반응을 보이지 않고 땅바닥만 바라보았다. 허봉담은 끌끌, 혀를 차다가 그의 등을 두드려 주었다.

"힘내게. 누가 죽고 누가 살지는 아무도 모르는 일 아닌가? 지마한이 그렇게 죽을 수도 있듯이 자네 또한 그렇게 죽을 수도 있는 거야. 그게 바로 강호인이고."

금청위는 고개를 치켜들고 허봉담을 똑바로 바라보며 말했다.

"만일 지마한과 부딪치는 일이 벌어진다면 단번에 숨통을 끊어 주겠소. 남자의 우정을 저버린 내가 그에게 해 줄 수 있는 선물이라고는 그것밖에 없을 테니까."

이 말이 어찌나 비장하게 들리는지 허봉담도 울컥해지고 말았다. 독하지 못한 남자가 억지로 독해지려고 애쓰는 것은 비극이었다. 하지만 강호란 그런 비극들이 모래알처럼 널린 비정한 백사장. 은인과 원수가, 친구와 적이, 생과 사가 손바닥 뒤집듯 간단히 바뀌는 곳이었다. 강호인에게 있어서 비극은 떨칠 수 없는 업이나 마찬가지였다.

'망할 놈, 그게 싫으면 밭떼기나 부쳐 먹고 살 것이지, 애당초 칼자루는 왜 쥐었누?'

관문 입구에서 아리수가 손짓하고 있었다. 까다롭던 통관 절차도 얼추 끝난 모양이었다.

관문은 북쪽 해안으로 통하는 길목에도 설치되어 있었다. 그러나 체항은 관문과 제법 거리가 떨어진, 차마 길이라고 부르기도 힘든 비탈을 타고 수구산을 내려갔다. 수직에 가까운 가파른 비탈을 폴짝거리며 내려가는 그의 신법은 뇌문 내의 어느 누구와 견주어도 뒤지지 않을 만큼 날렵했다.

그렇게 수구산을 내려온 체항이 도착한 곳은 섬의 북쪽 해안. 소나무 방풍림을 잰걸음으로 지나친 그는 곧바로 백사장으로 들어섰다.

낙조가 시작된 백사장은 아름다웠다. 시시각각 짙어지는 노을은 서쪽 하늘을 붉게 물들이고, 해안선을 두드리는 파도는 하얀 포말로 부서지고 있었다.

그 백사장 한복판에서 걸음을 멈춘 체항은 주위를 둘러보았다. 주위에 아무도 없음을 확인한 그는 백사장 끝에 자리 잡은 암석 지대 쪽으로 다가갔다.

체항이 다시 걸음을 멈춘 곳은 촛대처럼 우뚝하게 생긴 커다란 바위 앞이었다. 그는 다시 한 번 주위를 둘러본 뒤 그 자리에 무릎을 꿇었다. 기도라도 드리려는 것일까? 그런데 그게 아니었다. 그의 두 손은 바위 아래 모래흙을 파헤치고 있었다.

하루를 마치는 물새 울음소리가 구슬피 울렸다. 파도 소리는 계속 백사장을 두드리고 있었다. 시간이 얼마나 지났을까? 어느 순간, 체항은 땅파기를 멈췄다. 멈추고 싶어 멈춘 것이 아니었다. 목덜미에 들이밀어진 차가운 칼날이 그의 모든 움직임을 멈추게 만든 것이다.

"내 칼보다 빠를 자신이 있다면 허튼수작을 부려도 좋소."

체항의 뒤통수 위로 칼날만큼이나 차가운 목소리가 실렸다. 그리고 그것이 절대 불가능하다는 것을 보여 주기라도 하듯 닭 껍질처럼 쭈글쭈글한 체항의 목 거죽 위에 한 줄기 가느다란 혈선이 새겨졌다.

체항은 시선을 천천히 돌렸다.

"자네…… 살륙하로군."

차가운 칼날과 차가운 목소리의 주인, 살륙하가 차갑게 웃었다.

"그렇소."

"한데 이게 무슨 짓인가? 무엄하게 장로에게 칼을 들이밀다니, 대장로께서 그렇게 가르치시던가?"

딴에는 위엄을 부린 호령이었지만 살륙하는 차가운 웃음을 거두지 않았다.

"그러는 장로야말로 여기서 뭐 하는 거요?"

체항은 말문이 막힌 듯 선뜻 대답하지 못했다. 살륙하는 칼의 넓은 면으로 체항의 목덜미를 슬슬 문지르며 비아냥거렸다.

"나이도 지긋하신 어른이 두더지처럼 땅굴이나 파고 있다니, 혹시 보물이라도 찾는 중이오?"

"그, 그게 무슨 소린가? 이런 곳에 무슨 보물이 있다고?"

살륙하는 더 이상 묻지 않았다. 그는 손을 번개처럼 움직여 칼의 손잡이로 체항의 목 뒤 대추혈大椎穴을 내리찍었다. 체항은 헛바람을 들이켜며 자신이 판 구덩이에 머리를 처박고 말았다.

"그 말이 사실이라면 장로는 살 수 있을 것이오. 물론 그럴 리 없겠지만."

살륭하는 체항의 혈도 다섯 군데를 연이어 점한 뒤 뒤편 백사장에 던져 놓았다. 그러고는 체항이 파던 구덩이 앞에 엎드려 조금 전 체항이 그러했듯 흙을 정신없이 파헤치기 시작했다.

아리수마저도 높이 평가해 마지않던 귀인 살륭하.

본래 그는 냉정한 판단력과 끈질긴 인내심을 겸비한 인물이었다. 거기에 오랜 세월 동안 암흑 속에서 도를 수련한 까닭에, 날카로운 안력과 예민한 청력까지도 함께 갖출 수 있었다. 이런 여러 가지 강점들을 골고루 갖춘 그이기에 남을 기만할지언정 남으로부터 기만당하진 않았다. 남을 떠밀어 추락시킬지언정 남의 손에 떠밀려 추락당하는 일은 겪지 않아도 되었다.

그러나 오늘은 달랐다. 어떤 물건에 대한 욕망이 그의 판단력과 인내심을 송두리째 집어삼켰다. 날카로운 안력과 예민한 청력까지도 마비시켜 버렸다. 오늘 그는, 그가 평소 경멸하던 형 치아눈보다 훨씬 어리석고 훨씬 조급했으며 훨씬 부주의했다.

그것은 치명적이었다.

"음?"

정신없이 이어지던 손놀림이 거짓말처럼 멈췄다. 살륭하는 고개를 조금 더 숙여 자신의 아랫배를 내려다보았다. 그러고는 조그만 목소리로 중얼거렸다.

"이상하군."

이상한 일이었다. 이 백사장에는 그와 체항 두 사람뿐이었고, 체항에게 가한 점혈은 믿어도 좋을 만큼 철저했다. 그런데 저게 뭔가? 아랫배를 뚫고 삐죽 튀어나온, 조금 전까지만 해도 자신의 복강에 들어 있었으리라 여겨지는 피와 살점이 점점이 달라붙어 있는 저 시커멓고도 예리한 쇠붙이는 대체 어디서 연유했단 말인가?

다음 순간, 고통이 시작되었다. 얼음으로 만든 수만 개의 바늘들이 내장 속을 헤집고 다니는 것 같은 무시무시한 고통이었다.

"으어어……."

살륙하의 아래턱이 안면에서 떨어져 나갈 것처럼 요란하게 떨렸다. 착탈着脫이 교차되는 입술 사이로 비명도 아니고 신음도 아닌 괴이한 울부짖음이 끈적끈적한 타액에 뒤섞여 흘러나왔다.

그때 그의 등 너머에서 높낮이가 거의 없는 목소리가 울렸다.

"인체에 있어서 복부는 고통의 바다라고 할 수 있지. 내장이란 눈알만큼이나 예민한 기관이거든."

살륙하의 몸이 부르르 떨렸다. 온몸의 혈관이 동파되는 지독한 고통 속에서도 저 목소리의 주인이 누구인지는 알 수 있을 것 같았다.

살륙하는 떨리는 손을 내밀어 곁에 놓아 둔 칼을 움켜잡았다. 그에게 '귀신같은 칼'이라는 별호를 안겨 준 무서운 칼이었다. 그러나 그 무서운 칼이 지금은, 혼자 힘으로는 아무것도 할 수 없는 가련한 노파의 지팡이처럼, 그저 몸을 일으키는 데 쓰였을 뿐이다.

칼의 도움에도 불구하고, 몸을 일으켜 돌아서는 단순한 동작이 살륙하에게 안겨 준 고통은 이루 말할 수 없이 극심한 것이었다. 땀방울이 맺혀 가물거리는 그의 시선 속으로 한 사람의 모습이 들어왔다.

깡마른 체구를 헐렁한 흑포로 가린, 나무껍질처럼 메마른 피부에 터럭 한 올 없는 맨송맨송한 얼굴이 나이를 짐작할 수 없게 만드는 기괴한 사내. 살륭하가 짐작했던 바로 그 사내였다.

"포리……기……하……."

살륭하가 힘겹게 사내의 이름을 불렀다. 음절 하나를 내뱉을 때마다 혈관이 하나씩 끊어지는 것 같았다.

포리기하라 불린 사내는 한 손에 검은빛이 감도는 단극短戟 한 자루를 쥐고 있었다. 한 자 반 남짓한 짧막한 길이에 한쪽 끝에는 날카로운 창날이, 반대쪽 끝에는 보기에도 섬뜩한 갈고리가 달린 괴이한 형태의 저 단극은 이 금부도에서 모르는 사람이 없을 정도로 유명한 기문병기였다. 정련한 묵철墨鐵에 북해에서 생산되는 빙정氷晶을 더해 만들었다고 했던가? 본디 두 자루가 한 짝을 이룬다던데 지금 포리기하는 한 자루밖에 지니고 있지 않았다. 그렇다면 다른 한 자루는 어디 있는 것일까?

살륭하는 그 해답을 알고 있었다. 포리기하가 가지고 있지 않은 다른 한 자루의 묵빙단극墨氷短戟이 지금 이 순간 그를 꼬치에 꿰인 산적 신세로 만들어 놓은 것이다.

"자네 같은 사람이 두더지처럼 땅굴이나 파다니, 혹시 보물이라도 찾고 있었나?"

포리기하가 물었다. 아까 살륭하가 체항에게 던진 것과 동일한 질문이었다. 이는 그가 제법 오랜 시간 살륭하의 행동을 지켜보았다는 증거였다.

"네가…… 네가 어떻게 여기에……?"

살륭하가 헐떡거리며 물었지만, 포리기하는 그의 물음에 대답하지 않고 백사장에 널브러져 있는 체항에게 다가갔다.

포리기하가 체항을 일으켜 앉혀 놓고 목덜미를 몇 차례 주무르자 체항은 곧 의식을 되찾았다. 의식을 되찾은 뒤에도 얼마 동안, 체항은 상황을 파악하지 못하고 눈을 끔뻑거렸다. 그러다가 단극에 꿰인 채 힘겹게 서 있는 살륭하를 발견하고는 포리기하를 향해 환호를 질렀다.

"자네 예상대로야! 유인계가 적중했군!"

살륭하는 피가 역류하는 느낌을 받았다. 유인계라니? 누가 누구를 유인했단 말인가?

체항이 살륭하에게 다가왔다. 원숭이처럼 오종종한 얼굴엔 득의의 빛이 가득 차 있었다.

"혹시 낚시를 좋아하는가? 나는 매우 좋아한다네. 특히 물고기가 미끼를 덥석 물었을 때의 기분은 정말로 기가 막히지. 낚시를 안 해 본 사람은 절대로 알지 못할 걸세. 한데 오늘 미끼 신세가 되고 보니, 앞으로 낚시를 그만둬야겠다는 생각이 드는군. 그 심정이 보통 조마조마한 게 아니라서 말일세."

살륭하는 눈앞에서 오락가락하는 꼴 보기 싫은 원숭이를 단칼에 베어 버리고 싶었다. 그러나 그것은 마음뿐이었다. 그는 쓰러지고 싶은 욕구를 억지로 참으며 체항에게 물었다.

"내 미행에는…… 실수가 없었을…… 텐데……?"

"맞는 말이야. 자네의 미행 솜씨는 아주 훌륭했다네. 어찌나 감쪽같은지 이곳까지 오는 동안 헛수고하는 게 아닌가 하는 생각이 계속 들더라고."

"그러면 대체 어떻게……?"

체항은 주위를 둘러보다가 반색을 했다.

"오! 마침 저기 오는군!"

체항을 따라 시선을 돌리던 살륭하는 눈을 부릅떴다. 백사장을 가로질러 오는 험상궂은 인상의 독목獨目 중년인, 그 어깨에 축 늘어진 여인을 발견한 것이다.

"오례해……?"

"피붙이라서 그런지 금방 알아보는군."

부들부들 떨리던 살륭하의 손목이 툭 꺾였다. 그는 더 이상 버티지 못하고 그 자리에 풀썩 주저앉고 말았다. 무시무시한 통증이 아랫배로부터 치밀어 올랐지만 그에겐 비명을 지를 힘조차 남아 있지 않았다. 그런 그에게 체항이 말했다.

"나도 아까 신전에 들렀을 때에야 안 일이지만, 오늘 새벽 소집령이 내리기 직전 저 아이가 신전으로 숨어들었다고 하더군."

"저 아이가…… 왜 그런 짓을……?"

"어? 자네도 몰랐던 모양이지? 제사장 곤필과 저 아이가 그렇고 그런 관계였단 사실을. 딴에는 정랑을 구출하기 위해 그랬던 모양이야. 그나저나 자네 질녀는 참 솔직하더군. 포리기하가 솜씨를 보이기도 전에 필요한 정보들을 술술 털어놓았으니 말이야. 덕분에 우리는 자네가 어제 신전에서 뭔가를 눈치채고 갔다는 것을 알게 되었지."

살륭하의 두 눈에 시뻘건 핏발이 돋았다. 고통마저 초월하는 거대한 분노에 심장이 터질 것만 같았다. 어리석은 질녀로 인해 자신의 모든 것이 일거에 무너지게 되었다. 손톱만큼의 애정도 느끼지 않던, 밉살스러운 형의 씨를 이어받은 질녀로 인해!

"으아악!"

살륭하는 분노를 이기지 못하고 대성일갈, 몸을 벌떡 일으켰다. 코앞에 있던 체항이 기겁을 하며 펄쩍 뛰어 물러섰다.

하지만 그것은 살륭하가 할 수 있는 최후의 저항이었다. 분노는 솜뭉치처럼 그의 몸속에 남아 있던 마지막 한 방울의 기력마저 빨아 삼켰고, 그는 실 끊어진 인형처럼 그 자리에 허물어지고 말았다. 그의 입에서 검붉은 핏물이 주룩 흘러내렸다.

"몹쓸 사람 같으니라고. 대화 도중에 그렇게 소리를 지르면 어떻게 하나? 하마터면 간 떨어질 뻔했네."

체항은 가슴을 쓸어내리더니 태연스러운 얼굴로 말했다.

"자네도 생각했겠지만 나란 사람, 신전이란 곳을 별로 안 좋아하지. 전대 제사장과도 사이가 좋지 않았고 새 제사장과도 마찬가지였어. 그런 내가 이런 시기에 신전으로 들어갔으니 자네의 눈에 예사롭게 비칠 턱이 없었겠지. 암, 그랬을 거야."

체항은 생각만 해도 즐겁다는 표정으로 이야기를 이어 나갔다.

"하지만 이건 몰랐겠지? 우리는 이미 자네가 수상하게 생각하리라는 것까지 짐작하고 있었다는 사실을! 포리기하가 그러더군. 해변으로 내려가 적당히 수상한 행동을 보이면 자네가 제 발로 나타나 줄 거라고. 덕분에 이 나이에 보물찾기 시늉을 해야만 했지. 솔직히 겁도 났네. 자네의 칼에 목숨을 맡긴다고 생각하니 등골이 서늘하더군. 그래도 어쩌겠나? 호랑이 새끼를 잡으려면 호랑이 굴에 들어가야 하듯, 자네 정도 되는 사람을 잡으려면 그 정도 위험은 감수해야겠지. 어쨌거나 우리의 예상은 그대로 들어맞았네. 그러고 보면 제 꾀에 제가 넘어간다는 말은 살륭하 자네를 두고 나온 것 같군. 으헤헤!"

하고 싶은 말을 폭포수처럼 지껄인 뒤 끝내는 내심을 숨기지 못하고 쾌소를 터뜨리는 체항. 그때 포리기하가 물었다.

"할 말이 아직 남았소?"

우쭐해하던 체항은 어깨를 찔끔 움츠리더니, 이내 겸연쩍은

얼굴로 고개를 저었다. 포리기하가 무뚝뚝하게 말했다

"그러면 먼저 곤필에게 가시오."

"나더러 그냥 가라고? 이자는 어쩌고?"

체항이 살륭하를 가리키며 물었다.

"내가 처리하겠소."

그 '처리'란 단어가 무엇을 의미하는지는 체항을 포함하여 이 자리에 있는 모든 사람이 알고 있었다. 체항은 안색이 창백해졌지만 포리기하의 말에 따르지는 않았다.

"아니야. 나도 여기 있어야겠네. 뒤처리를 확인할 필요도 있거니와, 자네가 너무 시간을 끌지 않도록 일깨워 줄 사람은 나밖에 없지 않겠나?"

만일 살륭하로부터 얻어 낼 수 있는 정보가 있다면 그것을 들을 권리가 자신에게도 있다고 생각한 것일까?

포리기하는 순순히 허락했다.

"좋을 대로 하시오."

포리기하는 살륭하에게 다가와 마디가 유달리 도드라진 손가락을 뻗어 살륭하의 턱을 움켜잡았다. 살륭하의 얼굴은 잿빛으로 물들어 있었다. 묵빙단극이 뿜어내는 한기는 이미 장기의 대부분을 얼려 버린 뒤였다. 분노의 불꽃마저 소진한 살륭하는 이때에 이르러 도살장에 끌려온 돼지와 다를 바 없는 몰골로 변해 있었다.

포리기하는 눈살을 찌푸렸다.

"이러면 곤란해. 음뢰격의 둘째 아들이 세상에서 찾아보기 힘든 강골이란 얘기를 귀에 못이 박히도록 들어왔는데……."

포리기하는 붉은 혓바닥을 내밀어 윗입술을 슬쩍 핥더니, 살륭하의 귓가에 속삭였다.

"부탁이야. 내 기대를 저버리지 말게."

(2)

손경孫卿은 술 생각이 간절했다. 향긋한 미주는 바라지도 않았다. 시금털털한 막술이라도 한 사발 쭉 들이켤 수만 있다면, 오장육부가 뒤틀리는 듯한 이 더러운 기분을 씻어 낼 수 있을 것 같았다. 하지만 아무리 싸구려 막술이라도 없으면 못 마시는 법. 황량한 해변 한구석에 위치한 이런 비밀스러운 동굴에선 술은커녕 술 냄새조차 기대할 수 없었다.

'늙은 원숭이, 모두 너 때문이다!'

손경은 하나뿐인 눈으로 몇 발짝 떨어진 곳에 있는 체항을 노려보았다.

저 늙은 원숭이는 대체 무슨 생각으로 백사장에 남겠다고 한 것일까? 하기야 늙은 원숭이의 생각 따위는 알 필요도 없고, 알고 싶지도 않았다. 중요한 것은 늙은 원숭이가 남음으로 인해 손경 역시 남을 수밖에 없었고, 덕분에 두 번 다시 되새기고 싶지 않은 그 끔찍한 참극을 꼼짝없이 목격할 수밖에 없었다는 사실이다.

물론 이런 식의 책임 전가가 공정하지 않다는 것은 손경도 잘 알고 있었다. 정작 책임을 물어야 할 사람은 그 참극의 연출자인 포리기하여야 마땅했기 때문이다.

그러나 손경은 포리기하를 욕하지 않았다. 눈 맞춤조차 제대로 할 자신이 없었다. 아마 누구라도 그럴 것이다. 그 참극을 목격한 다음이라면, 포리기하가 살룡하라는 재료를 가지고 무슨 짓을 저질렀는지 목격한 다음이라면 말이다. 책임이란 사람이 지는 것이지 귀신이 지는 것이 아니었다.

　순간, 손경은 몸을 흠칫 떨었다. 바로 그 귀신이 자신을 향해 시선을 돌렸기 때문이다. 나무로 깎아 놓은 것 같은 얼굴 한가운데 자리 잡은 유달리 작은 동공, 냉혈동물의 그것처럼 불쾌한 느낌을 주는 그 동공이 그의 얼굴에 고정된 채 동굴 벽에 걸린 횃불을 받아 번들거리고 있었다.

　손경은 입안이 바짝 마르는 것을 느꼈다.

　"내, 내가 무슨 할 일이라도 있소?"

　과거 종남산 일대를 횡행하던 녹림 대도의 경력에 걸맞지 않게 손경의 목소리는 가늘게 떨려 나왔다.

　"여자를 이곳에 내려놓으시오."

　포리기하가 말했다. 불과 일 각 전에 살아 있는 인간 하나를 완전히 해체한 사람치고는 너무도 덤덤한 말투였다. 손경은 그제야 자신이 여태껏 여자를 짊어지고 있음을 깨달았다. 오늘 새벽 신전에 잠입했다가 사로잡힌 오례해였다.

　"아, 알았소."

　손경은 오례해를 포리기하가 가리키는 곳에 내려놓았다. 이 또한 그의 흉명에 걸맞지 않은 행동이었다. 그는 독목절화객獨目折花客이라는 별호가 말해 주듯 색을 유난히 밝히는 위인이었다. 한데 그런 그가 포리기하의 말 한마디에 날로 먹어도 비리지 않을 계집을 순순히 내놓은 것이다.

　다행히 포리기하는 잔인할지언정 빡빡하진 않은 듯했다. 그는 손경의 도락을 존중해 주었다.

　"일이 끝나면 돌려주겠소."

　"온전히 돌려주겠소."라고 말했다면 더 바랄 나위가 없겠지만 그것까지 기대한다는 것은 욕심이었다. 손경은 포리기하가 이 상하기 쉬운 장난감에 너무 심한 흠집만은 내지 않기를 기원할 도리밖에 없었다.

포리기하는 마디가 도드라진 손가락을 교묘히 움직여 오례해의 봉쇄된 혈도를 풀어 주었다. 오랫동안 기혈이 막혀 있던 탓에 오례해가 의식을 되찾는 데에는 조금 시간이 필요했다.

"정신이 드나?"

포리기하가 억양 없는 목소리로 물었다. 가물거리는 초점을 맞추려 애쓰던 오례해는 어느 순간, 몸을 부르르 떨었다. 공포의 그림자가 그녀의 창백한 얼굴에 빠르게 번져 나갔다.

"여기가 어디죠? 나, 나를…… 어쩔 생각인가요?"

오례해의 질문은 포리기하에 의해 간단히 묵살되었다.

"내겐 시간이 그리 많지 않아. 네 숙부와 노닥거리는 데 제법 많은 시간을 허비했거든. 그러니 빨리 시작하도록 하지."

포리기하는 뒤쪽을 향해 손짓했다. 그러자 웃통을 벗은 장한 둘에서 온몸이 결박된 사내 하나를 개처럼 끌고 왔다. 피와 먼지로 더럽혀진 머리카락이 얼굴 전체를 가린 탓에 사내의 용모는 확인되지 않았다.

"깨워라."

포리기하가 지시하자, 두 장한 중 하나가 물이 가득 담긴 나무통을 가져와 결박된 사내의 머리에 들이부었다. 잠시 후, 시체처럼 널브러져 있던 사내의 몸뚱이가 꿈틀거리기 시작했다. 기침을 몇 차례 토해 내던 사내는 정신을 차린 듯 고개를 치켜들었다.

"앗!"

오례해는 자신도 모르게 입을 틀어막았다. 부스스하던 머리카락이 물기로 인해 달라붙으며 그 아래 숨어 있던 사내의 얼굴이 그대로 드러났던 것이다. 퀭하니 꺼진 눈은 해골을 연상케했고, 초췌해진 뺨은 온통 검붉은 피딱지로 뒤덮였으며, 입에는 재갈까지 물려 있었지만, 그 사내는 분명히 곤필이었다. 뇌문의젊은 제사장이자 그녀의 정랑이기도 한 바로 그 곤필이었다.

어디서 그런 힘이 솟았는지 모른다. 오례해는 용수철처럼 몸을 솟구치며 곤필을 향해 달려갔다. 그러나 두 걸음도 채 내딛기 전, 그녀는 머리채를 낚아채는 무시무시한 힘에 의해 벌렁 넘어지고 말았다.

"끄으으!"

그 광경을 목격한 곤필의 입에서 무거운 신음이 새어 나왔다. 오례해의 머리채를 낚아챈 장본인, 포리기하는 그의 신음을 듣고 희미한 웃음을 떠올렸다.

"일으켜 앉혀라. 재갈도 풀어 주고."

포리기하의 지시는 곧바로 시행되었다. 곤필의 몸 상태는 그리 좋아 보이지 않았다. 그동안 당한 고초가 가볍지 않은 듯 앉아 있는 일조차 힘겨워 보였다. 포리기하가 그의 앞에 쭈그리고 앉았다.

"얼굴은 여러 번 봤네만 이렇게 가까이서 대하긴 처음인 것 같군. 내가 누구인 줄은 알고 있겠지?"

곤필은 고개를 똑바로 들고 포리기하를 쏘아보았다.

"당신은 사람 죽이는 취미 하나로 산다는 포리기하가 아니오?"

포리기하는 고개를 갸웃거리다가 말했다.

"자네의 설명은 조금 미진하군. 사람을 '다채롭게' 죽이는 취미라고 수정해 주고 싶은데."

"흥! 내겐 그게 그거요. 광인의 광태 따위엔 어차피 관심이 없으니까."

곤필의 눈빛은 제법 당당했다. 전임 제사장 오고태는 과연 사람 보는 눈이 있었던 것이다.

"그렇게 말하니 조금 섭섭하군. 하지만 없다가도 생기고 있다가도 없어지는 게 사람의 관심이니 마음에 담아 두지는 않겠네. 시간이 없으니까 본론으로 들어가기로 하세. 물건은 어디 있나?"

곤필은 입술을 꽉 다물었다. 잠시 기다리던 포리기하가 말했다.

"제사장들이 익혔다는 공양심식이란 호흡법에 대해 오래전부터 궁금히 여겨 왔지. 공양심식을 익힌 사람은 고통으로부터 자유로워질 수 있다고들 하던데, 나는 정신이 육체를 지배한다는 말을 믿지 않거든. 인간이란 고통 앞에서 나약해질 수밖에 없는 가련한 존재라는 것, 나는 너무 많은 사람들의 육신을 통해 확인할 수 있었지."

곤필은 이를 뿌드득 갈더니 단호하게 외쳤다.

"뇌신에 대한 내 신심을 모독하지 마시오! 사지가 갈가리 찢기는 한이 있더라도 당신은 결코 원하는 대답을 듣지 못할 것이오!"

포리기하는 고개를 저었다.

"반나절의 시간만 있다면 자네의 말이 얼마나 잘못된 것인지를 증명해 줄 수 있을 텐데, 아쉽게도 시간이 없군. 그래서 공양심식에 대한 내 개인적인 호기심은 접어 두기로 하겠네."

포리기하는 오례해의 머리채를 끌어당겼다. 아, 하는 비명과 함께 오례해의 몸이 딸려 왔다.

"곤필, 자네를 건드리지는 않겠네. 대신 자네는 자네의 여자가 어떻게 변해 가는지를 지켜봐야 할 거야.”

오례해의 얼굴은 백지장처럼 창백해졌고, 곤필의 얼굴은 시뻘겋게 달아올랐다.

“내 여자가 아니오! 그녀는 나와 아무 관계도 없으니 무고한 사람을 핍박하지 마시오!”

곤필의 외침에도 포리기하는 태연하기만 했다.

“그렇다면 오히려 다행 아닌가? 아무 관계도 없는 사람이 자네 대신 도마에 오르게 되었으니 말이야. 그 말이 사실이라면 아주 편안한 심정으로 내 솜씨를 감상하도록 하게. 혹시 아는가, 자네도 내 취미에 관심을 갖게 되는지.”

“이 미친놈!”

포리기하는 상대하지 않고 체항을 돌아보았다.

“이번에도 구경하겠소?”

체항은 시큼하고도 걸쭉한 침 덩어리를 꿀꺽 삼켰다. 겪지 않았다면 모를까 한 번 겪은 이상 상상하는 것만으로도 욕지기가 치밀어 오른 것이다. 그러나 그는 한 번 더 지옥을 보기로 작정했다.

“그냥 남아 있겠네.”

“좋을 대로 하시오.”

이번에도 순순히 허락한 포리기하는 시선을 손경에게로 돌렸다.

체항과는 달리 손경은 곤필의 입에서 나올 대답 따위엔 아무런 관심도 없었다. 그의 유일한 관심사는 예쁜 장난감이 큰 흠집 없이 자신에게 되돌아오는 것뿐이었다.

“나는 밖에서 기다리겠소. 하지만, 하지만 당신은 아까 나와 한 약속을 잊으면 안 되오.”

손경으로선 필사적인 용기를 자아내어 내뱉은 요구였다. 포리기하는 손경을 빤히 바라보다가 고개를 끄덕였다.

"노력해 보겠소."

손경은 아까와 마찬가지로 포리기하의 말이 지켜지기만을 기원할 도리밖에 없었다.

끼아아악!

비명은 굳게 닫힌 다섯 치 두께의 나무 문을 꿰뚫은 것도 부족해 동굴 입구에 서 있는 세 사람의 고막까지도 잔인하게 후벼 파고 있었다. 그중 하나가 말했다.

"대장로의 권세만 믿고 하늘 높은 줄 모르고 날뛰더니만 오늘에야 드디어 임자를 만났군."

동굴을 관리하던 두 장한 중 하나였다. 다른 장한이 부르르 진저리를 치며 그 말을 받았다.

"나라면 포리기하 님의 손에 걸리느니 차라리 혀를 깨물겠네."

처음의 장한은 함께 진저리를 치는 것으로써 동의를 표했다.

두 사람의 대화를 듣던 손경은 애가 탈 수밖에 없었다. 포리기하가 흥을 이기지 못하고 약속을 어길까 염려되었기 때문이다. 그의 내심을 읽었는지, 장한 중 하나가 말을 붙여 왔다.

"혹시 계집이 망가지기라도 하면 어쩌나 걱정하신다면 그 점은 안심하셔도 될 겁니다."

손경이 의아해하며 물었다.

"자네가 어찌 장담하는가?"

"포리기하 님께선 고문 수법을 수백 가지나 알고 계시지요. 그중에는 상처 하나 없이 인간을 지옥에 빠뜨리는 방법도 여럿 있습니다."

다른 장한이 질세라 동료의 말을 이었다.

"가령 손가락 관절을 탈구하는 간단한 수법이라도 포리기하 님께선 세 개의 마디가 각각 다른 방향으로 어긋나게 만드십 니다. 이름 하여 동고서배東叩西拜란 수법인데, 당한 사람의 입 장에선 저 친구 말대로 지옥에 빠진 기분이겠지요. 그렇다고 해 서 특별히 상처가 남느냐 하면 그것도 아닙니다. 슬쩍 잡아당겨 끼워 맞추면 언제 그랬냐는 듯이 말짱해지는 모습을 제가 몇 번 보았습니다. 그러니 나리께선 안심하셔도 될 겁니다."

안심은커녕 소름이 끼쳤다. 부러뜨리려면 부러뜨리고 자르려 면 자를 것이지, 마디를 각각 다른 방향으로 어긋나게 만들어 고통을 증가시킨다는 것은 인간을 인간으로 여기는 인간이라면 절대로 생각해 낼 수 없는 비인간적인 발상이 아닐 수 없었다. 돌이켜 보면 살륙하를 해체해 나가던 포리기하의 손길은 조금 도 특이해 보이지 않았다. 그저 옥수수수염을 떼어 내듯, 배추 잎사귀를 찢어 내듯 무덤덤했을 뿐이다. 그것이 더욱 두려 웠다.

바로 그때, 이제까지와는 비교도 되지 않는 무시무시한 비명 이 동굴 속으로부터 터져 나왔다. 인간의 입에서 나왔다고는 믿 기 어려운 끔찍한 비명이었다. 세 사람은 부지불식간에 목을 어 깨 안으로 밀어 넣었다.

그러고는 정적.

밤바람이 머리카락을 스치는 소리까지 똑똑히 들릴 만큼 절 대적인 정적이 비명이 사라진 자리로 밀려들었다.

손경은 마른침을 꿀꺽 삼켰다. 대체 무슨 일이 벌어진 것일 까?

잠시 후 나무 문이 끌리는 둔탁한 소리가 울렸다. 이어 한 사람이 동굴 밖으로 비척비척 걸어 나왔다. 오종종한 얼굴이 배앓이라도 한 것처럼 핼쑥하게 변해 버린 체항이었다. 손경은 그에게 다급히 달려갔다.

"어떻게 되었소?"

체항은 손경을 바라보며 뭐라 말하려다 말고 급히 입을 틀어막으며 고개를 숙였다. 끄으웨엑! 체항의 손가락 사이로 싯누런 액체가 주르륵 흘러내렸다. 지옥을 구경하는 일은 체항에게 있어 한 번이 한계인 모양이었다.

토사물이 풍기는 시큼하고도 퀴퀴한 냄새에 고개를 돌리던 손경은 동굴 안쪽으로부터 걸어 나오는 포리기하의 모습을 발견할 수 있었다. 양쪽 겨드랑이에 사람 하나씩을 끼고 있었지만, 포리기하의 걸음걸이는 벌거벗은 사람처럼 가벼워 보였다.

동굴 밖으로 나온 포리기하는 겨드랑이에 끼고 있던 두 사람을 모래밭에 내려놓으며 말했다.

"계집은 살아 있소."

이 말은 사내가 죽었음을 의미하기도 했다.

손경은 모래밭에 엎어져 있는 곤필의 몸을 뒤집어 보았다. 과연 곤필은 이미 절명한 뒤였다. 외상이라곤 미간에 난 희미한 붉은 점이 전부였지만, 손경은 그 붉은 점이 곤필을 절명에 이르게 한 사인임을 짐작할 수 있었다. 포리기하가 수련한 투음지透陰指가 한 인간의 뇌를 얼려 버리는 데에는 이보다 큰 흔적이 필요치 않다는 사실을 들은 적이 있었기 때문이다.

곤필의 주검이 시사하는 바는 컸다. 곤필의 입에서 원하는 대답이 나오지 않았다면 포리기하는 결코 살수를 쓰지 않았을 터. 이제껏 곤필의 의지를 지켜 주던 공양심식의 호흡법도 연인의 고통 앞에서는 무용지물이 된 모양이었다.

어쨌거나 손경의 주된 관심은 여자에게 있었다. 그는 곤필을 살필 때보다 열 배는 신중하게 오례해의 구석구석을 살펴보았다. 그의 입에서 안도의 한숨이 흘러나왔다. 오례해의 몸뚱이엔 흔한 생채기 하나 찾아볼 수 없었다. 눈에 띄게 불거지거나 함몰된 관절도 없었다. 최소한 겉보기엔 말짱한 것이다.

손경은 안도에 앞서 의혹에 사로잡혔다.

'이렇게 말짱하다니!'

그렇다면 아까 동굴 속에서 울려 나온 그 무시무시한 비명의 주인은 대체 누구란 말인가? 그리고 아직까지도 신물을 게우고 있는 저 체항은 대체 무엇을 본 것일까?

포리기하가 말했다.

"우리는 곧바로 성으로 올라가야 하니 뒤처리는 손 형에게 맡기겠소. 거사가 언제 시작될지 모르니 너무 지체하지 않도록 하시오."

손경은 무엇에라도 홀린 사람처럼 정신없이 고개를 끄덕였다. 포리기하는 몸을 돌리며 짤막하게 덧붙였다.

"함께 묻어 주시오."

하나는 저승에 있고 하나는 이승에 있지만, 이 밤이 지나기 전 결국 저승에서 만날 수밖에 없는 가련한 연인을 합장해 주라는 말이었다. 손경이 또 한 번 떠올린 생각이지만, 정말로 포리기하란 인간은 잔인할지언정 빡빡하진 않은 것 같았다.

(3)

호연육이, "전출이라도 보내 달래든지 해야지, 당최 어깨 한

번 제대로 펴고 살 수가 있어야지."라고 투덜거렸을 때, 강풍이란 놈이 꺼낸 말이 걸작이었다. 놈은 그보다 열 살이나 어린 주제에도 마치 노강호가 신출내기를 바라보는 듯한 눈을 하고서, "제 손아귀에 들어온 것은 사람이든 물건이든 죽어도 안 내놓는 어른인 줄 모르고 하시는 소리요? 그 어른 귀에 들어갔다간 저승으로 전출 보낼지도 모르니, 딴마음 품지 말고 앞으로 몇 달은 그저 나 죽었소 하고 사시는 게 상책이오."라고 대꾸한 것이다.

딴에는 친하게 지내는 후배로서 친형 대하듯 해 준 충고겠지만 얄미운 생각이 이는 것만큼은 어쩔 수 없었다. 그러나 뭐라고 쏴붙일 수도 없었다. 놈의 말이 어김없는 사실이라는 것은, 문제의 그 어른 밑에서 칠 년이 넘는 세월 동안 오만 가지 모진 꼴을 다 겪은 호연육 자신부터가 너무도 잘 알고 있었기 때문이다.

그래서 더욱 짜증이 났다.

"제기랄, 어른은 무슨 얼어 죽을 어른!"

호연육은 자신도 모르게 큰 소리로 짜증을 내뱉었다. 그 소리에 앞서 가던 이군의 고참 무사 함세용이 화들짝 놀라며 주위를 둘러보았다. 호연육은 금방 자신의 실책을 깨달았다. 정찰임무 중에 손발도 아닌 입으로 큰소리를 냈으니 실책도 이만저만한 실책이 아니었다.

다행히 실책은 그저 실책으로 끝난 듯했다. 주위를 둘러보던 함세용이 허리를 펴며 호연육을 돌아보았다. 호연육은 머쓱한 얼굴로 머리를 긁었다. 비슷한 연배라고는 하나 간부와 일반 문도는 엄연히 차이가 있는데, 윗사람 된 입장으로 체면이 말이 아니었다.

"마 군장님 때문에 속이 많이 상하셨나 봅니다."

함세용이 속삭였다. 무양문 안에서 잔뼈가 굵은 그는 호연육의 내심을 헤아리고 있었던 것이다. 호연육은 솔직한 감정을 털어놓았다.

"아주 죽을 지경이지. 나만 그런 게 아니라 십군 모두가."

그 말이 사실임을 입증이라도 하듯, 호연육의 얼굴엔 지난 칠 년의 고생이 굳어 버린 촛농처럼 덕지덕지 달라붙어 있었다.

"그래도 마 군장님 같은 분이 없다고 그러시더군요. 우리 군장님께서요."

호연육은 픽 웃고 말았다. 좌웅 같은 군자 밑에서 사는 사람이 마석산 같은 축생 밑에서 사는 사람에게 무슨 위로를 할 수 있단 말인가. 호연육은 너도 한번 나처럼 살아 보라는 표정을 짓는 것으로 대답을 대신했다.

붓! 부웃!

밤새의 울음소리가 어둠을 잔잔히 흔들었다. 함세용은 하늘의 별자리로 시각을 가늠한 뒤 호연육에게 물었다.

"이제 슬슬 귀환하는 것이 어떨까요?"

"버, 벌써 시간이 그렇게 됐나?"

적지에서 벌이는 정찰 임무라는 게 목숨을 내놓고 해야 할 만큼 위험하긴 하지만, 본대로 돌아가 마석산에게 구박받는 것보다는 백배 낫다고 생각하는 호연육이었다.

"해시 정각이 교대 시간 아닙니까? 서두르지 않으면 늦을 것 같군요."

"그러면…… 가야겠지."

호연육은 소태라도 씹는 표정으로 중얼거렸다. 함세용이 측은하다는 듯이 덧붙였다.

"오는 길에 새 둥지 몇 개를 봐 놨습니다. 먹을거리가 부실하다고 투정하시는 것 같던데 몇 마리 잡아 가면 무척 좋아하실 겁니다."

호연육은 고맙기도 하고 슬프기도 해서 목이 메었다. 고마운 것은 자신을 진심으로 생각해 주는 함세용의 마음 씀씀이였고, 슬픈 것은 그런 동정에 고마워할 수밖에 없는 자신의 처지였다.

그런데 함세용이 점찍어 놓은 첫 번째 새 둥지 아래에서, 두 사람은 참으로 뜻밖의 광경을 목격하게 되었다. 사람 살아가는 방식이 관내關內와 관외關外가 다르지 않고 해내海內와 해외海外가 다르지 않다지만, 설마 동해의 이 외딴 섬까지 와서 야밤에 아녀자를 겁탈하는 파렴치한 음적을 만나게 될 줄이야 누가 생각이나 했겠는가!

ㅡ저런 죽일 놈을 봤나!

함세용의 전음이 호연육의 귓전을 때릴 때, 호연육도 비슷한 생각을 떠올리고 있었다. 저 죽일 놈은 실로 대담하게도 여인을 겁탈하는 것에 그치지 않고 자신의 범행을 은폐할 궁리까지 사전에 해 놓은 모양이었다. 현장으로부터 몇 발짝 떨어진 곳에 파 놓은 큼직한 구덩이가 그 증거였다. 더구나 호연육의 눈이 틀리지 않았다면, 그 구덩이 밖으로 아무렇게나 걸쳐 있는 물체는 누군가의 다리통이 분명했다. 저 죽일 놈의 만행은 단지 배 밑에 깔아 누른 여인에게만 국한되지 않았던 것이다.

ㅡ어떻게 할까요?

함세용이 물었다.

호연육은 망설이지 않을 수 없었다. 정찰이란 말 그대로 적의 정세를 은밀히 살피는 행위였다. 간살범奸殺犯을 때려죽이고 여인을 구하는 일은 정찰 임무에 당연히 포함되지 않았다. 하지만 그냥 지나치기엔 하토정국下土淨國 구현에 앞장서야 하는 백련교도로서의 양심이 걸렸고, 의혈장부를 자처해 온 호협으로서의 자존심이 허락하지 않았다.

호연육의 망설임은 오래가지 않았다. 까놓은 엉덩이를 팽팽하게 긴장시키며 정욕의 마지막 한 방울까지 여인의 음부에 밀어 넣은 죽일 놈이, 시체처럼 축 늘어진 여인의 목에 두 손을 감아 가는 광경이 눈에 들어왔기 때문이다. 하늘을 향해 뻗은 여인의 팔이 낚싯줄에 걸린 잉어처럼 퍼덕거렸다. 저 퍼덕거림의 끝이 무엇을 의미하는지는 안 봐도 짐작할 수 있었다.

호연육의 눈에서 불똥이 튀었다. 돌아오는 길에 새 거울을 사다 달라고 조르던 딸년의 고집스러운 눈매와 큰마누라 모르게 감춰 놓은 작은마누라의 애교 넘치는 미소가 눈앞을 스쳐 갔다. 그는 허리에 꽂아 둔 두 자루 성두철편星頭鐵鞭을 뽑아 들었다.

"치세."

짧은 부르짖음이 함세용의 귓전에 도달하기도 전, 호연육은 은신해 있던 수풀을 박차고 질풍 같은 기세로 죽일 놈을 덮쳐 가고 있었다.

오늘 밤 벌어진 일련의 상황을 보고하기 위해 포리기하와 함께 아리수의 침소를 찾은 체항은 그 방의 주인에 대해 다시 한번 감탄하지 않을 수 없었다. 아리수는 실로 범인의 상상을 초월하는 자제력을 지니고 있음이 분명했다. 그렇지 않고서야, 그토록 간구하던 물건의 행방을 들은 뒤에도 어찌 저리 무심한 표정을 유지할 수 있단 말인가!

"그렇군. 그곳을 미처 생각하지 못했어."

이렇게 중얼거린 아리수는 체항을 향해 정중히 고개를 숙였다.

"수고하셨습니다."

체항은 뒤통수를 긁으며 겸손을 떨었다.

"수고랄 게 있나? 녹祿을 바라면 공功을 세워야 하는 게 마땅하지."

"하긴 공 없이 녹을 주장할 수는 없는 일이지요. 그런 의미에서 장로님께 한 가지 더 부탁드릴 것이 있습니다."

아리수는 손뼉을 한 번 쳤다. 그러자 침실 뒤편의 쪽문이 소리 없이 열리며 틀로 찍어 놓은 것처럼 생김새가 닮은 사내 둘이 실내로 들어왔다. 체항도 익히 알고 있는 얼굴들이었다. 한날한시에 한배에서 태어났기 때문에 하나의 얼굴만 기억하면 다른 하나는 저절로 기억할 수 있는 두 사내. 얼마 전 죽은 왕풍호의 심복으로 알려진 축씨 형제였다.

"왕 형이 불의의 독수를 입어 현재 서웅각의 영웅들을 이끌 만한 지휘자가 없는 실정입니다. 장로님께서 여기 두 분과 함께 그 일을 맡아 주십시오."

체항은 선뜻 그러마고 대답하지 못했다. 왜냐하면 이번 거사에 있어서 서웅각에 거주하는 중원인들의 용도가 소모품에 지나지 않는다는 사실을 이미 꿰뚫어 보고 있었기 때문이다. 그가 머뭇거리자 아리수의 입가에 머물던 미소가 조금 엷어졌다.

"뭔가 꺼리는 점이라도 있으신지?"

아리수의 장점 중 하나는 단지 미소를 지우는 것만으로도 사람을 공포에 질리게 할 수 있는 위압감이었다. 체항은 황급히 고개를 저었다.

"아, 아니네! 내가 왜 꺼리겠는가? 단지 이 늙은이에게 서웅각의 여러 영웅들을 이끌 만한 자격이 있는지가 걱정되어 그러는 거지."

아리수의 미소가 원래대로 회복되었다.

"겸손도 지나치면 예의가 아니라고 했습니다. 장로님께선 자격이 충분하니 그런 걱정은 접어 두십시오. 서웅각의 영웅들께서도 싫어하지 않으실 겁니다."

아리수의 말을 입증이라도 하듯 축씨 형제의 맏이인 축계강祝季岡이 비장한 목소리로 말했다.

"왕 대형의 복수에 체항 장로께서 앞장서 주신다면 소생들로선 더 바랄 것이 없습니다. 아무쪼록 부탁드립니다."

"부탁할 사람은 오히려 나지. 허…… 허허."

체항의 얼굴에 억지웃음이 떠올랐다. 울며 겨자 먹기란 이런 경우를 두고 나온 말이리라.

그런 체항을 의미심장한 눈빛으로 바라보던 아리수는 곧 포리기하에게 시선을 주었다.

"네가 할 일이 무엇인지는 알고 있겠지?"

"알고 있습니다."

포리기하는 생명이 없는 인형처럼 딱딱하게 대답했다. 아리수는 그의 어깨에 손을 얹었다.

"내가 그 일을 얼마나 중요하게 여기는지는 말을 안 해도 알고 있으리라 믿는다. 목숨을 버리는 한이 있더라도 반드시 그들을 내 앞에 무사히 데려와야 한다."

"맡겨 주십시오."

아리수는 포리기하의 어깨를 가볍게 두드린 뒤 창문 쪽으로 걸음을 옮겼다. 창문을 열자 기다렸다는 듯이 세찬 바람이 밀려들어 왔다. 비라도 오려는 것일까? 서쪽 바다로부터 밀려오는 짙은 구름이 야공을 갉아 오고 있었다.

아리수는 먹구름에 침탈당하는 야공을 바라보다가 조용히 말했다.

"더 이상 기다림은 없다. 오늘 밤 뇌문의 역사가 바뀔 것이다."

다음 권으로 이어집니다